AF274414

MIGUEL MUÑOZ

EL CHICO TRAS LA VENTANA

Editado por Harlequin Ibérica.
Una división de HarperCollins Ibérica, S. A.
Avenida de Burgos, 8B - Planta 18
28036 Madrid
www.harlequiniberica.com

© 2025 Miguel Muñoz
© 2025 Harlequin Ibérica, una división de HarperCollins Ibérica, S. A.
El chico tras la ventana, n.º 319 - 4.6.25

Arte de cubierta: CalderónSTUDIO®

ISBN: 979-13-7000-513-9
Depósito legal: M-9192-2025
Impreso en España por: BLACK PRINT
Distribuidor exclusivo para España: LOGISTA

MIXTO
Papel
FSC FSC® C159065

Capítulo 1

ÉRIK

Gabi tiene que estar al llegar. Hemos quedado a las diez y media y son las once menos diez; pronto se cumplen sus treinta minutos de retraso reglamentarios. Hubo una época en la que estaba seguro de que cambiaría a mejor, pero, teniendo en cuenta que ya estamos en 2017, lo he dado por perdido.

Me levanto de un brinco del sofá y me desperezo con sonoridad, sacando toda la bestia que llevo dentro. Desesperado, aparto la cortina y me asomo al balcón. El vecino de enfrente está ahí fuera, apoyado en su baranda. ¡Con el frío que hace! Abro la ventana y lo saludo con la mano. Él me devuelve el saludo. Diría que me sonríe, pero vete tú a saber la cara que ha puesto, si ya es hasta de noche. Tiritando, cierro la ventana y corro las cortinas. Justo entonces oigo el timbre de la puerta. Una vez. Dos veces. Quince veces y me va a fundir el puto timbre. Gabi está al otro lado, con un par de cajas de *pizza* en la mano y cara de haber roto todos los platos que se le pasan a uno por delante en la vida.

—Menos mal que has llamado cuarenta mil trillones de...

—Eh, eh —me interrumpe—. No te pases. He llamado veintisiete veces.

Suelto el aire en una carcajada.

—Y las habrás contado y todo —le digo.

—Las he contado.

Me aparto y dejo que entre. Va directo a colocar las *pizzas* sobre la mesa baja que hay frente al sofá. Mi piso es pequeño: todas las habitaciones, menos el dormitorio y el baño, se encuentran apiñadas en un mismo espacio abierto. Bastante reducido, además. Gabi se mueve por la casa como si fuera la suya. Ha estado mil veces aquí, o sea que tampoco me sorprende. Él mismo va al frigorífico y saca un par de latas de Coca-Cola. Solo nos hace falta eso y un buen montón de servilletas para empezar a devorar las *pizzas* espatarrados en el sofá. Gabi hasta se ha quitado las zapatillas. Di que sí. Le estoy oliendo los putos pies desde aquí. Que yo también voy descalzo, vale, pero es mi casa, no la suya.

De repente, empieza a descojonarse solo.

—¿Qué? —pregunto, intrigado.

—Nada.

Intenta seguir comiendo, pero vuelve a partirse la caja y un trocito de pollo de la *pizza* acaba de vuelta en el cartón.

—Tío, ¿qué pasa?

—Es que hoy he estado mirando la carpeta de porno de mis años de insti.

—¿Por qué sigues teniendo eso?

—No sé. Nunca me dio por borrarla. El caso es que... —y vuelta a descojonarse. Igual algún día me acabo enterando de por qué se ríe, yo qué sé— me he encontrado cada cosa ahí dentro... Había un vídeo en el que aparecía una vaca, no te digo más.

Ahora soy yo el que se ríe.

—Tío, estás mal, ¿eh? —insinúo.

—Tú también tendrías tus peculiaridades, digo yo.

—Yo no he visto porno en mi vida —respondo.

—Y una mierda.

—En serio.

—No me lo trago.

—Te lo juro. No he visto porno ni una sola vez. Bueno, miento.

—¡Ajá! —exclama él.

—Algo sí que he visto. Una vez que viniste a casa y me obligaste a entrar en una página porno de monjas o no sé qué.

Gabi se descojona. Me da que se ha atragantado un poco, pero yo lo dejo ahí, que se consuma. Ya saldré en su ayuda si veo que la cosa se pone fea de verdad.

—No me acuerdo de eso —alega.

—Pues qué suerte. A mí me dio todo el yuyu del mundo y estuve una semana con pesadillas en las que me azotaban con una regla por blasfemo.

—Seguro que eso te pone cachondo y todo.

—¿Que me peguen? Sí, claro —expreso, sarcástico.

A ver, puede que un poco sí me excite. Mierda. Me estoy empalmando de pensarlo. Venga, toca imaginarse algo muy chungo. En plan, yo qué sé, un rayo cayéndole a un árbol y mandándolo a la mierda. Perritos ahogándose. Joder, ahora estoy triste. Pobres perritos. ¡Ellos solo buscaban a alguien que los quisiera! ¡Ellos no eligieron nacer y ser un estorbo para la gente! Tío, debería ser guionista o algo. Mi cabeza funciona que lo flipas.

—De todas formas, te mereces que te pegaran en sueños —añade Gabi.

—Joder, si fuiste tú el que me puso el porno de las monjas.

—No, digo que te lo mereces por no haber visto porno en tu vida. Eso es raro, tío. Eso es raro.

Se me suben un poco los colores.

Sí, ahora va a resultar que no ver a desconocidos follando es lo raro.

Gabi pasa de hablarme del porno a hablarme de mujeres. Y yo ahí desconecto. Porque es que el tío es un puto fantasma. Allá donde va, todas las pavas lo miran a él y se interesan por él, y en no sé qué aplicación tiene cuarenta mil solicitudes y todo lo que tú quieras. Pero luego lleva sin novia desde junio. En un determinado momento, me levanto para ir en busca de otra Coca-Cola (o de un poco de arsénico, porque la *pizza* me está sentando como el culo). Y no tiene nada que ver con que me esté metiendo yo solo para el cuerpo una mediana entera. No. Sin duda, no tiene nada que ver. Antes de acercarme a la nevera, sin embargo, me detengo a mirar por la ventana.

—¿Qué haces? —me pregunta Gabi. Aprovechando que he abandonado mi puesto, ha montado los pies en el sofá. El que se fue a Sevilla perdió su silla, claro.

—No, nada —expreso, antes de continuar mi viaje en busca de la Coca-Cola—. Es que mi vecino es un poco raro, ¿sabes?

—¿Quién?

—Mi vecino. El de ahí enfrente. A veces son las tantísimas de la madrugada, miro por la ventana y veo su luz encendida. Y también lo veo a él, de pie, detrás de las cortinas, como si estuviera, no sé, espiando o algo. Como una sombra.

Doy un buen trago a la lata de camino al sofá. Me siento sobre los pies de Gabi, que los retira con un quejido.

—Cabrón —gruñe—. ¿Está ahí ahora?

—¿Quién?

—Tu vecino.

—No. La luz está encendida, pero no lo veo a él.

Gabi se levanta y se asoma a la ventana, descorriendo las cortinas como si fuera el dueño del mundo. A que se las carga y todo.

—Qué mal rollo, ¿no? Lo de que se ponga en plan acosador.

—Parece majo, en realidad —apunto.

—¿Lo conoces?

—No, pero a veces nos asomamos a la ventana y nos saludamos.

—Ah, y como te saluda, eso ya lo convierte automáticamente en un tío majo. Érik, eres como esa gente de las noticias que se sorprende cuando su vecino se carga a medio barrio.

Sonrío.

Y no hablamos más del tema.

Gabi se queda hasta las dos de la madrugada. Cuando se pira, yo estoy reventado. Pero teniendo en cuenta que él se había quedado dormido en el sofá, imagino que estará peor que yo. Mañana tengo clase. Menuda mierda. Me da que me voy a saltar las dos primeras horas. O las cuatro primeras. Bah. Mañana es viernes, alargamos el finde y punto. Total, ¿qué hay de importante mañana? Sí, el examen ese. Total, no he estudiado, ¿para qué me voy a presentar?

Creo que me iré directo a la cama. Ya recogeré todo esto cuando me despierte.

Antes de acostarme, me da por asomarme a la ventana. La luz de mi vecino sigue encendida. Tras las cortinas, su figura se recorta como una sombra negra y acechante.

Sip.

Mejor me piro a dormir.

Capítulo 2

ÉRIK

Puta mierda de día.

¿Un dos y medio en el parcial de una de las dos únicas asignaturas que aspiro a aprobar este cuatrimestre? ¡Perfecto! Y hoy me toca matarme a currar para terminar el trabajo que llevo posponiendo dos siglos y medio. Que, además, no me va a servir de nada, porque el trabajo no cuenta si no apruebas el examen. Pues pasando del trabajo, ¿no? Claro, a dedicar la tarde a algo más productivo, como viciarme a la consola o mirar pasar las nubes, que el capítulo de hoy se prevé interesante.

Alguien me saluda de repente y yo me aturullo. ¿Quién es ese? ¡Ah, joder!

—Eh —correspondo, parándome en seco.

Él también se detiene, cuando ya pasaba de largo. Me ha costado reconocerlo. Es mi vecino de enfrente. Lleva una mascarilla blanca ocultándole la boca y la nariz. ¿Por qué? El pelo castaño y el sitio en el que nos encontramos me han dado la pista de quién es. Sobre todo lo segundo.

—Es la primera vez que te veo fuera del balcón —comento, sonriendo.

—Lo mismo digo.

Su voz suena extraña por debajo de la mascarilla. Acabo de darme cuenta de que nunca había escuchado su voz. Es suave.

—Oye, ¿tú tienes insomnio o algo? —Necesito salir de dudas, ¿qué pasa?

—¿Yo? No, ¿por qué?

—Es que te he pillado más de una vez mirando por la ventana a horas muy chungas. En plan, las dos de la madrugada, las cuatro. Ayer, por ejemplo, creo que te vi.

—¿Ayer? ¿Pasadas las dos? Creo que no.

—¿No? —pregunto.

—Me acosté temprano. Suelo acostarme temprano, en realidad.

—Ah.

—Igual te has confundido. Sería otra ventana o...

—No, no —lo interrumpo, las manos en los bolsillos del chaquetón—. Estoy seguro de que era la tuya. La luz estaba encendida.

—Sí, bueno. —Sus ojos adoptan una forma extraña. Creo que están sonriendo, a falta de labios que lo expresen—. Duermo con la luz encendida. A lo mejor viste una sombra, algún mueble o algo así, y pensaste que era yo.

—No sé. Bueno, puede ser —admito, encogiéndome de hombros.

Él vuelve a sonreír; o sea, sus ojos lo hacen.

—Bueno, nos vemos por la ventana. —Alza la mano y se pone en marcha; ya no hay quien lo detenga.

—Eso. Nos vemos —me despido.

Me quedo un momento aquí, pasando frío. Porque hace un frío de cojones, pero esa no es la cuestión.

Lo de ayer no era un mueble, estoy seguro. Y también estoy seguro de que la luz que vi era la de su piso.

¿Por qué miente?

Me acerco al portal de casa, que está justo al volver

la esquina, y, cuando estoy metiendo la llave para entrar, me acuerdo.

Mierda.

¡Tengo que ir a comprar al Mercadona!

Capítulo 3

BRUNO

Venga, Bruno, que lo peor lo has hecho ya.

Respiro hondo. Suelto el aire. Respiro hondo. Lo vuelvo a soltar.

Ya solo queda desinfectar la compra y darte una ducha. Sí, es un trabajo duro el que te espera, pero ya estás en casa. Ya estás a salvo. La puerta se abre con su crujido habitual.

Y comienza el ritual.

Me froto los pies en el felpudo. Una vez, dos veces, tres veces. Y más. Doy un par de pasos al frente, me quito las deportivas y, en su lugar, me calzo unas zapatillas de andar por casa que hay preparadas justo a la entrada del piso. Las deportivas las pongo en el lado contrario, listas para cuando tenga que salir, que confío en que no ocurra antes de una semana. Dejo las bolsas de la compra en el suelo de la cocina y, antes de emprender cualquier otra acción, me lavo las manos en el fregadero. Con lavavajillas. El agua sola no sirve para nada. Realizo el famoso lavado de veinte segundos; no hay que dejar ni un solo rincón de la mano sin frotar. Y, por si acaso, me doy una segunda pasada rápida antes de quedarme satisfecho. Ahora ya puedo quitarme la mascarilla; también la chaqueta, que cuelgo en la percha. Lo primero es desinfectar la compra. Y tengo que echarle valor. Respiro hondo, porque la ansiedad amenaza con devorarme. Me armo con el bote de desinfectante y con un trapo limpio y me pongo manos a la obra. Me lleva sus buenos quince minutos dejarlo todo en perfecto estado y colocar cada cosa en su sitio. Luego, me vuelvo a lavar las manos y me quito la ropa que llevo puesta. *Toda* la ropa que llevo puesta. La coloco en la silla para la ropa de calle. Nunca me siento en esa silla. Los calzoncillos y los calcetines los pongo en el cesto de la ropa sucia, claro.

Y, por fin, me meto en la ducha.

Llegados a este punto, estoy agotado. Exhausto. Por suerte, sé que solo queda un último esfuerzo. Cuando salgo, estoy relajado. Aunque también cansado. Me visto con la ropa de estar en casa e inspiro tranquilo.

Una semana más, todo va bien.

Todo va bien, hasta que deja de ir.

Porque entonces me asalta el recuerdo del chico rubio al que me encontré en la calle; mi vecino de enfrente. Quiero decir, del edificio de enfrente. ¿Qué fue lo que dijo? ¿Que había visto a alguien en mi piso a las dos de la madrugada? No. Que solía ver a alguien en mi piso entre las dos y las cuatro de la madrugada. Pero eso es imposible. Porque yo rara vez me acuesto pasadas las doce de la noche.

Aún no me he vestido. Sigo aquí, de pie, con la mitad del cuerpo envuelto en la toalla, mirando a un lado y a otro: al pasillo y al interior de la habitación. Ha tenido que confundirse. Lo que dice es imposible. Este piso ni siquiera es lo bastante grande como para que alguien se esconda.

¿O sí?

A ver, Bruno, tranquilízate. Estás empezando a ir más allá. Mucho más allá. ¿De verdad vamos a pensar que es posible que tengamos a un señor viviendo en esta casa y que por la noche le dé por aparecerse a los vecinos justo detrás de la ventana? No, no vamos a concebir siquiera esa posibilidad, porque es una estupidez. Ese chico se habrá confundido. Sería otro vecino o creería que había visto a una persona, cuando en realidad era otra cosa.

¿Qué cosa?

No hay nada frente a la ventana que se pueda confundir con una figura humana.

No, Bruno, ya se te está yendo la olla otra vez. Calma.

Venga, para quedarme tranquilo, en cuanto acabe de vestirme, echaré un vistazo por toda la casa. Así confirmaré que no hay nadie. Claro. Empuñaré un cuchillo si hace falta.

En este piso no hay nadie.

No hay nadie, ¿verdad?

Capítulo 4

BRUNO

Y con este último clic, la página web está terminada. Ya solo falta escribir al cliente por correo electrónico para que me dé el visto bueno. En mi experiencia, siempre hay algo. Nunca están completamente satisfechos y tienes que volver a modificar un diseño que ya era bastante perfecto como estaba. Los clientes no suelen tener buen gusto. ¿Le pones al texto una fuente sencilla, elegante y fácil de leer? Ellos quieren una letra que resalte, una caligrafía con llamas o algo muy muy hortera. ¿Te molestas en que los colores de la web sean agradables a la vista y combinen bien unos con otros? El cliente quiere un rojo y un naranja chillón para que «llame más la atención». A la ambulancia es a quien hay que llamar después de mirar algo así. Una vez me tocó diseñar para un asador de pollos. El cliente quería que repartiera fotografías de pollitos adorables por toda la web. Decía que así la gente tendría la impresión de que los pollos eran frescos. A mí me pareció que echaría a los clientes para atrás. «Mira, estos son los encantadores huerfanitos del pollo que te vas a comer». No sé. Un poco grotesco, ¿no? Le tuve que poner sus fotografías de pollitos, claro. No hubo manera de convencerlo de lo contrario.

El negocio cerró el mes pasado.

Me levanto de la silla y me propongo hacer un descanso. Ya le mandaré al cliente el correo después. Suspiro y me estiro mientras me dirijo a la cocina. Me duelen todos los huesos y más. La verdad es que últimamente voy bien servido de trabajo. Solo hoy me han entrado dos encargos, sin contar los que ya tenía pendientes. Por suerte, mañana es sábado, y en fin de semana no entra trabajo, así que hay tiempo para ponerse al día.

¡Por suerte!

¿Seré tonto?

«¡Por suerte, mañana es sábado y puedo dedicar el finde a currar!».

Puede que trabaje un poco mañana por la mañana; el resto del finde me lo tomaré de relax. Lo juro. Bueno, no lo juro. Conociéndome como me conozco, igual acabo cayendo en la trampa del capitalismo y la productividad.

Regreso a la habitación y dejo el vaso de agua en el escritorio, después de haber bebido un par de sorbos. Antes de volver a sentarme, abro la ventana y apoyo los brazos sobre la baranda del balcón. Hace frío. Mucho. Pero siempre se me ha dado bien soportar las bajas temperaturas. A veces necesito abrir y, no sé, respirar. Esta casa me asfixia. Aunque supongo que no es problema de esta casa en concreto; soy yo el que me asfixio a mí mismo.

La luz del vecino de enfrente está encendida.

Y entonces siento un escalofrío.

Me asalta la certeza de que hay alguien a mi espalda, contemplándome desde las entrañas del piso. No puedo moverme. No puedo darme la vuelta para comprobar que no hay nadie ahí. Porque estoy seguro de que no lo hay.

Cuento hasta tres.

Uno.

Dos.

Tres.

Cuatro, cinco, seis...

Venga, Bruno, no seas tonto. Date la vuelta, no hay nadie observándote.

Siete, ocho, nueve...

Diez.

Me doy la vuelta.

Tenía razón. No hay nadie.

Aunque el piso luce más oscuro y silencioso que de costumbre. Cada sombra, cada pedazo de penumbra y cada crujido se me antoja premeditado, parte del plan maestro de una mente maquiavélica.

Eres tonto, Bruno. Todo esto es culpa del chico de ahí enfrente. Seguro que se ha inventado la historia esa de que ha visto una sombra en tu ventana y tú te la estás creyendo y montándote una buena película. Ya he comprobado antes que no hubiera nadie en casa. La llave está echada y puesta por dentro, así que no hay forma humana de que alguien se haya colado aquí dentro en las horas que llevo pegado a la pantalla del portátil. Eso es. Tienes que agarrarte a la lógica, Bruno. Es *imposible* que haya alguien aquí dentro. No hay que pensar en nada más. Ese chico ha querido gastarte una broma de mal gusto. No parecía el típico bromista, la verdad. Fíjate tú las sorpresas que te da la vida.

Me siento frente al portátil y bebo otro trago de agua.

¿Y ese ruido?

Suena como un zumbido distante. ¿Viene del techo? ¿Ha estado siempre ahí? Puede que sí. Me estoy obsesionando otra vez. Es probable que ahora me busquen cientos de percepciones que hasta el momento he dado por sentadas. Seguro que llevo conviviendo con ese zumbido desde hace meses. Venga, voy a mandarle al cliente el correo con los archivos para que pueda decirme que cambie esto o lo otro y que vaya fondo más simple he elegido y que añada unas cuantas fotos por aquí y por allá. Lo peor de trabajar en esto es que no le dejan a uno expresarse con libertad. Ni crear cosas bonitas. Porque intentas hacerlo (dentro de las especificaciones absurdas del cliente) y, con todo, te obligan a tirarlas por tierra.

Busco el correo electrónico al que tengo que enviar el proyecto y...

Me da por mirar hacia el pasillo.

Todo parece tranquilo. Pero yo no estoy tranquilo. No soy capaz de quitarme de encima la absurda, ilógica e infundada sensación de estar siendo observado. Ilegítima, inconcebible, paranoica, ridícula, disparatada... Puedo pensar en mil adjetivos. Bueno, mil son demasiados.

Me levanto de la silla y me acerco de nuevo al cristal. Decido abrir la ventana de par en par; me da tranquilidad. Creo. Aunque haga frío. Todas las habitaciones de mi piso, excepto la cocina, asoman en la misma dirección, hacia la misma calle estrecha, de un solo carril y sin plazas de aparcamiento. El chico de enfrente está junto a la ventana. Creo que habla por teléfono. Lo saludo y él me corresponde. Parece distraído, eso sí. No lo veo tan animado como de costumbre.

Venga, Bruno, no conoces de nada a este chico, no creas que puedes psicoanalizarlo.

Y otra vez la maldita sensación de que me están observando.

Cuento hasta tres.

Uno.

Dos.

Tres.

Me doy la vuelta.

Capítulo 5

ÉRIK

Odio ir a comprar al Mercadona.

En cuanto llego al súper, es como si me explotara la mente y a la mierda todo lo que había anotado en mi cabeza que tenía que comprar. ¿Podría hacer una lista física, en plan, en papel y eso? Sí. Pero aquí me tienes, viviendo al límite. Me he gastado cerca de cuarenta pavos y aun así siento que me faltan cuarenta mil cosas. ¿Soy yo o siempre pienso en el mismo número? Cuarenta mil. Tío, cerebro, estírate un poco y dame un treinta y nueve mil o algo así, ¿no?

Me está costando la misma vida llegar a casa porque se me ha ocurrido la feliz idea de comprar dos paquetes de papel higiénico. Entre eso y las otras dos bolsas que llevo, no hay quien cargue con esta mierda. Tengo los dedos en carne viva. Pero es que no quiero tener que volver a limpiarme el culo con servilletas. Se me quedó todo irritado la última vez. ¿Con qué las fabrican? ¿Con termitas?

Nada más entrar en casa, dejo toda la compra en la misma puerta. Joder, qué puto descanso. Saco las cuatro *pizzas* congeladas de la bolsa y otros dos o tres productos que se pueden echar a perder si se quedan fuera. El resto lo dejo donde está, bien colocadito en el suelo de la entrada. Ya lo guardaré luego. O iré cogiendo las cosas de la bolsa conforme las vaya necesitando, como se ha hecho toda la vida de Dios. O sea, como *yo* he hecho toda la vida de Dios.

Puede que sea un poco vago. No está confirmado. Lo estamos investigando.

Me tiro en el sofá para descansar. Pereza me da hasta quitarme el chaquetón, así que me lo dejo puesto. Tío, es que ha sido un día muy duro. Primero, ir a clase. Que me he saltado las tres primeras horas, vale, pero en las otras dos he estado ahí, al pie del cañón. ¿Eso no cuenta o qué? Luego, a comer en la cafetería de la facultad, con los compañeros. Eso también cansa, claro. Y, por último, ir al Mercadona a comprar. Pues, joder, ¿cómo no voy a estar reventado?

Me retuerzo en el sofá para alcanzar el bolsillo de mis vaqueros. Me cuesta lo suyo. Y no sirve de nada, porque no encuentro el móvil. Busco en el otro bolsillo y de repente oigo el porrazo. Mierda. Lo tenía guardado en el chaquetón y acaba de estamparse contra el suelo. Es un milagro que la pantalla siga intacta. No por lo de ahora, sino por los diecisiete millones de veces que se me ha caído hasta el momento, millón arriba, millón abajo.

Reviso los mensajes por encima y me acojono al llegar a la conversación con mi madre.

Mamá
Holaaa ☺
Te puedo llamar?

Mala señal. Si mi madre pregunta si te puede llamar, ponte a temblar y cágate encima, porque se puede liar la más grande. Me mandó el mensaje hace cuarenta minutos. Podría hacerme el loco y llamarla luego. O esperar a que ella me dé otro toque. No, mejor me quito el muerto de encima cuanto antes.

Vamos a echarle valor. Respiro hondo, me atraganto y la llamo.

—Pero si es mi niño —me saluda.

Uf, esto es chungo. Muy chungo. Su voz suena demasiado dulce y me ha llamado «mi niño». Voy a ir haciendo las maletas, hay que huir del país cuanto antes.

—El niño en persona —respondo yo.

—¿Cómo estás?

—Cansado. Acabo de llegar al piso después de estar todo el día fuera.

—Anda. ¿Qué has estado haciendo?

—Pues, ya sabes, cosas de amo de casa.

—¿Y qué tal van las clases? ¿Bien?

—Como siempre.

No se puede decir que haya mentido. He dicho que van «como siempre», lo cual no quiere decir que vayan bien.

Mi madre guarda silencio. Creo que ya sé por dónde van a ir los tiros.

—He estado hablando con papá.

Dios, me van a estallar todas las alarmas. Si fuera un detector de peligro, tendría todas las putas luces encendidas.

—Hemos pensado que si la carrera no te gusta, o no te satisface, puedes volverte a casa al terminar el curso.

—¿Por qué dices que no me gusta?

—Bueno —su voz se suaviza—, porque ya sabes cómo acabaste el curso pasado. Fueron bastantes suspensos.

—Sí, y los estoy recuperando ahora, ¿no? —No, pero ese es otro tema—. Cada uno lleva las carreras a su ritmo. Algunos necesitan más tiempo que otros.

—Ya.

Quiere decir algo más. Lo preveo. Lo presiento. La conozco como si la hubiera parido, aunque haya sido al revés.

—Esta mañana he visto que tu última conexión de ayer fue a las tres de la madrugada.

Tío, tengo que quitar ya la última conexión de WhatsApp, porque me está jodiendo la vida.

—¿Ahora resulta que estoy monitorizado?

Necesito levantarme del sofá. Voy hasta la ventana, descorro las cortinas y contemplo la calle, sin verla. Fuera ya está oscureciendo.

—Ha sido casualidad. Quería escribirte y he visto tu última conexión.

—Sí, ya. Pues bien que no me has escrito hasta hace un rato. ¿Qué pasa? ¿Ibas a escribirme por la mañana, viste mi última conexión y se te quitaron las ganas de repente?

Mi madre calla de nuevo. Normal, porque vaya excusa de mierda. Claro que me controla. Y yo soy lo suficientemente gilipollas como para ponérselo fácil. Mis ojos vagan de un lado a otro y acabo topándome con la figura del vecino, que me saluda desde el otro lado de la calle, en su ventana. Correspondo de manera distraída y luego aparto la mirada.

—Este año queremos que apruebes, al menos, la mitad de las asignaturas que tienes —sentencia mi madre, por fin—. No podemos seguir pagando segundas y terceras matrículas.

—No sé si voy a...

—Tu padre dice que, si no lo consigues, te vuelves a casa.

Chasqueo la lengua.

Ya me conozco su juego. Cuando hablo con mi madre, es mi padre quien dice; cuando hablo con él, es justo al contrario. Una forma de hacerse ver como un mero intermediario. Y, claro, uno no puede discutir con un intermediario. Un buen truco, todo hay que decirlo.

—¿Y qué haré si vuelvo? —pregunto, casi suplicando.

—No tienes que volver si apruebas la mitad.

Joder.

Acabo de admitir mi derrota sin saberlo. Me tiene agarrado por los huevos. Y lo sabe. No puedo aprobar la mitad de las asignaturas. Me he matriculado de cinco este cuatrimestre y es más que probable que suspenda cuatro. Lo que significa que tengo que aprobar cuatro del cuatrimestre que viene. Ni de coña. No lo consigo ni de coña.

—Vale, muy bien. Pues te dejo, me pongo a estudiar desde ya —espeto, con retintín, justo antes de cortar la llamada sin dejar que se despida de mí.

Suelto el teléfono en la mesa y me tiro en el sofá. Esta vez, hundo la cara en uno de los cojines.

Últimamente, hablar con mis padres solo me pone de mal humor. Lo único que les importa es que apruebe. El resto les da igual. Si me rapta una banda de narcotraficantes y me da tiempo a estudiar y aprobarlo todo en pleno secuestro, seguro que ellos estarían satisfechos. Montarían una fiesta, de hecho.

No puedo volver a casa.

En serio.

No puedo.

Capítulo 6

ÉRIK

No sé por qué, pero estoy en una terraza con un antiguo profesor del instituto. De pronto, sin venir a cuento, se saca un papel arrugado del bolsillo y lo coloca sobre la mesa. Un examen, dice. Y tengo media hora para terminarlo, contando desde ya. ¿Qué? ¿Cómo que un examen? Pero si yo no he estudiado nada. Y estoy muerto de sueño. Se me cierran los ojos. ¿Cómo voy a aprobar esta mierda? Es lo último que necesito para que mis padres me manden de vuelta a casa. Suena el telefonillo. ¡Lo que me faltaba! Joder, no tengo ni idea de lo que estoy leyendo. No me suenan de nada las preguntas. ¿Qué asignatura es esta, Biología? ¿Este hombre no daba clase de Mates?

Y vuelve a sonar el telefonillo.

Ya no estoy en la terraza. Estoy en el salón de mi piso, envuelto en una oscuridad desconocida para mí. ¿Me he quedado dormido y se me ha hecho de noche? Estoy desorientado. Y aletargado. Me cuesta moverme. Pero han llamado al telefonillo, ¿no?

Hago un esfuerzo y me pongo de pie, gruñendo y quejándome. Voy hasta el recibidor.

—¿Sí?

—¿Vive ahí el chico rubio al que me he encontrado esta mañana en la calle?

—¿Qué?

¿Chico rubio? Vale, sí, eso encaja. Pero ¿quién es este tío? ¿Cómo voy a saber si me lo he encontrado en la calle?

—¿Vive ahí el chico rubio al que veo de vez en cuando desde la ventana del edificio de enfrente?

¡Ah! Eso lo explica todo, ¿ves?

—Sí, soy yo. ¿Eres el tío de la mascarilla?

—Sí. ¿Puedo subir? Es mejor hablar esto cara a cara.

Cara a cara. Joder, eso suena un poco chungo, ¿no? Qué mal rollo. Lo malo es que ya he pulsado el botón para abrirle.

Mierda.

Me pongo a dar vueltas por la habitación mientras espero a que suba. Me asomo a la ventana. No hay mucho ajetreo en la calle; parece una ciudad fantasma.

Espera.

Si mi vecino de enfrente está subiendo ahora por las escaleras, ¿por qué está encendida la luz de su casa? Estoy bastante seguro de que vive solo.

No hay tiempo para pensar. Acaba de sonar el timbre. De pie, sin dar un paso en ninguna dirección, me quedo mirando la puerta, a lo lejos. Esto me está dando muy mal rollo, en serio. Y el piso sigue a oscuras. Enciendo la luz de camino a la puerta. ¿Qué hago? ¿Debería abrir? Venga, Érik, échale huevos. El chico ese no parece peligroso. Aun así, ¿por qué está encendida la luz de su casa? ¿Y si cojo algo que me haga parecer más... imponente? ¿El ventilador, por ejemplo? Ya que estamos, ¿por qué no he guardado aún el ventilador? Lleva ahí desde el verano. ¿Tan vago soy?

No, espera. Ya sé por qué no está guardado. ¡Porque no cabía en ningún sitio! ¿Ves? ¡No soy tan vago!

Mierda, el timbre. Que sí, que ya voy. Sin ventilador ni nada, a pelo, me estoy jugando la vida.

La figura del chico aparece al otro lado del umbral, bajo la luz pálida y deprimente del descansillo. Lleva una mascarilla cubriéndole la nariz y la boca, así que solo puedo verle los ojos. Aunque ahora se me antojan distintos a cuando los vi esta mañana. Parecen serios. Graves.

—Hola —saludo, algo cohibido.

—¿Ibas a salir?

—¿Eh?

Ah, mierda, el chaquetón. Todavía lo llevo puesto. Me lo quito y lo cuelgo en la percha que hay en el recibidor.

—No, no —respondo—. Se me ha olvidado quitármelo.

—¿Lo que me dijiste antes era verdad?

—¿Qué?

—¿Es cierto que a veces ves a alguien tras la ventana de mi piso? ¿O era una broma?

—Sí.

—¿Sí lo has visto o sí era una broma?

—Lo primero. O sea, eso creía. Pero si dices que no...

—Da igual lo que yo diga. ¿Lo has visto?

Joder, este chaval parece un poco cortante ahora. ¿Está nervioso o qué le pasa?

—Sí —afirmo.

—¿Cómo de seguro estás?

—Mucho.

—¿Del uno al diez?

—Nueve. —No me gusta la cara que pone, así que rectifico—. Diez. No está siempre ahí, así que dudo que sea un mueble o algo por el estilo. Yo pensaba que eras tú, pero...

—No soy yo. ¿Puedo verlo?

—¿Cómo?

—¿Puedo pasar y verlo?

Vacilo un momento.

—Su... supongo, sí —titubeo—. Aunque ahora no está. Ah, oye, la luz de tu piso está encendida.

—La he dejado yo encendida.

—¿Por qué?

—Para ver a la *persona*.

Expresa la palabra con un marcado retintín. Está deseando dejarme por mentiroso.

—Pasa —lo invito—. Pero te advierto que no está siempre ahí. Igual tienes para rato.

—Bueno.

Me adentro en el salón y el vecino da unos pocos pasos hacia el interior; después, se detiene en seco. Me da la sensación de que sus ojos estudian con disimulo los entresijos de la casa. Hago un alto para esperarlo. Oye, que se ha dejado la puerta abierta. ¿Qué le costaba cerrarla? Retrocedo y lo hago yo. Luego llego hasta la ventana y descorro las cortinas. La oscuridad se cierne sobre la ciudad y los cristales del vecino son de los pocos resplandores que brillan al otro lado de la calle. Son su dormitorio y su salón. No se ve a nadie al otro lado. El chico se acerca; no demasiado. Mantiene las distancias; conmigo y con el propio cristal.

—¿En qué ventana se *supone* que ves a esa *persona*?

Ya está otra vez marcando las palabras con ese tonito. Me toca mucho los cojones. ¡Tío, que te he abierto las puertas de mi casa!

—En esa. —Señalo—. La de la izquierda.

—El dormitorio.

—Sí.

—¿Y qué se supone que hace esa persona?

—Nada. Se dedica a estar ahí de pie, sin más. A veces me he quedado mirando un rato y no se ha movido un pelo. Alguna vez he pensado que eras tú mirándome en plan acosador.

Igual debería callarme la puta boca. No conozco a este tío y no sé si es un acosador. Si resulta que lo es y descubre que sé demasiado, puede ser un buen momento para que me saque el cuchillo y me la líe muy gorda. Así que, venga, a tranquilizarse y a fingir que soy gilipollas. No voy a tener que fingir muchísimo, porque un poco gilipollas sí que soy, ¿o no?

—Por lo general, suele aparecer más tarde —informo.

—¿Puedo esperar aquí?

—Bueno, sí. Pero ya te digo que igual va para largo.

—Vale.

Me aparto de la ventana.

—¿Quieres beber algo?

—No, estoy bien.

—Siéntate, si quieres.

—Da igual.

Me quedo mirándolo fijamente. Él se percata de ello.

—Es que llevo todo el día sentado. Me apetece estirar las piernas.

—Vale.

Me da a mí que es una excusa, pero, oye, no le voy a apuntar a nadie con una pistola para que se siente. ¿Qué hora es? Joder, ¿las nueve y media? ¿Cuánto tiempo me he pasado dormido en el sofá? Iba a coger una Coca-Cola; visto lo visto, mejor pillo una Coca-Cola y pan para mojar.

Es broma. O sea, *nunca* mojaría pan en Coca-Cola. Y aquella vez con nueve años no cuenta, no.

—Oye, ya que te vas a quedar, ¿pedimos unas *pizzas*? —propongo.

—No te preocupes, he cenado ya.

—Ah.

Pues nada, no quiere beber, no quiere comer, no quiere sentarse. Lo único que quiere es quedarse ahí, en la ventana, observando lo que hay fuera. Bien mirado, es normal que esté preocupado. O sea, se supone que he visto a alguien en su ventana que no es él. Si todo esto es cierto y no una especie de cámara oculta que me están metiendo doblada, pues, desde luego, es un asunto bastante *heavy*. En realidad, si lo pensamos fríamente, esto no puede ser verdad, ¿no? Algo tiene que estar mal. O yo me he confundido al mirar o este tío me está gastando una broma o... No sé. No es verosímil. Él parece preocupado, eso sí. No me da la impresión de que esté fingiendo.

Pongo el horno a precalentar, pillo una Coca-Cola y me acoplo en el sofá. Aprovecho para observar un poco al chico, ahora que no me presta atención. Debe de tener dieciocho o diecinueve años. Fijo que acaba de empezar la carrera. Lleva el pelo castaño alborotado; algo que tenemos en común. Lo de llevarlo alborotado, digo, porque yo soy más rubio que un pollo. Tiene un par de discretos pendientes en las orejas. Negros. Le quedan bien. Yo también los uso. Hoy llevo unos aros pequeños de color gris. Aunque tengo unos muy parecidos a los suyos. Me los voy cambiando.

—¿Quieres jugar a la Play o algo? También tengo Netflix.

—No —responde, sin mirarme.

—¿Seguro que no te quieres sentar? Pueden pasar horas hasta que aparezca, si es que aparece. Mira, ya sé.

Me levanto del sofá y lo arrastro hasta colocarlo frente a la ventana, de forma que veamos su piso aun estando sentados en él. Apenas tengo que mover nada de lo que hay alrededor.

—Venga, ya te puedes sentar.

El chico me mira primero a mí; después, al sofá.

Se acerca despacio, como quien está a punto de tocar un puercoespín. O la hélice de un helicóptero en marcha. Por fin, se sienta en el borde, sin dejarse caer en el respaldo y con las manos cruzadas sobre su regazo. No entiendo qué le pasa.

—¿Cómo te llamas? —pregunto.

—Bruno.

—Anda. Yo conocía a un Bruno. Aullaba cada vez que sonaba una ambulancia.

—¿Era un perro?

—No, era gilipollas.

Sonríe. Al menos, eso creo. Es difícil saberlo teniendo en cuenta que solo puedo verle los ojos. Igual mi intento de romper el hielo ha servido de algo.

—¿Por qué llevas la mascarilla?

—Ah. —Se la toca con el dedo—. Tengo alergia.

—¿A qué?

—Al polen y al polvo.

—En tu casa no la llevas, ¿no?

—No.

—Aquí no hay polen, creo —comento. Lo que sí puede que haya es polvo. Vamos, que estoy viendo ahora mismo una mata de pelusas por debajo del mueble de la tele y, por el tamaño que tiene, si esta noche me descuido me come un par de dedos del pie.

—¿Cómo te llamas tú?

—Érik.

Bruno estrecha los ojos mientras me observa.

—Te pega —dice.

—¿En serio?

—Sí. Tienes cara de llamarte Érik.

Creo que ha vuelto a sonreír. Tengo la sensación de que se ha relajado un poco.

Bebo un trago de Coca-Cola y me acuerdo del horno. Igual ya es momento de poner la *pizza*. La saco del congelador, la meto dentro (la *pizza*) y me vuelvo al sofá.

—¿Qué estás estudiando? —me intereso. En parte, porque el silencio hace toda esta situación surrealista bastante más incómoda.

—Me dedico al diseño de páginas web —explica.

—¿Estás estudiando diseño de páginas web?

—No. Trabajo de eso. Soy graduado en Informática.

Frunzo el ceño.

—Estás de coña.

—No, ¿por qué?

—Pero si tú tienes que tener dieciocho o diecinueve años.

Bruno se ríe. Es una risa suave y sutil.

—No. Tengo veintidós.

—Me estás vacilando —insisto.

Él vuelve a reír.

—Suelen decirme que aparento menos edad. Te puedo enseñar el carné, si quieres.

—No, no. Joder. Yo pensaba que estarías en primero de carrera. —Sonrío.

—¿Qué edad tienes tú?

—Veinte.

Bruno asiente un par de veces y, después, vuelve a centrarse en la ventana. Las luces de su piso siguen encendidas. Obviamente. Raro sería que no lo estuvieran. Cada vez que las miro, me inunda una tensión que pone mis entrañas a palpitar. ¿Y si de verdad aparece alguien en la ventana? ¿Cómo vamos a explicar eso? O sea, sí, se explica con el simple hecho de que alguien ha estado colándose en su casa durante... ¿cuánto tiempo? Es que da muy mal rollo, tío.

Pasan los minutos sin que apenas nos dirijamos la palabra. Yo saco la *pizza* del horno y empiezo a comérmela en cuanto me aseguro de no quemarme el paladar (por segunda vez). Él casi no se mueve en el sofá: está rígido como una estatua. Me dan ganas de empujarlo y decirle: «¡Relájate, joder!». Pero, claro,

¿cómo va a relajarse con la que se le viene encima? No puede. Yo tampoco.

A las once de la noche, recibo una llamada de teléfono. Me acuerdo de todo en cuanto veo el nombre en la pantalla. Me disculpo antes de saludarlo siquiera.

—Joder, Gabi, lo siento.

—Tío, llevo esperándote casi una hora. Y estoy muerto de hambre, porque has dicho que traías tú las *pizzas*.

—Pues no voy a poder ir.

—¿Cómo que no?

—Me ha surgido algo muy chungo. No puedo ir. Ya te contaré.

—Podrías haberme avisado, ¿sabes? He cancelado un plan por ti.

—Ya, se me ha olvidado por completo. Perdona.

Me cuelga sin despedirse. Joder, se ha enfadado. Me fastidia un poco, la verdad, porque yo no me cabreo con él cada vez que quedamos y se retrasa media puta hora por norma. Pero, vale, reconozco que lo mío ha sido bastante peor. Encima, casi podría decirse que me estaba haciendo un favor al quedar conmigo: tenía planes con unos colegas y ha accedido a verme porque estoy depre por lo de mis padres y la uni.

Tío, vaya amigo de mierda estoy hecho.

—Si tienes que ir a algún sitio... —murmura Bruno.

—Esto es más importante.

—En serio, no quiero...

—No —lo interrumpo—. Tenía que haberlo avisado y se me ha olvidado, ya está. Ese es el único problema.

—Bueno.

En el silencio que surge con la caída de nuestras voces, oigo un murmullo. Un rugido. El de sus tripas.

O sea, estoy bastante seguro de que lo es. Él me devuelve la mirada cuando lo observo.

—¿Has cenado poco? —Suena como si no hubiese cenado *nada*, pero no conozco a este tío y es mejor que sea sutil—. ¿Quieres que te prepare algo?

—No, no hace falta.

—Tu estómago dice lo contrario. —Creo que sonríe—. Venga, te preparo algo. ¿Qué quieres?

—¿Qué tienes?

—Dime qué quieres y te digo si tengo.

—Me vale con una *pizza*.

—Vale, pues ahora te la pongo.

Tarda unos quince minutos en tenerla sobre la mesa. Y entonces va y me pide un cuchillo y un tenedor. Cuchillo y tenedor para comerse una *pizza*. Oh, no. ¡Bruno es de *esas* personas! ¡He dejado entrar a una de *esas* personas en mi casa! Es broma, es broma. Pero siempre me hace gracia que alguien no se coma la *pizza* a bocados. Parece que estén hechas para eso.

Por fin, llega el momento de quitarse la mascarilla. Porque con ella puesta no puede comer, claro está. Le cuesta arrancársela, eso sí. Lo veo reticente. En lugar de colocarla en la mesa, en el sofá o en cualquier otro lugar, se pasa las tiras elásticas por el antebrazo para que se le quede ahí, bien sujeta. Al ver su rostro al completo, es como si de pronto toda su expresión cobrase sentido. Ahora que tengo la imagen definitiva, veo lo que sus ojos han querido siempre expresar; lo que no han logrado transmitir por sí solos.

Creo que es tristeza. O, si no, algo muy parecido a eso.

Al principio se niega a que le sirva algo de beber, pero acaba pidiéndome un vaso de agua. Qué trabajito cuesta ser cortés con este tío. Una vez que se zampa la cena, vuelve a ponerse la mascarilla y seguimos contemplando la luz al otro lado de la calle.

Cuando dan las doce de la noche, Bruno empieza a adormecerse. Dijo que solía acostarse temprano, ¿no? Yo, con la siesta que me he pegado, estoy más fresco que un calabacín, o como sea el dicho ese, que ahora no me acuerdo. Bruno se ha dado un par de paseos por el salón; y yo también. Porque estar tantas horas tirado en el sofá al final te jode un poco. Sobre todo a él, que sigue empeñado en ocupar el borde del cojín, con la espalda recta, tiesa, y las manos recogidas sobre los muslos.

Y entonces llega el momento.

El momento que llevo temiendo desde que nos pusimos a contemplar la ciudad tras el cristal.

—Joder —mascullo—. Joder, joder, joder...

—¿Qué? —pregunta él.

—Esa es tu casa, ¿no?

—¿Cuál?

—¿Cómo que cuál? La tuya. La que tiene la luz encendida y la sombra esa detrás. Hay que llamar a la Policía.

—¿Qué sombra?

—¿Me estás vacilando?

—¿Me estás vacilando tú?

Nos miramos fijamente. Yo estoy confundido; él parece cabreado.

—¿Esto es una broma o algo así? —me suelta.

—¿Qué?

—Porque no tiene gracia —asegura.

—Tío, ¿de verdad no la ves?

—No veo nada. Porque no hay nada. —Se pone de pie con violencia. Sus ojos bastan para transmitir el odio que siente ahora mismo—. Me has hecho perder una noche entera. Eres un capullo.

Me quedo bloqueado. No lo entiendo. ¿Por qué no lo ve?

—¿Cómo es posible que no...?

Bruno resopla por debajo de la mascarilla y se dirige a la entrada.

—Espera. ¡Espera! Por favor, espera.

Por fin, logro que se detenga.

—¿Qué?

—No vuelvas a tu piso, por favor.

—¿Por qué?

—Porque... Joder, ¡porque hay alguien ahí! —Me tiemblan las manos. Estoy a punto de ponerme a llorar. Coño, Érik, contrólate—. ¿Por qué te crees que tengo el móvil en la mano? Porque iba a llamar a la Policía. De hecho, voy a llamar. En cuanto me digas el número, porque no sé cuál es.

—Ahí no hay nadie, Érik.

Odio cómo acaba de pronunciar mi nombre. Siento que acaba de pisotearme la espalda con un tacón afilado. Lo miro a él, desesperado, y vuelvo a echar un vistazo a la ventana. Está ahí. La sombra. La veo con toda claridad. De pie, inmóvil, como si estuviese observando algo. O a alguien. ¿Cómo es que no puede verla? O sea, tiene que ser él quien me está vacilando. ¿Es eso? ¿Esa sombra es alguno de sus colegas? Parece demasiado serio para ser un truco. Parece que esté cabreado conmigo de verdad.

—Tío, te juro que yo la estoy viendo ahora mismo.

—Me estás asustando —dice.

—Coño, ¡es para estarlo! ¡Hay alguien en tu casa!

—Para.

—Para tú.

Se da la vuelta y prosigue el camino hacia la puerta.

Joder.

¡Joder!

—Mira, deja que llame a la Policía —le suplico—. Seré yo el que haga la llamada, el que dé la información. Si hay consecuencias de algún tipo, caerán sobre mí.

Se ha detenido.

Se lo está pensando.

Capítulo 7

BRUNO

Al final, Érik me convenció para que llamáramos a la Policía. Supongo que yo tampoco me quedaba del todo tranquilo dejando las cosas así. Aunque en esa ventana no hubiera nadie. Aunque no hubiera nada.

Un par de agentes llegaron alrededor de veinte minutos después del aviso. Una mujer y un hombre. Se reunieron con nosotros en el piso de Érik y él les explicó lo que había visto. Alteramos un poco la versión porque, claro, no puede ser que uno afirme ver una cosa y el otro lo niegue en rotundo. Decidí apoyarlo: dije que yo también había visto «algo», pero que Érik lo había identificado mejor que yo. La verdad es que hicieron una investigación bastante pormenorizada. Revisaron cada rincón de la casa, tomaron huellas, comprobaron que la cerradura no hubiese sido forzada, examinaron las ventanas... No encontraron nada, claro. Lo que yo sí encontré es una profunda ansiedad; porque, antes de llamar, no me imaginaba que los agentes fueran a *pisar* y *mancillar* mi casa de esa forma. Y mientras los veía ahí, entregados a sus labores, yo estaba más preocupado por el hecho de que, mañana por la mañana, si no esta misma noche, me aguarda una de esas sesiones de limpieza que me hacen desear la muerte en comparación. Han pisado el suelo con zapatos de calle. Ni siquiera se los han limpiado en el felpudo. ¿Cuántas veces voy a tener que fregar el suelo para dejarlo tan limpio como estaba? Todo esto es culpa de Érik. Aun así, me cuesta enfadarme con él. No sé, no parece que estuviera fingiendo.

De hecho, se le veía tenso.

Ahora, los agentes, Érik y yo nos encontramos en el recibidor. La mujer termina de tomar notas mientras el hombre nos observa con cara de tener delante a unos niñatos con afán de protagonismo y un exceso de tiempo libre entre los dedos. Creo que no le quita ojo a mi mascarilla. Ya he explicado que tengo alergia, aunque no sea cierto.

—¿Hay alguien más que tenga la llave de esta casa? —me pregunta el hombre.

—El casero —respondo.

—¿Alguien más?

—No lo sé. Espero que no.

—¿Ha avisado al casero?

—¿De esto? No.

—Tiene que hacerlo.

—Sí, claro.

La agente termina de anotar en su cuaderno y nos mira a ambos por turnos, para luego centrarse solo en mí.

—Ya hemos comprobado que aquí no hay nadie. Si usted echa la llave y la deja metida en la puerta, nadie podrá entrar, con lo cual, estará seguro. Pero, si han visto lo que dicen que han visto, tendrán que cambiar la cerradura.

—Sí.

«Si han visto lo que dicen que han visto».

Tengo que reprimir un suspiro.

¿Por qué me siento ofendido? Yo ni siquiera he visto nada. Todo ha sido cosa de Érik.

Pronto nos quedamos él y yo solos. El piso, con

todas sus luces encendidas, se muestra más hostil y oscuro que nunca. Cada esquina, cada ángulo muerto, es un hogar para las sombras, para las figuras extrañas que surgen de entre las páginas de la más aterradora ficción. Érik no me quita ojo de encima.

—¿Vas a quedarte aquí? —dice.

Me encojo de hombros.

—¿Adónde voy a ir?

—No sé. No quiero que te quedes aquí.

—Ya hemos comprobado que no hay nadie.

Veo una lágrima descender por su mejilla. ¿Está llorando? ¿En serio?

—¿Qué te pasa?

—Joder, ¡pues que sé lo que he visto y no entiendo por qué tú no lo has visto! Y no me crees.

—Tranquilo. Te creo —miento.

Tiene el ceño fruncido, los labios apretados y las manos escondidas en los bolsillos de la chaqueta. Resulta un poco irónico que sea yo el que tenga que consolarlo a él, teniendo en cuenta que esta es mi casa y que, si hay alguien que se está riendo de alguien, es él de mí. Y, ojo, que no estoy diciendo que lo esté haciendo.

Tampoco puedo descartarlo al cien por cien.

—No me hace especial ilusión quedarme a dormir aquí, pero ¿adónde voy a ir?

—A mi casa.

Me pongo a mirarlo con fijeza. Pestañeo un par de veces. No sé si acabo de entender lo que dice, por absurdo que pueda parecer.

—¿Cómo?

—Quédate en mi casa esta noche. Hasta que cambiéis la cerradura o lo que sea. O hasta que nos aseguremos de que esa... —hace una pausa— sombra no vuelve a aparecer.

Es una idea terrible.

O sea, no me apetece lo más mínimo quedarme en

este piso a solas. Sin embargo, ¿irme a *su* piso? ¿Al piso de *otra persona*? ¿De una a la que no conozco absolutamente de nada? Me acuerdo del desorden, de las latas vacías que vi en la encimera de la cocina, de la hilera de pelusas que marchaban en procesión junto a las paredes...

Puede que me dé un ataque si me quedo a dormir allí.

Aunque, al mismo tiempo...

Echo un vistazo al pasillo. Tengo la sensación de que la luz se torna cada vez más pálida, más opresiva, que está devorando poco a poco lo que me queda de cordura.

No quiero seguir aquí. Además, este piso ya está contaminado. Los agentes han manoseado todo lo que han querido y tanto ellos como Érik han pisoteado el suelo con el calzado de calle. Yo mismo llevo puestas las deportivas. Estaba tan preocupado por lo que Érik afirma haber visto que ni siquiera he reparado en ello. Y, teniendo en cuenta que son casi las dos de la madrugada, no me voy a poner a limpiar ahora. No, tendrá que esperar a mañana.

Así pues, si vamos a dormir en un piso contaminado sí o sí..., igual la idea de Érik no esté tan mal.

Capítulo 8

BRUNO

Bueno, ya estamos aquí. He cogido un par de enseres imprescindibles de mi piso y nos hemos venido para acá, al otro lado de la calle. Lo primero que hace Érik es acercarse a la ventana. La luz de mi casa está apagada. Igual tendríamos que haberla dejado encendida. No estoy seguro. ¿De verdad quiero que Érik insista otra vez en que ha visto a alguien detrás de las cortinas? Se supone que tengo que seguir viviendo allí.

Se supone.

Son casi las dos y media de la madrugada y yo solo quiero irme a dormir. Érik me ofrece la cama. Yo me niego, por aquello de la cortesía. Él insiste: ha dormido cuarenta mil veces en el sofá y no le importa dormir una más. Yo lo agradezco, la verdad, porque el sofá no tiene muy buena pinta. Lo suyo me costó sentarme en él hace unas horas. O sea, no es que tenga un aspecto horrible, pero no deja de ser un sofá. A saber cuánta gente ha puesto el culo en esos cojines. Puede que con pantalones, puede que en ropa interior. ¿Sucia? ¿Limpia? Es una lotería. Y si encima resulta que Érik ha dormido ahí cuarenta mil veces, como él dice, pues peor me lo pones. No tiene ni siquiera una funda que lo cubra, así que no me quiero ni imaginar la de suciedad y gérmenes que debe de llevar impregnados. La misma suciedad y los mismos gérmenes que me acompañan ahora, por haberme sentado ahí esta noche.

Prefiero no pensarlo.

Me lleva hasta el dormitorio y me enseña la cama. Las sábanas están hechas un desastre. Érik se acerca e intenta adecentar el caos estirándolas un poco.

¿Ya está? ¿Estirar las sábanas? ¿Eso es lo único que haces cuando alguien se propone dormir en tu cama? Intento contener el impulso, de verdad, pero la ansiedad es tan fuerte que se opone a mi decoro.

—¿No vas a...? ¿No vas a cambiar las sábanas?

Érik se me queda mirando con una palpable confusión en el rostro.

—¿Ahora? —dice.

—Bueno, sí.

—Ah —murmura de pronto, de un modo un tanto forzado—. Sí, claro.

Bien, Bruno. Estás obligando al chico que te ofrece desinteresadamente su casa a cambiar las sábanas para que tú te sientas cómodo y a gustito. Claro que sí. No es que me sienta satisfecho conmigo mismo, ¿vale? No lo puedo evitar.

—Espera, te ayudo. —Aunque para ello tenga que tocar tus sábanas sucias—. O, déjalo, ya lo hago yo. Dame las sábanas y yo las cambio.

—No, no. Si no tardo nada.

No consiente que lo ayude.

Así pues, me quedo apartado a un lado, observando. Hacía tiempo que no sentía tanta vergüenza. Aunque, la verdad, ya que se ha puesto a cambiar las sábanas, podría recoger también ese pañuelo arrugado que hay en una esquina de la habitación. ¿Es que no lo ha visto? Dios quiera que esté lleno de mocos. Que no es que me haga especial ilusión compartir dormitorio con según qué fluidos corporales, pero aventuro que hay alternativas bastante peores. Yo no pienso tocarlo, eso lo tengo claro.

Venga, Bruno, solo será una noche. Mañana estarás de vuelta en tu casa y te darás una buena ducha. Toda la ropa irá a parar a la lavadora. No hay problema. No pasa nada. Vas a estar bien. Además, mañana ya ni te acordarás de todo este rollo de las sombras tras la ventana.

Ojalá.

—Vale, pues ya está —anuncia Érik, mientras recoge todas las sábanas que ha tirado antes al suelo y se las aprieta contra el pecho. ¿No se da cuenta de la cantidad de mierda que se está restregando contra el cuerpo? No, no se da cuenta. Y supongo que vive más feliz así—. Si necesitas cualquier cosa...

—Desde hace...

—¿Sí?

¿Por qué he dicho eso? ¿Por qué siento que necesito contárselo?

—Desde hace tiempo, tengo sueños.

—Sueños —recalca él, quizá confuso.

Respiro hondo.

No sé por qué hago esto.

No, sí que lo sé. Porque este es el motivo de que esté aquí ahora, en lugar de en esa casa plagada de fantasmas invisibles.

—Sueño con un extraño que se sienta a los pies de mi cama y me habla muy bajito —continúo—. Tan bajito que no consigo oírlo. Yo me levanto e intento acercarme para poder entender lo que dice, pero él se pone de pie y se aleja. Muy rápido. Demasiado rápido como para poder alcanzarlo.

Érik parece aturdido. Tuerce los labios en una mueca que resulta un tanto cómica. Espera, ¿tiene pecas en la cara? Sí, creo que tiene pecas en la cara.

—¿Qué me quieres decir con eso? —pregunta.

—Nada. Solo quería contarte que tengo esos sueños.

Érik frunce el ceño.

—Vale —pronuncia, dubitativo—. Buenas noches.

Está a punto de marcharse, cuando lo detengo.

—Oye.

—¿Qué?

—¿Puedo dejar la luz encendida?

—¿Toda la noche? —se asombra.

—Sí.

Me observa durante varios segundos hasta encogerse de hombros.

—Sí, claro —accede.

—Buenas noches. Y gracias.

Capítulo 9

BRUNO

Una voz que no conozco se entremezcla con el sueño. No entiendo dónde estoy ni por qué. Despierto sobresaltado y sudoroso. ¿De quién es esta cara que tengo delante? Joder, es Érik. Vale, ya está viniéndome todo. Poco a poco, pero me viene. Tengo la mascarilla torcida. Sí, decidí dormir con la mascarilla puesta, yo soy así. Aunque ha debido de moverse durante la noche. La pienso desechar en cuanto llegue a casa. Por el momento, me contento con recolocármela.

—Perdona que te despierte —murmura Érik—, es que tengo que irme.

Ah, precioso. ¿Habrá cosa más hermosa que despertar por la mañana con el firme deseo de alguien de que te marches de su casa?

—Ya me voy —gruño.

—Lo siento.

—¿Qué hora es?

—Las diez.

—¿En serio?

Bueno, ¿por qué me sorprendo? Ayer me dormí pasadas las tres. Y es un milagro que lo consiguiera, teniendo en cuenta todo lo que ocurrió. Por suerte, estaba exhausto. Eso ayudó a que los pensamientos se marcharan lejos.

—Siento tener que echarte —insiste Érik—, pero...

—Da igual.

—... es que tengo clase.

—¿Clase un sábado? ¿De qué?

—De natación.

Uf. Pues mejor no le cuento lo que opino de la natación y de las piscinas en general. He dormido en la cama de un nadador. Menos mal que estoy a quince minutos, como mucho, de darme una buena ducha. No, espera, acabo de acordarme de que tengo que hacer limpieza intensiva en casa. No quiero irme. No me obligues a irme, Érik.

Me levanto de la cama en ese estado de zombificación que me caracteriza por las mañanas. Tengo un despertar un poco difícil, sí. Y lento. Sobre todo lento. Me pongo las deportivas con los ojos medio cerrados y estoy a punto de caerme dos veces. Luego recojo mi sudadera y el neceser que traje ayer, que yacen a los pies de la cama.

Listo.

Creo.

Eso espero.

Confío en tener aún los dos riñones, porque acabo de dormir en casa de un desconocido. El corazón me palpita un poco raro; igual me ha cortado la mitad. Pero, oye, todo el mundo sabe que con medio corazón se puede vivir. Y yo ahora mismo estoy *perfectamsndads*... ¿Qué le hacen los despertares a mi cuerpo? Y a mi cerebro. ¿O es que soy siempre así de tonto y el resto del día se me da bien disimularlo?

Por fin, nos disponemos a salir. Al pasar por el salón, no puedo evitar mirar hacia la ventana. Las cortinas están corridas; aun así, me invade un profundo escalofrío al ser testigo de la imagen.

Conque todo ese asunto de la sombra se me iba a olvidar por la mañana, ¿eh? Admito que la luz del sol ayuda a ver las cosas de otro modo. Ahora no me asusta tanto meterme en casa.

Dejamos el piso y bajamos por el ascensor en completo silencio. Qué sueño. Se me cierran los ojos. Tengo una pinta horrible. O sea, eso es lo que pienso al principio, hasta que me doy cuenta de que en el ascensor no hay espejos y estoy contemplando la foto de un anuncio de comida para perros.

Estupendo.

Al salir a la calle, me dispongo a seguir vegetando hacia mi casa, cuando Érik me detiene.

—Oye, ¿me das tu móvil?

Frunzo el ceño.

—¿Para qué quieres mi móvil?

Por la cara que pone Érik, es como si acabara de tirarle una piedra a la cabeza.

—No sé —dice—. Ya que hemos hablado y eso, por si queríamos mandarnos mensajes en algún momento.

¿Cómo? Ah, joder. Eres tonto, Bruno. No quiere tu móvil, en plan, tu dispositivo. Lo que quiere es tu *número* de móvil. Dios, en serio, estoy fatal. Yo no soy persona sin mi media hora de despeje. El café también ayuda, la verdad.

Sacamos los teléfonos e intercambiamos números. Sigo tan adormilado que hasta le habría firmado un seguro contra rocas devoraniños si me lo hubiera puesto por delante.

—¿Cómo se escribe Érik? ¿Con «k» o con «c»? —pregunto, en mitad de un bostezo.

—El mío es con «k».

Después de agregarnos, Érik sigue su camino y yo sigo el mío. Esquivo una farola por los pelos y alcanzo el portal de casa al tiempo que suelto otro bostezo. Tengo un poco de frío. Ayer salí de casa sin ropa de abrigo.

Creo que solo al hallarme frente a la puerta de mi

piso soy plenamente consciente de lo que ocurre. Todo el ensimismamiento que me poseía se disipa de golpe y no resta más que la cruda realidad.

No quiero entrar.

No solo me preocupa el asunto de Érik y la condenada sombra, que constituye, ya de por sí, una enorme fuente de inquietud; también me consume la certeza de que no podré volver a ser feliz en esta casa hasta que limpie y desinfecte cada maldito rincón. Y, aunque lo haga, de poco serviría, pues aún tengo que llamar al casero.

Sí. Es mejor que lo avise antes de hacer nada, porque querrá venir a inspeccionar y me niego a pasar por lo mismo dos veces.

Venga, Bruno, tienes que entrar ahí. Las cosas no van a solucionarse solas.

Meto la llave en la cerradura y una ráfaga de oscuridad me sopla en la cara. Tinieblas invisibles que habitan solo entre las paredes de mi cuerpo. Cierro los ojos y respiro hondo. El piso luce como siempre: luminoso y tranquilo. Nadie diría que ayer se apareció una sombra tenebrosa tras las cortinas. Hoy no me molesto en calzarme las zapatillas de casa. Voy a tener que fregar el suelo de todas formas, así que prefiero no mancillar la suela de esas zapatillas con lo que sea que haya en él. Sin contar que he dormido con los calcetines puestos en la cama de Érik, una cama *ajena*, y meterlos ahora en las zapatillas implicaría trasladar a estas los gérmenes y la suciedad que, con toda seguridad, se me han adherido al dormir. Ya tengo bastantes cosas que lavar. Las sábanas de la cama, por ejemplo. Aunque las cambié hace dos días, los policías estuvieron en mi dormitorio y colocaron algunas de sus pertenencias sobre el edredón. No tocaron directamente las sábanas, pero, yo qué sé, es mejor curarse en salud.

Me lavo las manos y abro la ventana de la cocina de par en par. Necesito respirar. Me cuesta, incluso al recibir el aire frío del exterior. Vuelvo a lavarme las manos; acabo de acordarme de que los policías tocaron ayer la ventana. Siento el frío del agua sobre la piel.

Quiero romper a llorar.

¿Puedo romper a llorar?

Venga, Bruno, vamos a la ducha. Y, después, llamaremos al casero.

Vamos poco a poco. Ya sabes que es la única forma de hacer las cosas.

Poco a poco.

Capítulo 10

ÉRIK

La natación siempre me ayuda a despejarme. Hoy no ha sido ninguna excepción. El monitor ha vuelto a intentar meterme en la cabeza la idea de competir, pero no me apetece nada pensar en esas movidas. Tío, yo quiero nadar un poco, generar endorfinas y ya está, ¿sabes? La vida del deportista es muy jodida. Y yo no llevo bien perder, así que me imagino la de disgustos que me llevaría si voy a las competiciones. Paso. En serio, paso.

Las preocupaciones parecen trotar a mi alrededor cuando salgo de los vestuarios del gimnasio, duchado y aseado, listo para volver a casa. Ninguna de ellas consigue alcanzarme, aunque me susurren palabras al oído.

Empiezo a pensar por enésima vez en el tema de la sombra. Estoy seguro de que vi a alguien. ¿Por qué Bruno no pudo verlo? Es tan puto imposible que me cabrea. Mucho.

Vale, eso de que las preocupaciones trotaban a mi alrededor... Nada, lo olvidamos, me están apuñalando justo en el pecho.

Y luego está la cagada con Gabi. Accede a quedar conmigo para animarme y yo voy y lo dejo plantado. Tengo que llamarlo. Sí, es lo primero que debería hacer. Ni siquiera espero a llegar al piso; busco su contacto mientras atravieso el parque que hay junto al gimnasio. No es un camino directo a casa (de hecho, me lleva en dirección contraria), pero me gusta darme el paseo de vez en cuando.

Un tono, dos tonos, tres tonos...

Nada.

Cuatro tonos, cinco tonos...

Contestador.

Genial. O está dormido o sigue cabreado. O las dos cosas.

Vuelvo a probar, aun a riesgo de que se encabrone todavía más conmigo por despertarlo. Que ya son cerca de las doce, vale, pero este tío es todavía peor que yo en lo que a horarios se refiere.

Un tono, dos tonos, tres tonos...

Nada. No hay manera. Fijo que está dormido y tiene el teléfono en silencio. O está tan sobado que ha trascendido a un estado de semidiós que lo aísla de los sonidos de los mortales. Es algo que suele pasarle, en realidad. Es muy de convertirse en semidiós.

Vale, lo de Gabi no hay quien lo solucione. ¿Cuál es el siguiente apartado de la lista? Tampoco puedo hacer que la situación con mis padres vaya a mejor. O sea, puedo estudiar, sí, pero ¿para qué? Poco voy a conseguir ya este cuatrimestre. Hay una asignatura que estoy bastante seguro de que aprobaré, hay otra en el limbo y el resto está perdido. Ya me pondré las pilas en el siguiente cuatri. Supongo. Si tengo ganas.

Yo qué sé.

Acabo volviendo a lo de Bruno.

Estoy empezando a pensar que la única opción es llamar a un psiquiatra para que me explique por qué coño vi una sombra que nadie más podía ver. Bueno, también podemos llamar a un espiritista, claro.

Recibo la idea con una carcajada sarcástica. Se me

hiela toda la garganta. Qué frío hace, joder. Me guardo las manos en los bolsillos del chaquetón y aprieto el paso. Mal día para dar un rodeo, desde luego. Vaya ideas de mierda que tengo. De bombardero, como se suele decir.

¿O era de bombero?

Cuando era pequeño, pensaba que los bomberos eran gente mala que ponía bombas por ahí. Ya os podéis imaginar lo que grité y lloré cuando, en el colegio, nos dijeron que iban a llevarnos de excursión al parque de bomberos.

Buah, qué tiempos.

En fin, creo que mis compis de la uni iban a quedar para comer. Si Gabi no da señales de vida, me piraré con ellos.

Al menos así podré dejar de pensar en la sombra durante un rato.

Capítulo 11

ÉRIK

La comida con mis compis de la uni se alarga bastante. Porque de la comida pasamos al café y en el café alguien grita: «¡No hay huevos a que nos tomemos una copa en el centro!». Supongo que lo de «no hay huevos» es porque estamos a cuarenta minutos de allí. Después de la copa, Matías, que va bien puestecito, nos suelta: «¡No hay huevos a colarnos en la boda del hotel que hay aquí al lado!». No, no nos colamos en ninguna boda. Ahí te has pasado, Matías. Puede que él lo hiciera, no sé, pero el resto pasamos muy mucho de meternos en movidas raras. Quita, quita.

Cuando llego a casa, me acuerdo de todo y me entra un poco de bajón. La sombra, mis padres, Gabi... Bueno, lo de Gabi igual tiene arreglo. Parece buen momento para intentar llamarlo de nuevo.

Ni siquiera me he quitado el chaquetón; tengo toda la pereza encima, para variar. Oh, y las bolsas del Mercadona siguen en la entrada. Esta mañana cogí una caja de cereales para el desayuno. Todo lo demás sigue ahí. Me he tropezado con ellas al entrar y he visto mi vida pasar por delante de mis ojos como si fuera una película: una mala, porque mi vida no es muy allá. Es una de esas pelis que emiten por la tele los domingos por la tarde; esas en las que sabes quién es el malo por la musiquita que le ponen cuando entra en escena.

Me tiro en el sofá y, por fin, intento contactar con Gabi.

Un tono, dos tonos, tres tonos...

Joder, ¡venga ya!

Cuatro tonos...

—¿Qué quieres?

Me aturullo al oír su voz y todo lo que me sale de la garganta son gruñidos ininteligibles.

—¿Hola? —dice.

—Oye, tío, siento haberte dejado tirado. Te juro que me pilló una movida muy rara.

—A ver, deléitame. —Lo noto a la defensiva. No sé si está enfadado o solo se lo hace.

—¿Te acuerdas de la historia que te conté? Eso de que mi vecino era un poco raro y se ponía a mirar por la ventana a horas, en plan, muy chungas.

—Sí.

—Pues resulta que no era mi vecino.

—¿Cómo no va a ser tu vecino, si vive enfrente?

—No, a ver. Mi vecino es mi vecino. Pero la sombra no era mi vecino.

—Te explicas como el puto culo.

Vale, sí, me estoy dando cuenta. Venga, intento darle una vuelta y hacerlo mejor esta vez. Tarda mil años y medio en responder.

—¿Me estás vacilando? —dice.

—No.

—Pues lo parece.

—Te lo juro.

—O sea, que tú viste a alguien en la ventana y tu vecino no.

—Sí —confirmo.

—Y no te parece raro.

—¡Claro que me parece raro!

—Más que raro es imposible.

—Pues eso digo yo.

—Algún día te emborracharás y me confesarás que todo esto es una trola. Pero, mira, da igual, porque al final me vino de putísima madre que me dejaras tirado.

—¿Es ironía o qué?

—No. Llamé a Eliana, no sé si te acuerdas de ella.

—No —admito.

—La tía esta con la que chateo desde hace meses.

—Ah, sí. —Ni puta idea de quién es. Cuando me habla de sus *conquistas*, yo desconecto.

—Pues resulta que me fui con ella y me presentó a dos de sus amigas. Tío. ¡Tío! Sus dos amigas eran más bien cuatro, no sé si me entiendes. —Imagino que es algún tipo de alusión a sus pechos. Yo paso de responderle; me da asco que hable así de la gente—. Pues, tío, triunfé.

—¿Os enrollasteis?

—No. Pero estas caen fijo, ya verás.

Eso significa que no van a caer. Como mucho, caerán por un precipicio. Igual se tiran ellas mismas si ven que Gabi les da demasiado el coñazo. Como amigo es buen chaval, pero como pretendiente tiene que ser una puta pesadilla de hombre.

Sigo charlando con Gabi un rato más; me habla de las dos tías a las que conoció ayer, de que hoy se le ha colado un saltamontes en casa y luego vuelta otra vez a las tías. Yo me abstraigo un poco y me pongo a pensar en si voy a cenar o no esta noche, porque no tengo hambre. Y si decido cenar, ¿qué voy a prepararme? No me apetece *pizza* otra vez. Al final quedo con Gabi en vernos mañana; y más vale que esta vez no se me olvide. Eso no lo digo yo, lo dice él. Aunque yo también lo pienso.

Cuando colgamos y miro el reloj, descubro que son las nueve y media. ¿En serio? El día entero se me ha pasado en un puñetero suspiro. Me da por echar un vistazo al edificio de enfrente y me encuentro con las luces de Bruno encendidas. No lo veo a él. Tampoco a esa otra figura desconocida. Decido mandarle un mensaje. A Bruno, no a la figura desconocida, claro.

Érik
Hola!

No responde. No aparece la hora de su última conexión. Igual este es un buen momento para aprovechar y desactivar yo también esa opción. Aunque, si lo hago justo ahora, después de la conversación que tuve ayer con mi madre, va a ser superdescarado. Igual es mejor que me espere unos días. O unos meses.
Suspiro.
No voy a hacerlo en la vida, ¿no?
El timbre del teléfono anuncia un mensaje.

Bruno Vecino
Hola

¿Ya está? ¿Solo va a decirme hola? Bueno, yo también le he dicho hola a él.

Érik
Quieres que te avise si vuelvo a ver la sombra?

Bruno Vecino
No sé, la verdad
La estás viendo ahora?
???
Tu silencio significa sí?
Hola???

Érik
Sorry
Me he despistado
No, no la veo ahora

Bruno Vecino
Mejor no la veas más, anda

Érik
Jajajaja

Bruno Vecino
Aún no has puesto el sofá en su sitio

Érik
Cómo lo sabes??

Bruno Vecino
Porque te estoy viendo, tonto

Ah, claro. Lo saludo con la mano. Espera, ¿me ha llamado tonto?

Bruno Vecino
Qué planes tienes para esta noche?
Hoy también vas a darle asilo a alguien de mi edificio?

Érik
Sí
Estaba pensando en traerme a la del cuarto

Bruno Vecino
Prueba con el del tercero, mejor
Tiene un cuerpazo

No sé cómo responder a eso, así que no lo hago. Y, para que conste, no se está refiriendo a él mismo. Él vive en el quinto, como yo.

Érik
En realidad, los planes para hoy han terminado ya
Estoy reventado

Bruno Vecino
Ya te veo, ya
Literalmente, digo
Quítate la chaqueta por lo menos

Érik
Demasiado esfuerzo
Quítamela tú

Se me suben todos los putos colores del mundo cuando envío ese mensaje. Ojalá pudiera borrarlo. Ya tiene el doble tic azul. Juro que no se lo he dicho en plan... sexual. Pero ha sonado así. ¿O no?

Bruno Vecino
Qué pereza
Me voy a dormir

Érik
A dormir??
Ya???

Bruno Vecino
Tengo sueño
Y prefiero hacerlo antes de que sea más tarde

«Antes de que aparezca la sombra», me da por pensar.

En serio, ¿he decidido ya cómo enfocar el asunto de la figura desconocida? ¿Ha llegado ya el momento de plantearse que esto pueda ser, no sé, una de esas cosas que no podemos explicar? No, no. Qué gilipollez. Nunca he creído en temas paranormales y no voy a empezar a hacerlo ahora. Entonces, ¿cómo justificamos lo que ha pasado?

Espera.

Temas paranormales.

Temas para normales.

¡Nunca lo había pensado! ¡Tiene gracia y todo!

Bruno Vecino
Buenas noches, tonto

Érik
No me llames tonto

Bruno Vecino
Es cariñoso

Érik
No me gusta

Bruno Vecino
Vale
Pues buenas noches

Érik
Buenas noches

Bruno Vecino
Tonto

La risa se me escapa tan fuerte que le escupo un par de gotas de saliva a la pantalla. Será cabrón, el tío.

Lo busco al otro lado de la calle, aunque todo lo que veo son sus luces encendidas y las cortinas corridas. Me parece distinguirlo en la ventana de su dormitorio. No estoy seguro.

Bruno Vecino
Es broma
Buenas noches

Capítulo 12

BRUNO

Es domingo por la mañana y todavía me sigo preguntando a dónde se fue la totalidad del día de ayer.

Aún tengo el salón lleno de ropa mojada. No hay terraza donde sacar el tendedero y me niego a hacerlo en la azotea. Ni de coña voy a exponer yo mi ropa de esa manera, para que cualquiera la manosee. En esas cuerdas renegridas, además. Intento mantener la ventana abierta todo lo posible para que no se me llene la casa de humedad. El problema es que, hasta para mí, que soporto bien el frío, se torna demasiado al cabo de unos minutos.

Al menos, en cuanto a limpieza, el piso vuelve a ser un lugar seguro. Después de que ayer pasara por aquí el casero (y toqueteara bastantes menos cosas de las que yo vaticinaba), pude al fin ocuparme de dejarlo impoluto y desinfectado. Sí, ya empiezo a recordar dónde se fue la totalidad del día de ayer. Por suerte, todo va cobrando forma. Lo malo es que no puedo sentarme en el sofá, porque la funda aún está tendida, utilizando un par de sillas como punto de apoyo. No pienso plantar el culo ahí sin ponerle antes algo encima.

No me gustó la mirada que me dedicó el casero ayer, como si yo tuviera la culpa de algo de lo que ha pasado. Me sorprendió que se marchara sin regalarme una advertencia siquiera. Le pregunté si había más gente con llave de este piso.

—No —respondió.

Eso fue lo que dijo al principio. Luego empezó a recordar que su hija tenía una copia para emergencias. Su hermana también. Además, recordaba vagamente que su mujer había hecho una o dos copias más de la llave (estas, en concreto, no se sabe a quiénes fueron a parar). Y, por lo visto, cabía la posibilidad de que uno de los antiguos inquilinos se quedara con la llave, en lugar de devolverla. No estaba seguro. En definitiva, este piso es lo más cerca que puede estar uno de vivir en pleno paso de cebra. Lo bueno (por llamarlo de alguna manera) es que, como van a cambiar la cerradura el lunes, ya puedo olvidarme de todas esas copias que hay rondando por ahí.

Después de acercarme a la ventana y cerrarla por enésima vez en el día, estoy a punto de dejarme caer en el sofá. Consigo esquivar la bala por los pelos. En su lugar, me siento en una de las sillas que hay alrededor de la mesa de comedor. La única disponible, en realidad. Dos de ellas están ocupadas sirviendo de puente a la funda del sofá y la otra es la que destino a la ropa de calle, que nunca empleo como asiento y que dedico, de forma única y exclusiva, a la ropa que me quito cuando vuelvo de estar en la calle. Así pues, solo queda una. Mi favorita, en realidad.

Estoy cansado.

Pienso en la supuesta sombra de mi piso, pero también en mi forma de ver el mundo. Los pensamientos giran y giran hasta anular mi voluntad, hasta que solo ansío quedarme aquí, sentado, y pulsar el botón de avance rápido para que todo se solucione en unos días y yo pueda seguir siendo feliz.

Feliz.

Lo más cerca que lograré estar yo de algo así, quiero decir.

El teléfono empieza a sonar en alguna parte del piso. ¿Dónde lo he dejado?

En la habitación, creo. Sí.

Me sorprende y asusta descubrir que es Érik quien me llama.

—Hola —saludo.

—Hola.

Se hace el silencio. Me escama que no quiera decir nada. Estoy empezando a temer lo peor.

—¿Qué pasó al final con la cerradura? —pregunta—. ¿La cambiasteis?

—Todavía no. El casero dijo que hay que esperar al lunes, que en fin de semana no hay nada abierto.

—Ah, claro.

—¿Has vuelto a verla?

Silencio.

—Me llamas por eso, ¿no? —Una pausa. No responde—. Érik.

—La vi anoche. Después de que me dijeras que te ibas a acostar.

Fantástico.

Me acerco a la ventana y la abro de par en par, a pesar de que justo la acabo de cerrar. Es nuestro juego: la ventana y yo ya nos conocemos. Veo a Érik al otro lado. Saluda con un gesto de culpabilidad. Yo no lo saludo a él.

—Estuve a punto de despertarte —añade.

—No lo habrías conseguido. Pongo el móvil en silencio cuando duermo. Y, de todas formas, ¿para qué? ¿Qué habría ganado yo sabiendo eso? Esto no tiene ni pies ni cabeza.

—No me crees.

—Te creo.

Supongo que vuelvo a mentir. ¿Cómo voy a confiar

en su palabra si eso implicaría traicionar todo aquello en lo que creo? O, como mínimo, poner en duda mis percepciones. Lo más extraño es que no parece que esté mintiendo. Por no hablar de los sueños que he tenido.

—Esta noche puedes volver a dormir en mi piso, si quieres —se ofrece.

—¿Hasta cuándo? ¿Hasta que al fantasma le dé por buscarse otra casa? Mira, Érik, si lo que dices es verdad y no ha pasado nada en todo el tiempo que llevamos esa cosa y yo *conviviendo*, supongo que todo está bien. Prefiero que no vuelvas a avisarme si la ves.

Tarda un poco en responder. Cada segundo me abre una herida.

—Vale.

Sé que estoy cayendo en el clásico absurdo de matar al mensajero. Sé que Érik solo quiere ayudarme. Bueno, supongo que solo quiere ayudarme. Me siento un poco mal por él. Hasta se me pasa por la cabeza pedirle que nos veamos, en plan disculpa.

No puedo hacerlo.

Primero, porque no me apetece salir a la calle ni traerlo a mi casa. Segundo, porque estar con él implica recordar la maldita sombra que mora tras mi ventana.

Es mejor que no.

Dedicaré el domingo justo a lo que dije que no haría.

A trabajar.

Capítulo 13

BRUNO

Las cosas van bien.
Quizá en alguna parte.
Quizá a alguien que no soy yo.
Porque a mí todo me va bastante mal.

Casi no he dormido en la última semana. A pesar de que cambiamos la cerradura el lunes, poco contribuyó eso a mi tranquilidad. Cada día intento acostarme muy temprano, porque a partir de las doce me da por despertar a horas intempestivas y ya no soy capaz de volver a conciliar el sueño. Me siento observado. Acompañado. Paso las horas en vela, trabajando, mirando chorradas en Internet o leyendo *thrillers* sin enterarme de quién ha matado a quién. A veces consigo dormir un poco por la mañana, entre las ocho y las doce, cuando el sol regresa a su lugar en el cielo y las sombras se apagan a la fuerza. Mis ritmos circadianos son un completo despropósito.

No he intercambiado una sola palabra con Érik desde aquella vez que fui un poco borde con él. Por eso me sorprende todavía más que me llame por teléfono.

—Dime —saludo nada más descolgar.

—Eh, oye... —Érik se detiene. Qué mala pinta tiene esto—. Mira, te va a parecer una locura y una estupidez, pero el caso es que la tía de una amiga mía se dedica a echar las cartas. Y se me ocurrió que, no sé, a ver..., vale, sí, puede que sea una tontería, pero yo no dejo de pensar en la sombra y supongo que no perdemos nada por consultar a esta mujer.

En efecto, me ha parecido una locura y una estupidez.

—Perdemos dinero —aporto—. Y un poco de dignidad también.

—Del dinero me encargo yo. En dignidad vamos a medias.

Me hace sonreír.

—¿Estás flipándolo todavía? —me pregunta.

—Y seguiré flipándolo la semana que viene. ¿A esto hemos llegado, Érik?

—Tío, ya sé que no querías que te hablara del tema, pero..., joder, es que da muy mal rollo, ¿vale? Ver una noche sí y otra también a alguien plantado en una ventana, alguien que se supone que no existe y a quien solo yo he podido ver.

—Este sería un buen momento para confesar que todo esto ha sido una broma muy elaborada por tu parte, entonces los dos nos partimos de risa, nos damos un beso y saludamos a cámara.

—¿Cómo?

—¿Qué?

¿He dicho algo raro? Espera, ¿no habrá sido por...?

—¿Te molesta lo del beso? —pregunto.

—¿Qué?

—Es un beso en la mejilla, tampoco te emociones. Es lo que hacen en los programas de cámaras ocultas cuando se destapa la verdad. —Bueno, supongo que lo hacen, porque tampoco es que haya visto muchos.

Creo que lo oigo carraspear.

—Entonces, ¿quieres venir a ver a la tía de mi amiga o no? —dice.

—Yo voy a donde tú me digas.

—¿Me estás vacilando?

Bruno, contrólate, a ver si te vas a aficionar a chinchar a este chico y el pobre se va a acabar mosqueando.

Pero es que me divierte chincharlo.

—Sí, perdón. Aunque la respuesta es la misma.

No responde. Puede que se haya enfadado.

—¿A qué hora nos vemos? —pregunto.

Capítulo 14

ÉRIK

Quedamos en la calle a las seis en punto. Soy el primero en llegar y aguardo frente a su portal con las manos metidas en los bolsillos del chaquetón. Hoy la temperatura no es tan baja como estos últimos días, aunque ya están anunciando una nueva ola de frío para la semana que viene. Se ve que los meteorólogos no se cansan de darnos disgustos. Cuando era pequeño, me pensaba que los señores que daban el tiempo por la tele *decidían* el tiempo que iba a hacer en el país. Recuerdo que les preguntaba a mis padres por qué no nos daban un tiempo mejor. «Porque son unos cabrones», decía mi padre, descojonándose. Y mi madre lo reprendía por usar esas palabras. Por entonces, yo pensaba que «cabrón» era un elogio, para decir que eras, en plan, superlisto.

Era un crío, ¿vale?

Estoy a punto de sacar el móvil cuando veo una figura que se acerca a la calle desde el interior del portal. Por fin. Es Bruno. Agarra el pomo y... No, espera, no agarra el pomo. ¿Mete la llave? ¿Usa la llave para abrir desde dentro? ¡Me cago en la puta hostia! ¿Y esas ojeras que me trae? ¡Si parece un oso panda!

—Tío, ¿has dormido *algo* últimamente? —le suelto, por todo saludo.

—¿No es evidente que no?

—¿Es por la sombra?

—Es por tu culpa.

Me deja un poco planchado, no voy a mentir. ¿Qué espera que responda a eso? Joder, yo solo quiero ayudarlo. Me preocupa que siga viviendo en ese piso, con esa... cosa. Sea lo que sea. Vale, sí, puede que si yo no le hubiera dicho nada de toda esta mierda, él hubiera seguido con su vida como si tal cosa. Pero tampoco es que yo supiera en lo que me metía cuando se lo dije, ¿no?

—Es broma —dice al final.

Sí, claro. El daño ya está hecho. Yo le he hecho daño, él me ha hecho daño, todos nos hacemos daño. Yuju.

Sin decirnos mucho más, echamos a andar.

Bruno se mantiene lejos de mí. A veces creo que soy yo el que se separa y me arrimo de manera inconsciente, pero él vuelve a apartarse. Al poco de haber emprendido la marcha, como si estuviera manejando una de esas máquinas de grúas que solo sirven para sacarte la pasta (y reconozco que a mí me la han sacado varias veces), mete los dedos en el bolsillo de su abrigo y saca un pequeño botecito con un líquido transparente en el interior. Se lo derrama sobre la palma, guarda el recipiente y se frota las manos.

—¿Qué es eso? —pregunto.

—Desinfectante —responde él, sin mirarme.

¿Desinfectante?

—Aparta.

Estoy tan distraído que apenas oigo lo que dice. Lo siguiente es un chasquido de lengua que resuena en mi cabeza y un tirón del brazo. A mi lado pasa un chaval con la vista plantada en el teléfono móvil. Creo que Bruno acaba de evitar que me estampe contra ese tío.

—A ver si miramos por dónde vamos —suelta Bruno, refiriéndose a mí.

Está cabreado. ¿Por qué? O sea, vale, podía haber prestado más atención, pero estaba mirándolo a él. ¡Porque estábamos hablando! Y ahora vuelve a tener el bote de desinfectante en las manos. Se lo unta de nuevo. No me jodas. ¿Es porque me ha tocado a mí? ¿Se desinfecta porque ha tocado la manga de mi chaquetón? ¡Ni que yo tuviera la peste! Aunque me gustaría hacerle algún comentario al respecto, no me sale la voz.

Bueno, igual...

Yo qué sé, igual tiene sus motivos, ¿no?

—Entonces, se supone que la tía de tu amiga es buena, ¿no? —pregunta Bruno, al cabo de un rato.

—En realidad...

—¿Qué? —pregunta él, a la defensiva.

—Te tengo que confesar una cosa.

—No me fastidies, Érik.

—A ver, no es nada. Es que realmente no es la tía de una amiga. Es la tía de la amiga de una amiga. —Puedo ver la reacción en su rostro a cámara lenta; o sea, en la parte de su rostro que alcanzo a ver, que es básicamente sus ojos. Al fin y al cabo, hoy, como siempre, lleva una mascarilla cubriéndole la nariz y la boca—. Pero yo también conozco a esa chica y, además, mi amiga me ha hablado muy bien de ella. De su amiga, quiero decir, no de la tía.

Durante unos instantes, preveo que Bruno va a darse la vuelta y a pirarse de aquí. En su lugar, se limita a encogerse de hombros y a decir:

—Bueno, vas a pagar tú.

Llegamos a nuestro destino alrededor de quince minutos después. Resulta que la consulta de la tal Carmona, como se dirigió a ella mi amiga, se encuentra en la parte de atrás de una tienda de colchones. Sí, colchones. Entras a la tienda, dices que vienes a ver a

Carmona y entonces el pavo te acompaña hasta la parte de atrás como si fueras a comprar droga. Lo más surrealista que he hecho en mi puta vida. Bueno, no. Para qué nos vamos a engañar.

Lo que hay detrás es una antesala oscura donde flotan varios tipos de incienso. Los olores se mezclan y me raspan la garganta. Me lío a toser nada más llegar. Carmona se encuentra tras una cortina roja y traslúcida. Hay que apartarla con la mano para acceder. Veo que a Bruno le cuesta trabajo hacerlo. Parece que esté a punto de recoger una mierda de perro. Descorro la cortina, él me mira y luego entra.

Nos reciben Carmona y sus ojos enormes, que parece que vayan a salir rodando. Se supone que mi amiga (o sea, la amiga de mi amiga) la ha avisado de que veníamos. Con muchos aspavientos y, sobre todo, con mucha tontería, nos dice:

—Buenas tardes. Tomad asiento.

Y acto seguido señala unas sillas con cojines de borlas que hay frente a una mesa diminuta con un tapete rojo intenso. Es como ver a la vidente de una película. Solo le falta la bola de cristal. Esto es una puta estafa, tío. Pero ¿cómo nos vamos ahora de aquí? No quiero gastarme... ¿Cuánto era? ¿Veinte pavos? Mucho me parece. ¡Coño, claro que es mucho! ¡Porque seguro que lo mismo que hace esta mujer lo puedo hacer yo con la punta de...! Bueno, ¡con lo que sea!

Venga, hay que tener fe.

¡Fe en que esto no va a servir para una mierda! Tío, yo me quiero pirar de aquí.

—¿Puedo quedarme de pie? —pregunta Bruno.

La mujer alza las manos y las agita en el aire con extrema lentitud.

—La canalización de las... energías requiere... concentración —explica, intercalando pausas donde no son necesarias.

Yo ya me he sentado. No sé por qué. Supongo que porque la tía esta me da un poco de mal rollo. ¿Y si me echa un mal de ojo? No, no, no. Ya me va bastante mal como estoy, gracias.

Al final, Bruno se sienta en la silla. Igual que hizo en mi sofá, se coloca en el borde del cojín, como si estuviera levitando, más que sentado. Carmona echa mano de una baraja de cartas que hay a un lado de la mesa y empieza a pasarlas con rapidez. Si no le va bien lo del espiritismo, siempre puede irse a un casino, supongo.

—Dime cuándo corto —dice.

—¿Quiere que le cuente mi problema o...? —comienza Bruno.

—Más tarde. Los problemas se revelan solos, chico. Las fuerzas ocultas nos los susurran. Aunque no todos podemos entender lo que dicen.

Espero que ella sea de las que sí pueden, porque si no...

—Ya —responde Bruno.

La mujer separa las cartas y coloca unas cuantas sobre la mesa, boca abajo. De repente me están entrando unos nervios muy tontos. Las levanta una a una y... Espera, ¿es una baraja española? ¿Esto no se suele hacer con las cartas del tarot? Bueno, a ver, la experta es ella. Si ella dice que se hace así, se hace así.

Carmona empieza a hablar mientras señala las cartas. Yo la verdad es que apenas las veo, teniendo en cuenta que estoy un poco más apartado de la mesa y que lo único que alumbra esta habitación es la luz que viene de fuera y unas cuantas velas que elevan de forma bastante alarmante la probabilidad de incendio. Yo creo que lo verdaderamente milagroso de todo esto es que Carmona vea las cartas, teniendo en cuenta las circunstancias. O igual no las ve. A lo mejor no le hace falta.

—Veo a una chica. A una joven. Muy guapa. Y veo un acontecimiento muy especial —relata la mujer, con tono enigmático.

—Creo que tiene usted que cambiar de canal —apunta Bruno, impasible—. Ha conectado con la vida de otra persona.

Joder, qué huevos tiene el cabrón. Tío, Bruno, como nos eche un mal de ojo por tu culpa, te la cargas.

—¡La vida a menudo nos sorprende, chico! ¿Cuál es tu nombre, por cierto?

—Bruno.

Podría habérselo preguntado antes, ¿no? ¿No te hace falta el nombre de una persona para conectar con las fuerzas ocultas esas? A lo mejor se puede acceder a ellas con el DNI y esta mujer ya tenía el número de Bruno. Como si fuera una base de datos, vamos. Ahora que lo pienso, si una vidente tiene que preguntarte el nombre, ¿no significa que es una mala vidente? ¡Debería adivinarlo! ¡Para algo voy a pagar yo veinte pavos!

—Oigo campanas —prosigue Carmona.

—¿De boda? —pregunta Bruno.

—Pueden serlo. Pero no tiene por qué. Las campanas pueden simbolizar un cambio. O la muerte.

Joder. Pues de una boda a la muerte hay un buen trecho, ¿eh? Dios quiera que sea una boda o un cambio de esos.

—Aunque, estas campanas... —Carmona se lleva una mano a la sien y se frota los dedos con los ojos cerrados—. Estas campanas llevan luz. No anuncian un deceso.

¿Qué es un «deceso»?

Carmona recoge las cartas y coloca una nueva tanda sobre la mesa.

En serio, ¿qué es un deceso? ¿Por qué Bruno no pregunta lo que es? ¿Acaso él lo sabe? ¿Cómo? ¡Que alguien me lo explique!

Carmona levanta las cartas y, de pronto, sus ojos cobran una severidad que me da bastante mal rollo.

—Veo que portas una carga muy grande —revela—. Tremenda. Y te pesa, Bruno. Te pesa tanto que no puedes llevarla solo.

Bruno se estremece en la silla, los puños apretados sobre los muslos. ¿Qué le pasa?

—¿Y se irá? —pregunta—. La carga.

—Se irá —afirma Carmona, muy segura—. Cuando decidas compartirla con las personas indicadas.

—Ya.

El tío no parece convencido. Yo sigo pensando en eso del deceso.

—¿Puedo decirle ya lo que nos preocupa de verdad?

—La verdadera oscuridad se impone por sí sola, Bruno.

—Ya, pero es algo muy concreto, y si dependemos de las fuerzas ocultas, pues igual tarda usted en encontrarlo.

Carmona se muestra un pelín contrariada.

—Dime.

—Mi amigo —me señala en la penumbra— vio el otro día a alguien tras la ventana de mi piso. Sin embargo, yo no pude verlo, a pesar de que estábamos los dos juntos. Y él insiste en que ha seguido viéndolo estos días.

La mujer asiente, pensativa. Y sigue pensando un rato hasta que por fin le da por decir algo.

—Cuando alguien porta una carga tan pesada como la tuya, Bruno, a veces cobra forma física. Traspasa el cuerpo y la mente y se materializa en el plano de los mortales.

—Entonces no es un fantasma —intervengo yo. Luego me arrepiento de haberme metido en medio de esta sesión chunga.

—No es un fantasma. Es la carga de Bruno.

—Vale —asiente él, escéptico—. ¿Y por qué yo no pude verla y Érik sí?

—Hay personas que cuentan con una sensibilidad especial para estas cosas. Incluso en el plano de los mortales, no es fácil percibir las cargas que trascienden los cuerpos de la gente.

No me jodas. Ahora resulta que, hipotéticamente hablando, ¿yo sería una especie de vidente también? Pues yo no sé barajar las cartas a esa velocidad, así que mal empezamos.

—¿Es peligroso? —pregunta Bruno.

—¿El qué?

—Esa... cosa. La sombra que vio mi amigo.

—Es tu carga, hijo. Una carga tan pesada que ha tenido que salir de tu cuerpo para que puedas soportarla. Claro que es peligroso llevar a cuestas algo así.

—No, o sea..., quiero decir que si esa... materialización puede ser peligrosa. No me refiero a lo duro que sea lidiar con ella por mi cuenta.

—No creo que el peligro vaya mucho más allá. Tú ni siquiera puedes verla. Solo podría llegar a constituir un peligro para, bueno, para alguien que sí pueda percibirla.

Y, de pronto, los ojos de Carmona y de Bruno se clavan en mí.

Capítulo 15

BRUNO

La sesión dura quince o veinte minutos. Carmona tiene el detalle de cobrarnos solo la mitad por ser amigos de Lourdes. Supongo que Lourdes es la amiga de la amiga de Érik. Suena absurdo, ¿no? Acabo de estar con la tía de la amiga de la amiga de mi vecino.

Cuando atravesamos de nuevo la tienda de colchones y regresamos al exterior, Érik y yo nos miramos fijamente. Tardamos justo cuatro segundos en romper a reír al mismo tiempo. Reímos tan fuerte que me falta el aire; y parece que no vayamos a parar nunca. Cuando Érik se detiene, vuelve a reír de nuevo. Yo ni siquiera estoy seguro de por qué me río. Puede que sea por la tensión. Porque ahí dentro, más allá de creer o no en lo que estaba ocurriendo, se respiraba tensión. E incienso. Mucho incienso. Muchísimo.

—Al final no ha estado tan mal, ¿no? —pregunta Érik.

—Bueno, se ha lucido nada más empezar, con eso de que veía a una chica muy guapa y oía campanas de boda. Una chica, ya.

Érik me observa de un modo un tanto extraño. Separa los labios un par de veces antes de lanzar la pregunta:

—¿Te gustan los... chicos?

Pensaba que eso estaba claro. ¿No hice el otro día un comentario sobre el cuerpazo de mi vecino del tercero?

—Soy gay, sí. ¿Por? ¿Te molesta?

—No, no.

—¿Tú eres gay?

—No. O sea, no sé.

Escruto su rostro con detenimiento.

—¿Estás en el armario? —pregunto.

Érik gruñe y se guarda las manos en los bolsillos de la chaqueta. Míralo, qué mono.

—Estás en el armario —afirmo.

—Un poco.

—Un poco bastante. ¿Quién lo sabe?

—Nadie.

—¿Nadie?

—Una amiga que tengo por Internet —confiesa—. Nadie más.

—Entonces, ¿eres virgen?

Se está poniendo colorado.

—No. Bueno. Sí.

—¿Sí o no? —insisto.

—A ver, intenté follar con una novia que tuve. Pero fue... un puto desastre.

—Tienes que contármelo. Lo exijo.

—Ni de coña.

—Venga. Por favor.

—Tampoco hay mucho que contar.

Está rojo como un tomate y se le han encendido las pecas que tiene en la cara. Es adorable. Doy un paso hacia él. Érik retrocede, puede que de un modo instintivo. Yo vuelvo a acercarme. No pienso tocarlo, Dios me libre de establecer contacto con una persona, pero me gusta intimidarlo. Es divertido. Creo que yo soy un poquito más alto que él; nada, un par de centímetros, como mucho. Aun así, eso lo hace aún mejor.

—¿Qué pasa? —gruñe.

—No pasa nada, tonto.

—No me llames tonto.

—Vale, tonto.

Sonríe. Sabía que no le molestaba tanto.

—En serio, no me llames tonto —insiste.

—Bueno, ¿nos volvemos ya?

—¿Y si vamos a cenar?

Arqueo las cejas nada más escucharlo.

—¿A cenar a las siete de la tarde? —pregunto.

—Podemos hacer tiempo.

No quiero.

Lo que de verdad me gustaría es volver a casa, darme una ducha y sentirme limpio y seguro de nuevo. Aquí, tan cerca del aliento de Érik, es imposible sentirse así. Culpa mía, en parte, por haberme acercado tanto. Sea como fuere, eso es lo de menos. La ciudad está llena de gérmenes, bacterias y virus que campan a sus anchas por todas partes. ¿Y qué es lo que propone Érik? ¿Que cenemos en un restaurante, con todo lo que eso conlleva? A saber quién se ha sentado antes en esas sillas, quién ha comido en esa mesa, si los cubiertos, los platos y los vasos estarán bien limpios, si la comida ha sido preparada siguiendo todos los protocolos higiénicos... Y, aun así, ¿por cuántas manos habrá pasado antes de que nos la sirvan a nosotros?

Aunque, ¿cuál sería la alternativa? ¿Ir a su casa? Con todo ese desorden, ese caos de polvo, pelusas y pañuelos usados. Sin contar que poner un pie en ese piso me hará recordar todo el asunto de la sombra. Pues no es que me apetezca demasiado, no.

—Vamos a dar un paseo, si quieres, y ya pensamos luego lo de la cena —le ofrezco.

No parece muy satisfecho con la propuesta; la acepta de todas formas.

Emprendemos la marcha rumbo a casa, pero nos detenemos en un pequeño parque que encontramos por el camino. Ya ha anochecido y este trampantojo de naturaleza se me antoja, más bien, una jungla de sombras y diablos. Él se sienta en un banco; yo me quedo de pie.

Érik, ¿sabes la cantidad de personas que han puesto ahí el culo, la de gente sin techo que habrá dormido encima y la de perros que habrán pisoteado ese mismo metal con sus patas? Yo tampoco lo sé, pero me lo puedo imaginar. Y déjame decirte que tienen que ser muchos.

Enséñame a ser como tú.

Enséñame a plantarme ahí sin sentir que desciendo a la más insondable oscuridad, sin acusar la imperiosa necesidad de darme una ducha después, bajo pena de que mi mundo se derrumbe si no lo hago.

Enséñame a vivir.

Enséñame.

—Oye —dice—, ¿tienes... una obsesión con la limpieza o algo así?

Vaya. No ha tardado mucho en darse cuenta. ¿Qué le habrá dado la pista? ¿La mascarilla, el desinfectante o que no quiera estar a menos de un metro de ese banco?

—Sí —respondo, con naturalidad.

—¿Y de verdad tienes alergia? ¿O llevas la mascarilla por otra cosa?

—No tengo alergia. La llevo para evitar enfermedades. No quiero respirar el mismo aire que respiran los demás.

Érik asiente, cabizbajo. Cuando alza la voz de nuevo, parece pequeña y suave:

—¿Por eso no te quitaste la mascarilla en mi casa?

Tengo que contener un suspiro. Me exaspera que la gente traslade estos asuntos al terreno personal.

—¿Te molesta que no me la quitara? —pregunto.

—No.

Pues a mí me da la impresión de que sí que le molesta un poco.

—Cada uno es como es —añade—. No pasa nada por ser así.

Ya. No pasa nada. Como si vivir así fuera fácil. Como si lo que a mí me preocupara fuera lo que otros puedan pensar de mi forma de ser. Aun así, para qué molestarme en contradecirlo. La gente no lo comprende. Te ven con tu botecito diminuto de desinfectante y se piensan que a ti te hace feliz tener que untártelo en las manos cada vez que aflora la necesidad. No piensan que es una tortura que te encadena día tras día tras día tras día. Y a veces no tienes fuerzas para seguir siendo un esclavo. Pero hay que continuar. Porque la alternativa es la oscuridad más absoluta que uno se pueda imaginar y una ansiedad que te devora las carnes y te hace desear la muerte como la más pura e intensa de las luces. Porque la muerte es un faro en comparación con el abismo.

—Cuéntame lo de tu novia —le pido, para cambiar de tema.

—¿Qué?

—Cuando casi perdiste la virginidad.

—No.

—Por favor.

—Te lo cuento si vienes luego a cenar.

No.

—Sí —respondo.

Vale, pues sí.

—A ver, no hay mucho que contar, ¿eh? —me advierte. Su rostro ha empezado a teñirse de rojo—. Llevábamos dos meses saliendo y llegó el día. Porque ella quería que llegara, que a mí me la sudaba bastante. El caso es que, bueno, a mí no se me levantaba, así que

me puse a pensar en un amigo que tenía por entonces. El problema es que cada vez que ella hablaba o
gemía se me cortaba todo el rollo y no había nada que
hacer.

No puedo evitar sonreír. Me lo estoy imaginando
en plena faena y tiene su gracia, la verdad. Es demasiado mono.

—Rompimos poco después. Fue una ruptura... ¿Cómo se dice? ¿Tácita? No nos dijimos nada, simplemente dejamos de vernos.

—Tácita, sí. ¿Por qué saliste con ella si sabías que
no te atraían las mujeres? ¿Estabas experimentando?

—Ah, pues..., no sé.

—¿Cómo aguantaste dos meses sin darte cuenta
de que algo iba mal? Porque supongo que os besabais,
¿no?

—Sí. Bueno. —Se encoge de hombros—. Supongo
que quería intentar ser normal.

—¿No eres normal? ¿Te sobra un brazo o algo así?
¿Tienes una anémona de mar donde tendrías que tener el pito?

—No me refiero a eso. Normal en el sentido de...

—Sé a qué te refieres, tonto —lo interrumpo.

Érik me regala un ceño fruncido. Parece un perro
a punto de morderme. Un perro triste.

Un momento.

¿Cuándo me he sentado en el banco? Joder. Lo he
hecho sin darme cuenta, estaba pensando en otra
cosa. Me pongo de pie al instante. El corazón me palpita y me falta el aire.

—¿Estás bien? —me pregunta Érik.

—Sí.

Mira, Bruno, no pasa nada. También te has sentado en la silla de la vidente. Vale, es posible que este
banco tenga más gérmenes que la silla de la vidente;
muchísimos más, pero...

Creo que esta reflexión no me está ayudando. No, me está poniendo bastante más nervioso.

Espera, ya sé.

El otro día me senté en el sofá de Érik, y Érik se sienta en los bancos de la calle, por lo que, de un modo indirecto, aquello fue como sentarme en un banco de la calle. Vale. Sobreviví a aquella situación, ¿verdad? Claro. Pues bastará con darme una ducha y lavar la ropa que llevo puesta. Bien. Perfecto. Más o menos. Ahora, vuelta a la conversación.

¿Por dónde íbamos?

Ah, sí, ya me acuerdo.

—Érik, tú y yo somos tan normales como el resto de la gente. —Bueno, supongo que tú eres más normal que yo—. Como esa mujer del bolso rojo, como esa pareja de ancianos, como ese tío de ahí que está..., ¿está inyectándose heroína?

Érik se echa a reír.

—Hostia, qué fuerte —dice.

—Vale, pues a ese olvídalo. No somos tan normales como ese. Somos un poco más normales.

Érik sonríe.

—Bueno, estás asumiendo que yo no me pincho heroína por las noches —objeta.

—Lo estaba asumiendo, sí, pero, si quieres, me retracto.

—Es broma —me aclara.

—Ya lo sé. No tienes tú cara de pincharte heroína.

—¿Y cuál es la cara de los que se pinchan heroína?

—Pues la de ese tío. —Señalo con la cabeza.

Él se parte de risa. No me parece para tanto.

—¿Sigues pensando eso? —pregunto.

—¿El qué?

—Que te gustaría ser «normal».

—No, no. Ya no.

No me lo creo. Encima se ha guardado las manos en los bolsillos de la chaqueta, y estoy empezando a pensar que ese gesto siempre entraña algún significado oculto. Creo que lo hace cuando se pone nervioso. Aunque, teniendo en cuenta que llevo viendo a este chico dos días, me falta base para juzgar.

—Oye, lo que ha dicho antes la vidente... —empieza.

Enhorabuena, Érik. Te podrían dar un premio a la sutileza. Que no se note que querías cambiar de tema.

—¿Qué ha dicho?

—Lo de que tienes encima una profunda carga o yo qué sé.

—Sí —asiento.

—¿Eso es verdad?

—Casi todo el mundo porta alguna carga.

Y la mía ya la conoces. Solo que tú no eres capaz de identificarla como una carga. Porque nadie se imaginaría nunca que los que son como yo tienen que vivir un infierno.

Pero lo es, Érik. Es un infierno.

—Así es como los videntes se aprovechan de la gente —añado—. Te dicen cosas muy generales para que puedas adaptarlas a tu vida. Al empezar, por ejemplo, dijo que veía a una mujer guapa, un acontecimiento importante y campanas. Mujeres guapas hay muchas; acontecimientos importantes, también. Y las campanas pueden significar boda, cambios o muerte.

—Ya. Hay cuarenta mil cosas que encajan con esa descripción.

—Exacto.

—¿Y crees que...? O sea, lo que nos ha dicho sobre que tu carga sale de tu cuerpo y...

—No —lo interrumpo—. No me lo trago. Creo que solo dijo lo primero que se le pasó por la cabeza.

—¿Entonces?

—Entonces, ¿qué? —contraataco.

—¿Qué es esa sombra que veo todas esas noches?

—No lo sé.

—¿Y por qué solo la veo yo?

—Tampoco lo sé.

—Dijo que solo podía suponer un peligro para la gente que la percibe —me recuerda.

—¿Te preocupa eso? ¿Te preocupa que te haga daño?

—No, o sea..., es que...

—¿Qué?

Érik frunce el ceño de un modo distinto al habitual. Parece que también ha tensado los pómulos. Las manos siguen en los bolsillos, por supuesto.

—Nada, da igual —zanja.

—Dime —lo animo.

—No, es una tontería.

Suspiro y, yo también, me guardo las manos en los bolsillos. Intento contemplar el cielo que existe detrás de las copas de los árboles, esa mancha negra que luce su color de todos los días. Porque el mundo busca ser el mismo de siempre, a pesar de que nos presente enigmas que escapan a nuestra comprensión.

—Oye, sobre la cena...

—Has dicho que ibas a venir —protesta.

—Sí.

—No te puedes rajar.

—No.

—Vale.

—Pero ¿dónde vamos a cenar? —pregunto.

—No sé. ¿Adónde quieres ir?

—No me gusta ir a los bares.

—¿Por el tema de la limpieza?

—Sí.

—Ven a casa. O voy yo a la tuya.

Ya. ¿Cómo le digo, sin que se ofenda, que si lo dejara entrar en casa tendría que desinfectar luego cada centímetro cuadrado de ella? O prenderle fuego, que es más rápido.

—Vamos a la tuya —decido.

Capítulo 16

ÉRIK

Cuando nos montamos en el ascensor, me asalta de pronto la angustia.

No sé lo que me voy a encontrar cuando entre en el piso. En cuanto a desorden, quiero decir. Por lo general, no presto atención a esas cosas. El caos es casi una de mis señas de identidad. Que haya un ventilador en el salón en pleno invierno o una lata de Coca-Cola vacía en el mueble de la tele es una parte de lo que me hace ser quien soy. Y de normal me importa una mierda que alguien venga a casa y se encuentre mis «señas de identidad». A ver, que incluso yo tengo mis límites, ¿vale? Una cosa es que esté desordenado y otra muy distinta que esté sucio. Quiero pensar que mi casa no está sucia. ¿Hay muchas pelusas? Sí. ¿Me encontré un pañuelo de papel usado y arrugado en una esquina del dormitorio después de que Bruno durmiera allí? Por supuesto. ¿Parece que en la encimera de la cocina haya esparcido migas de pan para que coman las palomas? También.

Pero, dentro de lo que cabe, soy limpio.

Supongo.

De todas formas, esa no es la cuestión. El problema es que, ahora que Bruno me ha confirmado que es un obseso de la limpieza, me da miedo lo que pueda encontrarse. Espera. Obseso de la limpieza suena como mal, ¿no? Tiene que haber un nombre menos hiriente. Amante de la limpieza. Mejor. Venerador de la pulcritud. Mucho mejor. Exultante caballero de la guardia del aseo. No, ya me estoy pasando.

Al entrar en el piso, voy tan distraído que me tropiezo con las bolsas de la compra que hay en la entrada. ¡Las putas bolsas! No puedo evitar la caída ni el quejido de dolor.

—Joder —gruño.

—¿Estás bien?

—Sí. Creo.

Me he dado en toda la espinilla. Me duele. Mucho. Pero soy un tipo duro y aquí no ha pasado nada. Intento levantarme. Uf. Definitivamente... (¡agh!), no ha pasado... (¡ay!) nada.

Me duele.

—¿Seguro que estás bien?

—Seguro.

—Lo de cojear es para meterte en el personaje, ¿no?

Me parto de risa.

—Claro, claro.

Ni me había dado cuenta de que estoy cojeando, en realidad. Es que me he dado pero bien. Y todo esto es culpa de... ¡alguien! Mía no, por supuesto. ¿Cómo podía haber evitado yo la caída? ¿Sacando la compra de las bolsas en lugar de dejarlas en la entrada? No, no. Claro que no. Ahora que lo pienso, ¿cuánto tiempo llevan ahí? Cerca de una semana, si no más. Lo que significa que pronto tendré que ir al súper de nuevo.

—¿Seguro que estás bien? —insiste Bruno.

—Que sí. Mira, he pensado que te puedes sentar aquí. —Cojeo otro poco hasta la silla que hay pegada a la pared, entre la tele y el ventilador—. Esta silla nunca la uso. Bueno, para poner cosas encima, pero ya está. —De hecho, tengo que sacarle de encima unos vaqueros y una mochila—. Le quito el cojín y la limpio antes de que te sientes.

Tengo la sensación de que Bruno sonríe, pero me cuesta estar seguro sin verle la boca. O sea, esto era algo que le preocupaba, ¿no? Por eso le cuesta tanto sentarse en los sitios y, cuando lo hace, parece que esté levitando.

Voy camino de la encimera de la cocina cuando me detiene su voz.

—Ah, oye.

—¿Qué?

—Puedes...

—Dime —lo animo.

—Perdona que te pida esto, en serio, pero...

—¡Di!

—¿Puedes lavarte las manos?

—¿Las manos? ¿Por qué?

—Porque te has caído al suelo y, bueno, el suelo se pisa con los zapatos, así que...

Me da por reír.

—Perdón —me retracto, alzando los brazos a modo de disculpa—. O sea, no me estoy riendo de ti. Es que yo nunca pienso en estas cosas.

Primero me lavo las manos con jabón. Después me armo con un trapo y el limpiador de muebles que compró mi madre para frotar la silla a conciencia. Creo que en la vida me he esforzado tanto por que algo quede limpio. De nada, Bruno.

Es broma, no me molesta.

Por fin, él en su silla y yo en el sofá, nos sentamos alrededor de la mesa baja del salón. Eso igual es un problema: Bruno está demasiado alto ahí arriba, va a dejarse la espalda cada vez que quiera alcanzar las *pizzas*. Porque hemos decidido que vamos a pillar *pizzas*, sí. Yo propuse que pidiéramos a un japonés que hay cerca, pero Bruno dice que ha oído rumores de que allí hay cucarachas. Mejor no le cuento que este edificio tuvieron que fumigarlo una vez por una plaga de ratas. Fue antes de que yo llegara. El casero me lo contó. Ahora que lo pienso, no es la mejor forma de fidelizar inquilinos.

—Oye, ¿no te vas a quitar la chaqueta?

¡Mierda! El puto chaquetón. Últimamente siempre se me olvida. ¿Qué coño me pasa? Voy hasta la percha de la entrada y lo cuelgo ahí, junto a la chaqueta de Bruno, marrón y con botones de trenca.

Ahora sí, llamo por teléfono y pido las *pizzas* de los dos. Después, toca esperar. Las cortinas del salón están echadas, así que no se ve mucho de lo que hay fuera, por no decir nada. Aun así, no me pasan desapercibidas las miradas que arroja Bruno con aparente disimulo. Imagino que tiene que ser una putada estar aquí, con el constante recuerdo de lo que pasó. A mí tampoco es que me resulte superfácil, pero bueno.

—¿Te puedo hacer una pregunta? —me suelta de repente.

—Sí, dime.

—¿Eres español?

Arqueo las cejas como respuesta.

—¿Yo? Pues claro.

—Es que con esas pecas y ese pelazo rubio que tienes, me despistas.

Sonrío.

—Bueno, es que mi madre es extranjera. O sea, no, mi madre es española. Aunque es posible que sus padres fueran extranjeros. Pero los de verdad, no los suyos.

—No me he enterado de nada.

Me entra la risa.

—No se me da muy bien explicarme —reconozco.

—No hace falta que lo jures.

—A ver —reconduzco—, mi madre es española. Pero creemos que sus padres eran extranjeros.

—¿Por qué lo creéis?

—Por los rasgos.

—No, quiero decir que por qué existe la duda.

—¡Ah! —exclamo—. Porque mi madre es adoptada y no conoce a sus padres biológicos. Tú la ves y piensas: «Esta tía no es de aquí». Pero luego la oyes hablar y dices: «Vale, es española». Y supongo que he heredado cosas de ella.

—Has heredado bien. —Hace una pausa, antes de añadir—: Pero no te pongas colorado.

¡Joder! ¡Ya es tarde!

Bruno está sonriendo. Esta vez, aun llevando la mascarilla, sus ojos revelan todo lo que necesito saber. Aparto la mirada con disimulo. O, bueno, eso creo, no es que yo sea muy disimulado de por sí, la verdad. Creo que a Bruno le gusta provocarme. Como hace un rato, cuando le dio por acercarse a mí sin venir a cuento. ¿Qué pretendía? O cuando me llama «tonto». A ver si voy a tener que empezar a vacilarle yo a él también. Aunque no sé qué decirle.

Las *pizzas* llegan a los pocos minutos. Bruno se zampa la suya con cuchillo y tenedor, claro. Mira, esa puede ser una buena forma de atacarlo. No, mejor no. Puede que eso le venga de su obsesión con la limpieza y no quiero entrar ahí, que igual es un tema delicado.

Mientras cenamos, me habla un poco de su trabajo como diseñador de páginas web.

—¿Tienes que hacer todo lo que te pidan? —pregunto, lata de Coca-Cola en mano.

—Sí.

—¿Todo? —insisto.

—Sí.

—¿Y si te dicen que crees una web que fomente la explotación infantil?

—Lo rechazo, obviamente.

—¿Y si tus jefes te dicen que tienes que hacerlo?

Se detiene.

Creo que le ha dado un ataque de risa. ¿Será la primera vez que lo veo reír sin la mascarilla puesta? Y solo porque está comiendo, que si no...

—Mis jefes no van a obligarme a aceptar un encargo así —responde, una vez que se halla más o menos recompuesto.

—Vale. Otra pregunta.

—A ver.

—¿Qué pasa si te llega un encargo de un producto que promete curar una enfermedad para la que tú sabes que no sirve?

Bruno sonríe. Tiene un pedazo de *pizza* en la mano.

—¿Por qué estás elevando mi trabajo de diseñador web a una especie de dilema ético?

Ahora soy yo el que se descojona vivo.

—Venga, otra pregunta más fácil —expreso, tan pronto me tranquilizo—. Te encargan una web para vender relojes. Pero tú sabes que esos relojes se rompen al cabo de una semana. Y, además, su fabricación fomenta la explotación infantil.

—¿Y prometen curar la dislexia también?

Ahora nos reímos los dos a la vez. Me estoy ahogando. No sé por qué me hace tanta gracia. Parece que estemos borrachos, y eso que no hemos probado ni una sola gota de alcohol.

—¿Me puedes enseñar alguna web que hayas diseñado?

—Claro. Búscalas en Google, te digo los nombres.

Me muestra varios de sus diseños: el de una gestoría, el de un artista que vende cómics *online* y el de una tienda de aspiradoras. Sus diseños son... como él. Creo que no hay mejor forma de describirlos. Elegantes, limpios y sencillos. Agradables a la vista.

—Molan mucho —admito.

—Estos son mis favoritos. Luego hay otros que te echarías a llorar si los vieras.

Suelto una carcajada.

—Seguro que exageras.

—No, no exagero. Pero no porque yo no supiera hacerlo mejor, sino porque me obligaron a hacerlos así.

—Ya. Tiene que ser una putada —reconozco, antes de dar un mordisco a la cena.

—Es lo que hay.

—Si alguna vez tengo que encargar una web, ¿me haces precio de vecino?

—O precio de amigo.

Bruno y yo intercambiamos una larga mirada.

¿Significa eso que he subido de nivel? ¿Ahora me considera su amigo? ¿No es un poco pronto para eso? Nos hemos visto dos veces, en realidad. Aunque, ahora que lo pienso, se refirió a mí de esa forma en la consulta de la vidente.

—¿Y para qué ibas a tener tú que diseñar una página web? —me pregunta, tras beber un poco de agua de su vaso.

—No sé. Por si necesito que alguien pague por ver mis pecas y mi pelazo rubio.

—¿Tú sabes que eso tiene un nombre y ese nombre es prostitución?

Me río tan fuerte en pleno bocado de *pizza* que acabo atragantándome. Y tosiendo. Mucho. Joder. Que me ahogo y todo, y seguro que Bruno no se digna a tocarme para hacerme la maniobra esa del Enrique o como se llame. Estoy condenado.

Soy un poco exagerado también.

Lo peor de todo es que se supone que era un vacile contra Bruno: porque antes dijo que tengo *pelazo* rubio. *Pelazo*, no *pelo*. Y quería aprovechar para resaltarlo.

¡Pues vaya mierda de vacile! Al final me ha vacilado él a mí. Otra vez.

Después de comernos las *pizzas*, Bruno vuelve a colocarse la mascarilla y nos quedamos un buen rato sentados, charlando y descojonándonos por tonterías. Le propongo que juguemos a la consola, pero no le apetece. No son ni las once cuando se vuelve a su piso. Hemos cenado temprano. Me asomo a la ventana y sigo su figura a través de la calle. Entonces alzo la mirada, hacia la oscuridad que reina tras los cristales de su ventana.

Y, en silencio, me pregunto si habrá algo oculto en esa penumbra.

Capítulo 17

ÉRIK

No puedo dormir.

Vale que solo llevo media hora intentándolo, pero soy de los que se tiran en la cama y se han dormido antes de caer sobre el colchón. Dar vueltas y vueltas me pone de los nervios. A pesar de que la oscuridad nunca me ha dado miedo, he de admitir que hoy me tiene, por lo menos, intranquilo. No hago más que lanzar vistazos fugaces al pasillo, como si fuese a descubrir a alguien acechando en las tinieblas.

Supongo que la sesión con la vidente me ha dejado inquieto. Sus palabras se repiten sin cesar en mi cabeza.

«Solo podría llegar a constituir un peligro para quien sí pueda percibirlo».

Recuerdo cómo me miró esa mujer entonces, como si hubiera visto algo; algo que el resto de las personas no vemos ni veremos jamás.

Tiemblo con solo recordarlo.

Al final, me decido a bajar de la cama y me asomo a la ventana. Como viene siendo habitual, la luz de Bruno está encendida. La extraña sombra permanece ahí, plantada delante del cristal, justo detrás de las cortinas. Desde que empecé a verla, siempre he tenido la misma sensación. La sensación de que está mirando en esta dirección.

De que me está mirando justo a mí.

Capítulo 18

BRUNO

Estoy hasta las narices de este cliente. Es la segunda vez que me pide que realice cambios sustanciales en la página web cuando ya está terminada. En teoría, esta debería ser la definitiva. Y ya no me queda mucho para acabar. *Añade algo que sorprenda*, me escribió en el último correo. Sin embargo, cuando le pregunté, no supo indicarme con exactitud lo que quería. Puedo plantarle un dibujo de unos genitales, a ver si eso le sorprende.

El teléfono vibra sobre el escritorio y decido que ha llegado el momento de hacer una pausa. Resulta ser un mensaje de Érik. Últimamente nos escribimos con bastante frecuencia. Desde que fuimos a ver a la vidente, he cenado otro par de veces en su casa. Siempre me ducho cuando vuelvo a la mía, claro está, pero me gusta su compañía.

> **Érik Vecino**
> Me aburro
> Qué haces?

> **Bruno**
> Trabajar
> Aprende de mí

Érik Vecino
Ahora que lo pienso
Tú cómo conseguiste trabajo tan rápido?
Porque ya llevas un tiempo metido en esto, no?

Bruno
Es un secreto
Si te lo cuento, tendré que matarte
O torturarte hasta que prometas no revelarlo a nadie

Érik Vecino
Suena bien ☺

Bruno
Trato hecho entonces
Pero luego no te hagas el loco, eh?
Una profe tenía un amigo en una empresa
de diseño web
Y a esa profe yo le caía bastante bien
Ata cabos

Érik Vecino
Enchufadooooo
Pues podrías enchufarme a mí también

Bruno
Yo a ti te enchufo cuando quieras

Érik Vecino
Estás hablando en plan sexual?

Bruno
No
Y tú?

Érik Vecino
Tampoco

Bruno
Pero, oye, que si quieres que te enchufe
en plan sexual...

Érik Vecino
Jjadjajjaj

Bruno
Eso es que sí o que no?
No me queda claro

Érik Vecino
Ponte a trabajar, tonto

No me lo puedo creer. Está usando mi palabra contra mí. Creo que voy a tener que castigarlo por su insolencia. Mientras se me ocurre la penitencia ideal, recibo una llamada. Una de esas que es mejor no recibir. Me planteo en serio no descolgar, pero me falta fuerza de voluntad. Prefiero cortar el mal de raíz, aunque creo que esto sería más bien el equivalente a enroscarlo en una farola y observar qué ocurre con él.

No hay saludo, no hay palabras de afecto. Tan solo África cargando con ese tono autoritario que impone siempre sobre mí.

—¿Qué pasa, que tú no lees los wasaps?

—Los leo —le aseguro.

—Pero no te sale de los cojones responder, ¿no?

—¿Qué quieres?

—Si has leído mis mensajes, no tendrías que preguntarlo.

Suspiro. Y no me importa que mi hermana me oiga.

—Deberías venir en Nochebuena —dice.

—Pensaba que preferías que no volviera a acercarme a vosotros —le recuerdo.

—Ya. Pero parece que papá y mamá quieren verte. Puedes aprovechar para arreglar lo que hiciste la última vez.

Arreglar lo que hice la última vez.

Mentiría si dijera que no he recordado ese momento cada puñetero día de mi existencia.

—¿Hola?

—¿Qué? —pregunto.

—¿Vas a venir o no?

—No.

Soy capaz de percibir la furia contenida de África más allá del auricular, zumbando su propia melodía como un inmenso abejorro.

—Mira, Bruno, a mí tampoco me apetece verte la cara, pero podrías hacerlo por tus padres.

—Salúdalos de mi parte.

—¿Tú eres imbécil o qué te...?

No dejo que termine. Antes de oír la frase completa, he colgado el teléfono. Con un suspiro, aparto el portátil y hundo la cabeza en mis brazos, cruzados sobre el escritorio. El corazón me va a estallar y un intenso calor invade cada poro de mi piel.

Inspiro. Espiro. Inspiro. Espiro.

No sirve de mucho. Menos aún, cuando el teléfono vuelve a vibrar. Ni siquiera me molesto en ver quién es. Estoy seguro de que es África. Jamás consentiría que la dejaran con la palabra en la boca. Espero que pare de sonar tarde o temprano.

No lo hace.

Sigue.

Y sigue.

Y sigue.

Cabreado, alzo la cabeza y respondo a la llamada.

—¿Qué quieres?

—No tienes vergüenza, Bruno. Me parece muy bien que seas como eres, pero...

—¿Alguna vez habéis intentado imaginar lo que siento yo? ¿Habéis intentado poneros en mi lugar?

—¿Qué lugar es ese? ¿El de ser un desagradecido con la persona que te trajo al mundo?

Vuelvo a cortar la conversación. ¿Para qué me llama otra vez? ¿Buscaba la satisfacción de tener la última palabra sin que yo la interrumpiera? Vale, pues deseo concedido. Espero que esté contenta.

Necesito aire. Me levanto de la silla y abro la ventana de par en par. El oxígeno no llega; solo el frío. Un frío que quema.

Inspiro, espiro. Inspiro, espiro.

Nochebuena. Navidad. Pronto es Navidad, sí... He intentado pensar en ello lo menos posible. Vuelvo a sentarme en la silla y recupero el móvil.

Bruno
Oye
Vas a estar aquí en Navidad o te vuelves a casa?

Érik Vecino
Me quedo
Por qué?

Bruno
Qué tienes pensado hacer?

Érik Vecino
En Nochebuena ceno con mis compis de la uni
Con los que no se vuelven a sus ciudades
En Año Nuevo me voy a casa de un amigo
Y tú?

Bruno
Nada

Érik Vecino
Nada?
No lo celebras con tus padres?

> ***Bruno***
> No

Érik Vecino
Por qué?

> ***Bruno***
> Y tú?
> Por qué no lo celebras con tus padres?

Érik Vecino
Vale
Estamos empatados

«Estamos empatados». Será tonto. Porque hoy le puedo llamar tonto con todas las letras. ¡Tonto! ¿Por qué estoy tan enfadado? ¿Porque él tiene planes para Navidad y a mí me toca quedarme solo? ¿Porque ni siquiera ha intentado incluirme en su agenda? Bastaba con un simple: «¿Te quieres venir, Bruno?». Le habría dicho que no. Ni loco me meto en una casa o en un local con tantos otros energúmenos en plena ebullición. Ni de coña. Con todo, habría sido un detalle. Un detalle absurdo, pero un detalle. Aunque, pensándolo bien, ¿por qué debería invitarme? Nos hemos visto cuatro veces, a lo sumo. ¿De verdad voy a fingir que ahora formo parte inseparable de su vida?

No me apetece seguir trabajando.

En lugar de eso, me tumbo en la cama y cierro los ojos, deseando que el mundo se desvanezca durante largos e interminables minutos.

Capítulo 19

ÉRIK

Hay días en los que no me apetece hacer nada. Y luego hay días, como hoy, en los que no me apetece hacer nada, pero nada, nada, nada. Llevo tres horas tirado en el sofá, dormitando. La sola idea de levantarme de aquí me produce náuseas. Igual es que me ha sentado mal la comida.

Espera.

¡Si no he comido! ¡Joder! ¡Que se me ha olvidado comer!

Me incorporo en el sofá, haciendo un esfuerzo sobrehumano. Imagino que debo de ser como un zombi que acaba de resurgir de su tumba.

Un momento.

¡Claro que he comido! Me tomé un bol de cereales a las tres menos cuarto. Decidí que ese sería mi almuerzo. Pues nada, vuelta a tumbarme en el sofá. Qué ricos estaban los cereales. Con su chocolatito... Podría tomarme otro bol. Lo haría, en serio, si la cocina no me pillara tan lejos. ¿Por qué no viene alguien y me lleva en brazos hasta allí? No, mejor, ¿por qué no me trae alguien mi bol de cereales? Yo, a cambio, prometo degustarlo con una enorme sonrisa en la cara.

Para estar así, bien podría estar en la cama. Seguro

que me destrozaría la columna bastante menos que aquí. Oigo a mis huesos gritar. Suplicar. «Érik, ten un poco de piedad con nosotros, los fémures». Y digo fémures porque es el único hueso que me sé. Bueno, ese y el esternocleidomastoideo. ¿O eso no era un hueso? Igual no lo era, no.

El teléfono móvil me anuncia una notificación desde algún punto recóndito del sofá. Lo busco y lo busco, pero no lo encuentro. Sigo buscando. No está en mi culo, vale. Tampoco se ha colado entre los cojines. Coño, que lo tengo en el bolsillo.

Uf.

Acabo de ver de quién es el mensaje. Me ha entrado toda la pereza del mundo y más.

Pedro
Erikillooooo
En Navidad te veo o qué? ;)

Érik
Qué va
No te lo ha dicho mamá?

Pedro
No vas a venir?
Y eso?
Ya tenía ganas de verte ☹

¿Ganas de verme? ¿Por qué será que no acabo de tragármelo? Me suena a estrategia de mis padres para que me replantee la vuelta a casa por Navidad. Ahora soy como el turrón de los anuncios, solo que yo no vuelvo. Ni por Navidad, ni nunca. O sea, tendré que volver en algún momento, vale, pero no es un plan inminente.

Pretendo dejar el mensaje sin responder. Sin embargo, Pedro, en su labor de investigador privado, me sigue dando el coñazo.

Pedro
Por qué no vienes?
Vas a quedarte para estudiar?
Cómo van las clases, por cierto?

¡Ya tardaba en salir el tema! Vale, ahora está confirmado que se dirige a mí bajo las órdenes de los coroneles progenitores. Como la última vez que hablé con mi madre de las clases las cosas no acabaron muy bien, lo han mandado a él para que tantee el terreno. Bueno, pues ya que quiere saber cómo me va, vamos a decirle cómo me va.

Érik
Genial!
El otro día una profesora me dijo que da gusto tener alumnos como yo

Pedro
De verdad???
Eso está muy bien, no?

Érik
Sí!
Van a ponerle mi nombre a una de las aulas
Y creo que me van a dar un premio a la excepcionalidad

Pedro
Por qué eres así?

Érik
Así de excepcional?

Pedro
Así de tonto

Me ha llamado tonto.

No suena igual que cuando Bruno me lo dice. No. Este tonto no me gusta. O sea, no es que el de Bruno me apasione, ¿eh? Bueno, yo qué sé.

Hace un par de días que no hablamos mucho, por cierto. Bruno y yo. Creo que está ocupado. Igual ahora, de cara a las fiestas, le piden muchos encargos, por aquello de que la gente quiere exprimir al máximo las ventas navideñas. Será por eso, digo yo.

Decido ignorar a mi hermano y buscar a Bruno en la lista de conversaciones. Lo último que le mandé fue un mensaje de buenas noches. Nunca me respondió.

¿Seguro que solo está ocupado?

Me quedo un buen rato contemplando el mismo pedazo de conversación, pensando en qué puedo escribirle. Al final no se me ocurre nada y vuelvo a dormitar en el sofá.

Espero que solo esté ocupado.

Capítulo 20

BRUNO

Por fin ha llegado el día. O, mejor dicho, la noche.

A eso de las siete, recibí un mensaje de mi hermana: *Última oportunidad para que vengas*. Eso era todo lo que decía. Mentiría si dijera que no he permanecido desde entonces sumido en una vorágine de dudas y culpabilidad, contemplando la asistencia a la cena como una panacea a todos mis problemas y, al contrario, elevando mi ausencia en la misma como una forma de perpetuar la oscuridad o, incluso, de tapiar esas ventanas altas, inalcanzables, que aún arrojan algo de luz a mi vida. En más de una ocasión, he estado a punto de ponerme la chaqueta y salir de casa. Siempre me detengo en el último momento, justo antes de agarrar el tirador. Quizá porque este es un símbolo en sí mismo, una efigie que representa todo aquello en lo que se ha convertido mi vida. Y recuerdo lo que ocurrió esa «última vez», como África la llamó. Tampoco yo me siento orgulloso de lo que hice. Nunca podría jactarme de algo así. Con todo, ellos no me lo ponen fácil. Nunca me lo han puesto fácil. Porque jamás han comprendido cómo me siento de verdad.

Llevo todo el día sin hacer nada. O mejor dicho, sin avanzar en el trabajo. Empecé a componer el diseño de una web de lencería y lo acabé borrando del todo porque me asqueaba cómo estaba quedando. Supongo que hoy no es el día para esto. Pero lo he vuelto a intentar. Y aquí estoy, frente al portátil, sin tener ni idea de cómo enfocar el diseño. Me viene a la cabeza el comentario de Érik.

«¿Y si te dicen que crees una web que fomente la explotación infantil?».

No puedo evitar sonreír. Qué tonto es.

Me aparto del escritorio y me acerco a la ventana. Las luces de su piso aún siguen encendidas. Supongo que no le faltará mucho para irse a la cena esa con sus amigos o con sus compañeros de universidad o lo que fuera. La verdad es que he sido un poco capullo con él últimamente. El otro día me mandó un mensaje de buenas noches y ni siquiera le contesté. Supongo que me toca las narices que haya pasado de mí en Nochebuena. Aunque imagino que ese no es el problema. El problema soy yo. Siempre soy yo.

Me alejo de la ventana, coloco las zapatillas de casa cuidadosamente en el suelo y me tumbo en la cama.

Cuando mi obsesión por la limpieza estaba en plena evolución y empecé a distanciarme de mis amigos, pensé que no importaría, que mi bienestar mental superaría con creces lo que ellos me aportaban. Sin embargo, ahora que llevo un tiempo así, recluido en mi piso y, sobre todo, recluido en el interior de mí mismo, me siento terriblemente solo. Todos han seguido adelante y me han dejado aquí, en el arcén. Nadie quiere recogerme. Nadie quiere tirar de mí. Todo lo que queda es consumirme en esta forma de vida que no es vida en realidad, morir lentamente hasta que arribe mi auténtica muerte. Una muerte que será más vida que la que ahora poseo, porque al menos no habrá en ella una pizca de ansiedad.

No habrá una pizca de nada.

Cerrando los ojos con fuerza, invito a la oscuridad a que me lleve, a que me erradique de este mundo. A pesar de que no quiero morir. Yo solo quiero vivir; vivir de verdad. Como lo hacía antes; como hacen tantas otras personas en este planeta.

No soy capaz.

Mi realidad está alterada, mancillada. Ahora todo es de un color oscuro y enfermizo. Mire a donde mire veo máculas que impregnan el mundo, la ciudad, las cosas. Están por todas partes. Y no puedo dejar que se acerquen a mí.

El timbre colma de pronto la totalidad de mi mundo.

¿Quién es?

Aquí nunca llama nadie. Salvo el casero. O aquella vez que pensaron que era yo el que tenía la música a todo volumen. Yo. Música. No me gusta la música. Para mí es solo ruido.

¿Quién puede ser?

Me coloco las zapatillas de casa y voy en busca de la puerta. Entretanto, el timbre vuelve a sonar. Me asomo a la mirilla y...

No me lo puedo creer.

Abro la puerta y me lo encuentro ahí, cargando con un par de cajas de *pizza* y una sonrisa radiante en los labios. No, en todo su rostro. Porque es un gesto que acaricia cada parte de su ser. No sé qué es, pero hoy tiene algo que hace que esté guapísimo. Más guapo de lo normal, quiero decir.

—¡Sorpresa! —exclama Érik.

—¿Qué haces aquí? ¿Vienes a traerme la cena? —pregunto, confundido.

—Te traigo la cena y la compañía. Si la aceptas, claro.

Érik sonríe aún más, si es que tal cosa es posible, en un gesto que a mí se me antoja adorable.

—Pensaba que habías quedado con tus amigos de la uni.

—Sí, pero, tío, ayer estaba en mi casa, vagueando, como siempre, y pensé: «¿Me apetece de verdad pasar la Nochebuena con los de la uni? ¿O me apetece más pasarla con Brunito?». Y, la verdad, me lo paso mejor cuando estoy contigo. Además, ellos se tienen los unos a los otros; tú estabas solo en Nochebuena.

El corazón late tan fuerte que me hace daño en el pecho.

Por eso me ha preguntado esta mañana si seguía sin planes para hoy. En ese momento, lo vi como una forma de meter el dedo en la llaga, cuando lo único que quería era asegurarse de que podía venir aquí. Conmigo.

He sido un capullo.

Me he equivocado. Pensaba que todos habían seguido adelante y me habían dejado en el arcén. Qué tonto he sido. Érik cruzó por mi lado y se detuvo para recogerme. Una, dos y tres veces. Las que hicieran falta para recuperar todos los pedazos que he ido dejando por el camino. Desde la noche misma en que me acogió en su casa.

—¿Quién te ha abierto la puerta de abajo? —pregunto.

—Una vecina. Quería que mi entrada fuera más impactante —sonríe—, así que llamé a un piso al azar y les dije que venía a ver a Bruno, del quinto, pero que su telefonillo no funcionaba.

—¿Y cómo has sabido que el mío era el quinto B?

—Eso ha sido más difícil. He tenido que hacer un esfuerzo por imaginar la orientación de cada piso. El caso es que no ha funcionado, así que al final he lanzado una moneda mental y ha salido la B. Oye, ¿puedo pasar ya? Es que me duelen los brazos de sostener esto.

Ahora soy yo el que sonríe. Le quito las *pizzas* de las manos y me aparto de la puerta. ¿Voy a tener que limpiar toda la casa después de esto? Sí. Aun así, no me importa. Merece la pena.

Lo guío hasta el salón y le indico que se siente mientras dejo las cajas en la mesa. Luego tendré que lavar el cojín de la silla en la que ha puesto el culo. Tampoco eso me importa.

—Les he dicho a mis compañeros que estoy con gastroenteritis —comenta—. Espero que el karma no me castigue.

—Ya te castigo yo por el karma.

Grabo media sonrisa en los labios; él porta la suya habitual.

—¿Tú? —dice.

—Sí, yo. El otro día te apropiaste de mi palabra.

Érik frunce el ceño.

—¿Qué palabra?

—Tonto. Me llamaste tonto.

Se echa a reír. Creo que está un poco nervioso.

—Es posible, sí —reconoce.

—Está claro que lo que has hecho merece un castigo.

—¿Y qué vas a hacerme?

Por un instante, creo vislumbrar algo en su rostro. Algo que no he visto nunca y que no logro identificar.

—Ya lo pensaré —concluyo.

Traigo servilletas, cubiertos, platos y vasos para los dos. De beber solo puedo ofrecerle agua, porque no tomo refrescos ni alcohol. No parece importarle mucho. Y así, no tardamos en ponernos a devorar las *pizzas* con la televisión de fondo. Es Navidad y parece que pega tener un especial festivo como aderezo. Lo pasamos bien. Charlamos, nos reímos (él más que yo) y le cuento que estoy diseñando una página web de venta de bragas.

—Igual eso es lo más cerca que voy a estar de crear una web para vender tu pelazo rubio y tus pecas —bromeo.

Él se atraganta con el agua mientras suelta una carcajada repentina. A lo mejor pensaba que no me acordaba ya de aquello.

En un determinado momento, un buen rato después de cenar, Érik se me queda mirando con fijeza, exhibiendo una sonrisa que juraría que no le he visto hasta ahora.

—¿Te pasa algo? —pregunto.

—No, nada. Es que hoy no te has puesto la mascarilla en ningún momento.

¿Cómo?

Me llevo las manos a los labios de manera instintiva. Después, a la nariz.

Mierda.

No la llevo. Es verdad que no la llevo.

El aire se agota de pronto. No hay oxígeno para mí. Respiro por la boca. Necesito que entre aire. Así, al menos, tengo la sensación de que lo hace. No es cierto. No llega. Me levanto de la silla y doy un par de pasos hacia alguna parte. ¿Hacia dónde? No lo sé. Estoy mareado. Me caigo de rodillas al suelo. No me he hecho daño. Creo. No veo. No sé dónde estoy ni qué está pasando. Todo está borroso y ya no estoy en el mundo. Sigo respirando por la boca y tengo la garganta helada. Me duele. Aún no llega el oxígeno. Alguien me está tocando. No quiero que me toque. Me sacudo un poco, pero no sé si lo hago por dentro o por fuera. ¿No es lo mismo? No creo que lo sea. Necesito que deje de tocarme. O que siga haciéndolo. ¿Qué hace? ¿Me está abrazando?

Bruno.

¿Y si Érik tiene algo? ¿Y si padece alguna enfermedad? No solo la he inhalado, sino que también he dejado que la esparza por mi casa. Llegados a este punto, ya es igual que una nube de ponzoña. Tendré que ventilar todo el piso. Y limpiar. Aunque con eso ya contaba cuando lo dejé entrar en el piso.

¿Por qué lo he hecho?

Espera, Bruno, no es la primera vez que te quitas la mascarilla delante de Érik. Te la has quitado varias veces en su casa, para comer.

Sí, es verdad, pero no es lo mismo. Entonces fui yo el que decidió quitársela. Esta vez, he olvidado ponérmela. Necesito tener el control. No puedo dejar que sea el mundo el que ejerza ese poder sobre mí. Las riendas son mías. Es lo único que tengo. Es lo único que me queda. No podéis quitarme también eso.

Tengo ganas de vomitar.

Que Érik esté aquí me ha hecho feliz. Muy feliz. No quería estar solo en Nochebuena. Solo con mis pensamientos, con mi oscuridad, con mis recuerdos. Con todos esos momentos de la vida en los que podrías haber dado marcha atrás para impedir que fueran lo que fueron. Para impedir que te arrastren hasta donde estás ahora.

Empiezo a tener sueño.

¿Por qué?

¿Qué está pasando?

Érik me acaricia la espalda con las manos. Con mucho cuidado, con mucha ternura. ¿Cuánto tiempo llevo llorando? Noto la presión de las lágrimas en las mejillas. Me pesan. Me hunden. Me separo de él y...

¿Por qué está llorando Érik también?

—¿Qué te pasa? —pregunto, como si fuese lo natural.

Él se ríe; es una risa nerviosa. La ansiedad devora el sonido y se hace con el control.

—¿Qué me pasa a mí?

Asiento con la cabeza. No veo dónde está el problema.

—Yo solo quería darte una sorpresa agradable —dice.

—Lo has hecho.

Vuelve a reír.

—¿Tú has visto cómo estás? —resalta.

Asiento de nuevo. Sigo sin ver dónde está el problema.

Aún estoy de rodillas. En el suelo. ¡En el suelo! Creo que no me importa tanto. Qué más da. Érik está a mi lado, agachado, colocado casi como estoy yo. Lo observo con detenimiento: a él y a esos ojos castaños que relucen por las lágrimas derramadas.

—¿Me puedes...? —comienzo a decir. Él se mantiene a la espera—. ¿Me puedes abrazar otra vez?

Su sonrisa espanta las sombras. Espanta todo lo malo. Todo lo que pueda llegar a convertirse en malo. Y sus brazos me envuelven con una calidez que hace mucho que abandonó mi vida. Intento contener el impulso de aferrarme a él. No soy capaz. Y así, de este modo, nuestros cuerpos se funden en uno solo.

Capítulo 21

ÉRIK

Hacía tiempo que no estaba tan asustado.

Cuando Bruno se ha desplomado en el suelo, juro que he pensado que se había roto. Era como si el alma se le hubiera salido del cuerpo. Y, volviendo la vista atrás, casi puedo imaginar un entecillo blanco emergiendo de ahí dentro. Menos mal que todo ha acabado bien. Supongo que ha sido culpa mía, por decirle que no llevaba la mascarilla. Si no hubiera abierto la bocaza, puede que ni se hubiera dado cuenta. Le habría ahorrado la crisis. Al menos he podido sentirlo en mis brazos. O sea..., no estoy diciendo que eso sea algo bueno. Pero ¿lo es? ¡Eso creo! No lo sé, ¿vale? Abrazarlo ha sido... raro. Porque, aunque Bruno mida apenas uno o dos centímetros más que yo, siempre parece grande. Quizá porque me saca dos años, por esa serenidad e impasibilidad con la que habla siempre, como si nada le afectara, o tal vez por la forma que tiene de vacilarme. Sin embargo, al abrazarlo, no he sentido que Bruno sea nada de eso. Al abrazarlo, me ha parecido pequeñito. Muy pequeñito. Y yo tenía que sostenerlo con fuerza para protegerlo de las cosas grandes que hay en el mundo.

—Nos tenemos que lavar las manos —le recuerdo, sonriendo, al levantarnos—. Hemos tocado el suelo.

Él se ríe de un modo dulce y suave; pero con ganas. Y parece que no pueda parar. También llora. Quiero pensar que no son el tipo de lágrimas por las que uno debe preocuparse.

Pensaba que, tal vez, después del incidente, accedería a seguir sin mascarilla. Qué va. Se la ha puesto. Supongo que no lo puede evitar. No lo culpo por ello. Quiero que se sienta lo más tranquilo posible.

Cuando estamos sentados de vuelta a la mesa, con nuestros vasos de agua, me suelta:

—¿Sabes que estaba enfadado contigo?

—¿Conmigo? —pregunto, incrédulo—. ¿Por qué?

—Por pasar de mí en Navidad.

Bruno sonríe a medias; yo sonrío primero y aprieto los labios después.

—Pero si no he pasado de ti.

—Dijiste que tenías planes con tus amigos. Y yo, mientras, nada.

Sigue sonriendo. Me figuro, entonces, que no he de tomarme muy en serio su acusación. Porque no quiere que lo haga. Es eso, ¿no? A veces me cuesta entender a Bruno. Aunque eso explica por qué estaba tan raro últimamente. Supongo que no es que estuviera ocupado con el trabajo; estaba ocupado cagándose en mis muertos. O algo más sutil.

—No te dije que te vinieras porque sabía que no ibas a querer, por el tema de la higiene y tal —explico, mientras froto el filo de la mesa con el dorso de los dedos—. Si no querías quedarte solo, podías habérmelo dicho.

—Era más divertido esperar y ver si aparecías a última hora.

Me echo a reír.

—Es broma —aclara—. Ni por un momento pensé que vendrías.

—Pues ya ves. Las sorpresas que te da la vida.

—Lo siento.

—¿Por qué?

—Por haberme enfadado. No tenía derecho a hacerlo. Y encima te has portado... —se aclara la garganta— muy bien conmigo.

—Anda ya.

Él me dedica una sonrisa sutil por toda respuesta. Al menos, quiero pensar que es una sonrisa; por aquello de que vuelve a llevar la mascarilla y no le veo los labios.

Poco a poco, la conversación va recuperando su cauce natural. Pasan las dos de la madrugada cuando me dispongo a marcharme. Creo que es la vez que más tarde he visto a Bruno despierto. Ya se le notan los ojillos cansados. Tiene menos ojeras que la última vez, por cierto. Yo también estoy cansado. Me pongo el chaquetón que dejé colgado en la percha y Bruno me agradece una última vez mi compañía. Entonces, justo cuando me dispongo a agarrar el tirador, siento un profundo escalofrío. Me doy la vuelta al instante, la respiración alterada. En el salón y en el pasillo reina una profunda luminosidad. No hay nada en ninguna parte.

—¿Qué te pasa? —pregunta Bruno. Guarda silencio durante un instante y, después, sus ojos mutan sin remedio—. Espera. ¿No habrás visto la...?

—No —lo interrumpo—. No he visto nada.

—¿Entonces?

Aprieto los labios y niego con la cabeza.

—Nada —expreso.

—Dímelo.

—No.

—Érik.

—Es que...
—Venga.
Inspiro hondo.
Contengo el aire un momento, antes de soltarlo.
Antes de confesar.
—Acabo de sentir que alguien tiraba de mí.

Capítulo 22

ÉRIK

Hay alguien en mi piso.

No sé cómo lo sé, pero lo sé. Lo siento. Lo veo. No deja de dar vueltas por el salón, de un modo errático, como ningún ser humano lo haría jamás. Da un par de pasos lentos, luego cinco en rápida sucesión. Es una película que alterna velocidades de reproducción. No es una persona, de eso estoy seguro. Y es capaz de verme a través de las paredes. Sus ojos se clavan en mí y no veo en ellos nada que pueda reconocer; solo tierras indómitas y planetas que no pertenecen al mismo universo. A veces me observa a mí; otras veces se fija en la ventana. La mira como quien observa su pasado, ansioso por retroceder hasta tiempos mejores. Debería quedarme en la cama. Sé que debería hacerlo. Sin embargo, me pongo de pie y camino hacia el salón. El intruso no hace ningún ruido; se desplaza en completo silencio. Aunque, si uno agudiza los sentidos, se da cuenta de que sí genera cierta vibración, no fuera, sino dentro de nuestras mentes. Es ahí donde se le puede oír.

Camino. Y camino. Y sigo caminando. La puerta de mi dormitorio parece más lejana que nunca. La abro con cuidado. Al otro lado no hay nada. Avanzo en la oscuridad; la densa e impenetrable oscuridad.

No hay nada.

Aunque, a la vez, hay algo. Una sensación, quizá. Un filtro que se impone sobre la retina y no cambia nada y lo cambia todo al mismo tiempo.

Me cuesta respirar.

Estoy a punto de volver a la cama cuando escucho un susurro a mi espalda.

«Érik».

Está justo detrás.

Puedo sentirlo.

Esa cosa extraña, sea lo que sea, está justo a mi espalda. Tengo que darme la vuelta. Antes de que me haga daño. Antes de que me atrape para siempre. Tal vez si cuento hasta tres...

Uno.

Dos...

Me detiene un susurro justo en mi oído.

Y la pesadilla termina con un brinco del corazón.

¿Dónde estoy?

Ah, joder, en mi salón. He dormido en el sofá. Estoy empapado en sudor, a pesar de que estamos en invierno. La sensación del sueño no ha terminado de desvanecerse y no dejo de buscar en el piso signos de una presencia. Me cuesta volver la vista hacia mi retaguardia. No hay nada en ninguna parte. Solo la luz, que entra a medias por la ventana. Trago saliva e intento digerir el dolor de cabeza que padezco.

¿Por qué esa pesadilla lucía tan real?

Respiro hondo y me dejo caer de nuevo en el sofá. He dormido aquí porque ayer me traje a Bruno a dormir a casa. Es normal que no quisiera quedarse solo en su piso después de lo que le dije.

La verdad, esta tiene que ser la forma definitiva de ligarse a alguien, ¿no? «He visto un fantasma en tu casa, vente a dormir a la mía, si quieres». O sea, a ver, esto ha sonado mal, porque no es que yo quiera ligarme a Bruno. No. Solo somos amigos. Ya está. Aunque sería un *plot twist* de la hostia que me lo estuviera inventando todo, ¿eh?

Joder, no sé ni cómo tengo fuerzas para pensar en gilipolleces con el sueño que acabo de tener. Me levanto con la intención de darme una ducha, porque tengo toda la piel pegajosa por el sudor, y tampoco es que huela especialmente bien, que digamos. Justo cuando voy a entrar en el cuarto de baño, me llega una voz. El corazón se me revuelve por dentro. Por suerte, solo es la voz de Bruno. No sabía que estuviera despierto. Me acerco mientras me froto un ojo con el dorso de la mano.

—¿Qué te ha pasado? —pregunta, rozando el escándalo.

—¿A mí?

—Parece que te haya atropellado un camión cisterna.

—¿Tan evidente es que estoy sudado?

—Te has saltado la parte del atropello.

Estoy a punto de soltar una carcajada. Me limito a sonreír.

—He tenido un sueño horrible —confieso.

—¿Tú también?

Me invade un escalofrío.

—No habrás soñado que había alguien en casa —indago.

—No. He soñado que tenía un perro y se cagaba en mi cama. Una auténtica pesadilla.

Bueno, parece que tenemos conceptos un poco distintos de lo que es una pesadilla. Me quedo con la del perro sin dudarlo, vamos. ¡Venid a mí, cagarrutas! ¡Dejad que me convierta en vuestro amo y señor!

—¿Has soñado que había alguien en casa? —pregunta, aferrado a las sábanas.

—Sí.

Ambos nos miramos durante largos segundos. Creo que nuestros ojos revelan lo que nuestros labios se niegan a pronunciar.

—Solo era un sueño —concluyo, al final.

—Sí.

Solo era un sueño.

—¿Te acabas de despertar? —me intereso.

—Si me acabara de despertar, no podrías estar teniendo una conversación tan lúcida conmigo. Me desperté hace un rato, pero no te quería molestar. Y tampoco quería irme de tu casa sin decirte nada. Sería raro.

—¿Tienes planes para hoy? Ah, feliz Navidad, por cierto.

—Feliz Navidad. —No lo dice con mucho entusiasmo. Igual influye que lo haya pillado en mitad de un bostezo—. Mis planes son darme una ducha y limpiar a fondo la casa.

—¿Limpiar la casa? ¿En Navidad?

—Sí, en Navidad. Aunque, si tienes un plan mejor, igual me lo pienso. Te advierto, eso sí, que la ducha no la perdono.

Capítulo 23

ÉRIK

Bruno y yo no nos vemos mucho durante las Navidades. Él tiene bastante trabajo y yo intento ponerme un poco las pilas con los exámenes de enero. Tampoco es que me cunda mucho, la verdad. La asignatura que sé que voy a aprobar la llevo bien. Luego hay otra en la que parece que tengo posibilidades. El resto no las toco ni con un palo. Lo que sí hacemos Bruno y yo es mandarnos mensajes por WhatsApp. Muchos mensajes.

Bruno Vecino
Érik

Érik
Qué

Bruno Vecino
Por qué estás haciendo kárate en el salón?
Te estoy viendo por la ventana

Érik
Jajajaja
Estoy intentando matar una mosca!

Bruno Vecino
Parece que te esté atacando un ejército de zombis

Érik
No suena mal la idea

Bruno Vecino
Lo que suena mal es intentar matar una mosca con las manos

Érik
Yo lo he hecho alguna vez

Bruno Vecino
Pues es una guarrada

Érik
Ya
Tú eres más de insecticida

Bruno Vecino
No
El insecticida es tóxico y se queda en el ambiente
O se precipita sobre las superficies y las mancha
Yo soy más de abrir la ventana y esperar a que se vaya

Érik
Es que antes he abierto un rato y ha entrado otra
Ahora hay dos

Bruno Vecino
Prende fuego al piso
No hay más opciones

Otras veces hablamos de su trabajo.

Bruno Vecino
Estoy diseñando una página web de calzoncillos

Érik
Joder
Primero bragas y ahora calzoncillos

Bruno Vecino
Son la misma empresa
Te quería preguntar una cosa

Érik
Si quiero posar desnudo para la web?

Bruno Vecino
Te iba a preguntar cuál de estos dos colores te gustaba más para el fondo
Pero no seré yo quien te impida desnudarte delante de una cámara

Érik
Voooooy

Bruno Vecino
Por listo, ahora me vas a mandar la foto

Érik
Jajajaja
Ni de coña

Bruno Vecino
Tienes diez minutos para mandarla
Contando desde ya

Érik
No te la voy a mandar

Bruno Vecino
Nueve minutos

                                          Érik
                                   Brunitoooooo

Bruno Vecino
Ocho minutos

                                          Érik
            Cuáles eran los colores que querías que viera?

Bruno Vecino
No me cambies de tema
Siete minutos

No le mandé fotos desnudo. O sea, ¡es obvio! Aunque me puse un poco colorado mientras hablábamos. Un poco mucho.

Otras veces hablamos de... lo que se me pasa por la cabeza.

                                          Érik
                                           Tío
                     A veces no estás ahí mirando la nada
                                    Y piensas...
                                   Pingüinos???

Bruno Vecino
No
No puedo decir que sea algo que me pase en mi día a día

                                          Érik
                     Pero y lo monos que son?

Bruno Vecino
Eso no te lo discuto

Érik
Y sabes qué otra cosa es muy mona también?
Empieza por B
Y acaba por O
;)

Bruno Vecino
Ni idea

Érik
Tío
Un búhooooo

Bruno Vecino
Yo sé otra cosa muy mona
Que empieza por E
Y acaba por K

Érik
Un elefantek!

Bruno Vecino
Exacto

Érik
Jajajaja
En serio, qué era?

Bruno Vecino
No lo sé
Tengo mala memoria

Érik
Dímeloooo

Bruno Vecino
Meloooo

Érik
Capulloooooo

Hay algo que he descubierto de Bruno en estos días, aunque quizá debería haberlo sabido desde el principio. Apenas sale de casa. Creo que solo pisa la calle cuando tiene que comprar algo. El resto del tiempo lo pasa ahí dentro. Siempre que le propongo quedar me dice que sí, que no le apetece o que está trabajando. Nunca tiene otros planes. Y me da un poco de pena. Me pregunto también si por eso fue tan rápido en catalogarme como su amigo.

Me pregunto si no tiene a nadie más a su lado.

Capítulo 24

ÉRIK

La época de exámenes es dura, sobre todo la recta final. Hace que me pregunte qué estoy haciendo con mi vida. O, mejor dicho, qué *no* estoy haciendo con mi vida. Me siento como un hámster dando vueltas día tras día en la misma rueda sin moverme del sitio. No sé a dónde voy. No tengo destino. A veces siento que solo corro hacia delante para huir de lo que hay detrás. Me muevo en dirección contraria a la oscuridad. Da igual a dónde me lleve este sendero: solo tengo que evitar las tinieblas. Y, tal vez, en mitad de la huida, acabara perdiendo el rumbo. Ahora no sé cómo recuperarlo. Tampoco sé dónde estoy.

Mi madre me llama un par de veces en plena etapa intensiva. También mi padre. Al principio, intento ignorarlos, pero, al final, una tarde de un día cualquiera, acabo contestándole a mi padre. No me dice nada que no sepa ya. Lo que hace, en esencia, es dulcificar el ultimátum que arrojó mi madre la última vez (supongo que intenta relajarme de cara a los exámenes). En el fondo, yo sé que el significado vuelve a ser el mismo, por mucho que ahora intente esconderlo. Por supuesto, en ningún momento menciono que solo aspiro a aprobar dos de las cinco asignaturas en las que me he matriculado. Si confesara la verdad, ardería Troya. Bueno, ardería yo, qué coño.

En estas fechas, Pedro también me manda algún que otro mensaje. Se ve que ya ha olvidado que la última vez le solté unos cuantos vaciles. O finge olvidarlo. Me desea suerte y todas esas mierdas que se desean al hermano pequeño. Por desgracia, yo hace mucho que calé a Pedro. Él disfruta viéndome caer.

El día del último examen, algunos compañeros nos vamos por ahí a comer para celebrar que somos libres. Y a merendar. Y a tomar una copa después. Aunque yo me descuelgo antes de llegar a esa etapa, porque he quedado para cenar con Bruno. En mi casa, claro. No he pisado la suya desde Nochebuena, hace ya más de un mes.

Cuando nos encontramos, parece que hace siglos que no nos vemos. ¡Hasta su cara me resulta extraña! Hemos hablado religiosamente por WhatsApp casi todos los días, pero no es lo mismo que tenerlo enfrente. Me da la sensación de que sus ojeras se han oscurecido desde la última vez. Me pregunto si habrá algo que le esté quitando el sueño de nuevo.

O si será lo mismo de siempre.

Toma asiento en su silla habitual, esa que solo él ocupa y que el resto del tiempo permanece pegada a la pared. A veces, cuando no está, la veo, me acuerdo de él y sonrío. Porque es mi amigo y lo quiero. ¿Qué pasa?

—Tengo una cosa que decirte —anuncia de pronto—. No he querido contártelo antes para no desconcentrarte durante los exámenes.

Se me pasan miles de ideas por la cabeza; algunas muy muy chungas. Creo que me va a dar un ataque al corazón. O cuarenta mil millones de ataques.

—Me estás asustando —le advierto.

—No te asustes. Mira, te mando el enlace y lo ves en tu móvil.

Brunito no es de esos que te pasan el móvil para que veas una foto o una web. Qué va. Brunito ni siquiera te deja que te acerques a la pantalla, por si le sueltas algún microbio por la boca, digo yo. Él te manda el enlace y tú tienes que ver lo que sea que quiera enseñarte en tu propio móvil. Es gracioso. Porque para mí es una forma muy rara de hacer las cosas.

Pronto me encuentro con un *link* a la cuenta de Twitter de una tal Yasmina Cosmos. Con el entrecejo arrugado, entro y leo la biografía: *Licenciada en Derecho y conocedora de la fuerza de las emociones. Somos lo que sentimos y sentimos lo que somos.*

Me dedico a deslizar el dedo por la pantalla para ir viajando a través de sus publicaciones. Bruno me detiene antes de que pueda llegar muy lejos.

—Ya está, no hace falta que sigas.

—¿Qué es esto? —pregunto, mirándolo con fijeza.

—¿Te acuerdas de lo que nos dijo Carmona?

—¿Que te ibas a casar con una mujer? —bromeo.

—No, tonto. —No se ríe. Me quedo un poco planchado—. Que la carga que yo tengo sale y se materializa en el mundo.

—Sí.

Bruno suelta un suspiro. Suspirar dentro de la mascarilla tiene que ser un puto agobio.

—He seguido teniendo sueños —confiesa.

—¿La figura extraña que se sienta a los pies de tu cama?

Él asiente con la cabeza.

Me sorprende recordarlo tan bien. Supongo que es difícil olvidar algo así en la situación en que nos encontramos. He pensado en su sueño tantas veces desde que me lo contó que, en ocasiones, he llegado a sentir que me pertenecía a mí, en lugar de a él; que era yo el que lo había vivido alguna trágica noche de invierno.

—Durante un tiempo, me relajé un poco —añade—. Tuve menos sueños y no les di tanta importancia. Ahora llevo dos semanas sin dormir nada. No puedo.

—¿Por los sueños?

—Por los sueños y por todo. Han cambiado, además. El otro día soñé con esa misma figura desconocida. En el sueño, abrí los ojos y la vi frente a la ventana, observando algo. Me levanté para ver qué miraba. Era la primera vez que la figura no se alejaba de mí cuando yo intentaba aproximarme. Me coloqué a su lado y señaló con el dedo hacia la calle. Yo miré, pero... no se veía nada. Todo estaba oscuro. No había farolas. Creo que ni siquiera había calle. No había mundo ahí fuera. Cuando volví a reparar en la figura, ya no estaba. Y me desperté.

Vale. De puta madre. ¿Cómo esperas que duerma esta noche después de lo que me has contado, Bruno? ¿Dormir? Bah. Dormir está sobrevalorado. Toda la noche con las luces encendidas y la tele a todo trapo para evitar oír los crujidos de los muebles. Eso suena mucho mejor. *Yes*.

—Al despertar... —Ah, espera, que la historia sigue y todo—. Al despertar, no sentía que hubiese sido un sueño. No había... transición. Todo parecía lo mismo, sin contar que abrí los ojos en la cama y no junto a la ventana. Y experimenté una sensación extraña. La sensación de que alguien había estado en el dormitorio.

No termino de creer lo que atisbo en los ojos de Bruno.

¿Cómo aparenta estar tan relajado, tan sereno, con la historia que se le escapa por la boca? Si yo estuviera en su situación, igual necesitaba meterme un puñado de orfidales para el cuerpo.

—El caso es que —continúa—, a la mañana siguiente, me puse a buscar en Internet frases parecidas a lo que nos dijo Carmona. «Cargas que salen del cuerpo». «Oscuridad que sale del cuerpo». «Emociones que salen del cuerpo». Así llegué a una publicación de Twitter de Yasmina Cosmos —señala mi móvil— que me llamó la atención. No recuerdo lo que decía exactamente; tenía que haberlo guardado. Era similar a lo de Carmona. En uno de sus tuits, hablaba de consultas gratuitas en su casa, así que..., bueno, quería proponerte que fuéramos a verla.

Demasiada información que asimilar. Yo todavía sigo dándole vueltas al sueño que tuvo.

—¿Te parece bien o no? —insiste.

—Sí, sí.

—Es gratis —me recuerda—. Esta vez, lo único que podemos perder es la dignidad.

—A mí de eso ya me queda poco.

Bruno sonríe con los ojos.

—También podemos perder un riñón —dice—, si resulta que lo de esta mujer es una trampa mortal para incautos. Tiene bastantes seguidores, no parece nada truculento.

—Truculento —repito, sonriendo.

—¿Qué pasa?

—No sé si había oído alguna vez esa palabra.

—Tú no lees mucho, ¿verdad?

—Yo no leo nada —reconozco sin pudor—. A veces hasta me salto los diálogos de los videojuegos para pasar directamente a la acción.

Brunito se ríe. Yo sonrío.

—¿Te va bien que vayamos mañana por la tarde? —pregunta.

—Vale.

—Y otra cosa.

—Dime.

—¿Puedo dormir aquí esta noche?

Joder. Y tanto que puede. ¡Cero ganas tenía yo de quedarme solo después de lo que me ha contado! Eso sí, estoy lavando más sábanas que en todos los días de mi vida.

Capítulo 25

BRUNO

Pensaba que pasar la noche en casa de Érik mejoraría la situación, pero, incluso aquí, sigo sin poder dormir. No hago más que dar vueltas a un lado y a otro; y eso que intento evitarlo para restregarme lo menos posible por su cama. Por mi bien, no por el suyo. A él le da bastante igual, me figuro yo.

La luz del dormitorio está encendida y la persiana, bajada al máximo. Aun así, no dejo de imaginarme a la figura de mi sueño acechando en mi ventana, en esa oscuridad que ahora se revela invisible a los ojos. Es extraño. Puedo recordar la figura a la perfección y, a la vez, soy incapaz de hacerlo. Ni siquiera sé cómo explicar algo así.

La puerta del dormitorio está abierta, una suerte de contacto con Érik, que habita la penumbra del salón. A veces me sorprendo a mí mismo dejando que mis ojos se pierdan en la inmensidad negra que aguarda más allá. Cuando contemplo esa zona durante mucho tiempo, mi mente empieza a forjar la figura de mi sueño. Cada vez estoy más seguro de que no era una persona. Por lo general, con los sueños, uno va olvidando de forma paulatina lo que ocurre en ellos, hasta que, al final, acaban tornándose polvo en la memoria. En este caso, ocurre al contrario: cuanto más pienso en ese sueño, más recuerdo de él y más nítida se vuelve la imagen que albergo.

Me da miedo que un día se torne demasiado nítida.

Que se haga tan real que pasemos, ella y yo, a ocupar el mismo plano de la existencia.

Dormir con la mascarilla puesta no ayuda a conciliar el sueño, desde luego. En un par de ocasiones, me planteo quitármela; la ansiedad no permite que lo haga.

De pronto, se alza un ruido en el salón. Mi corazón se acelera. Yo, hombre de firmes creencias científicas, me aferro a las sábanas y rezo para que sea Érik. Y, de paso, rezo por mi vida también.

—Bruno.

Es Érik. Gracias a Dios.

—¿Qué? —pregunto.

—¿Puedo dormir aquí?

—¿En la cama?

—Sí.

Ni de coña. ¿Cómo voy a dormir yo con alguien que no soy yo? Por mucho que la cama sea de matrimonio.

—Es que no dejo de pensar en el sueño que me has contado —gruñe.

—¿Quieres que me vaya a casa y duermes tú aquí?

Pregunto con toda la inocencia del mundo, pero la verdad es que soy un poco capullo. A ver, Bruno, ¿no te das cuenta de que lo que no quiere es dormir solo? Tu propuesta es un sinsentido.

—Vale, da igual —dice, y se da la vuelta—. Voy a encender la luz del salón.

No lo hagas, Bruno.

No hagas lo que estás pensando.

Deja que se vaya.

Es lo mejor.

Lo mejor para ti.

Está a punto de irse, no lo llames.

No lo llames, Bruno.

—Espera, Érik.

Vuelve hacia el dormitorio y sus ojillos me buscan con palpable esperanza.

—¿Qué? —dice.

—Duerme aquí, venga. Pero intenta separarte lo máximo posible de mí, por favor.

Muy bien, Bruno, impón tus exigencias en las casas de los demás. Claro que sí.

Érik corretea hasta la cama como un perrillo emocionado y no tarda en colarse bajo las sábanas. No he oído las zapatillas caer, por lo que me figuro que Érik ha venido descalzo hasta aquí, pisoteando todo el suelo, para luego introducir esos mismos calcetines en la cama que comparte conmigo.

Empezamos bien.

La idea es horrible y pronto me doy cuenta de ello. Érik está lejos y, al tiempo, muy cerca. Sentir su presencia me inquieta sobremanera. Estamos compartiendo cama. Ni siquiera la promesa de una ducha calma la ansiedad que acuso en estos momentos. Debería quitarme la mascarilla, pues no puedo respirar; aun así, la idea de pasar una noche entera inhalando el mismo aire que Érik es más de lo que puedo soportar. Me aparto la mascarilla de la cara para tomar un poco de oxígeno.

Bruno, has cenado un montón de noches en esta casa. Has respirado el mismo aire que Érik incontables veces. ¿Te ha pasado algo? No. Nunca te ha pasado nada.

¿Y si ahora tiene una enfermedad que antes no padecía?

Pues te la habrá contagiado durante la cena.

O no. Porque la cena ha durado poco y hemos estado separados el uno del otro.

¿Qué, cerebro? ¿Ya te has quedado sin argumentos? Pues ojalá no te hubieras quedado sin ellos.

Tengo que quitarme la mascarilla. Estoy sudando y no puedo respirar. La coloco sobre la mesita de noche. Mañana la desecharé y abriré una nueva; lo que me recuerda que tengo que ir a la farmacia. Creo que solo permanezco aquí porque sé que no seré capaz de dormir en ningún otro lugar. Porque, a pesar de la ansiedad que me produce yacer ahora en esta cama, la amenaza de la figura desconocida luce aquí tan lejana que apenas se antoja real. Y, conforme se marcha, se lleva también pedacitos de esa ansiedad que me provoca la cercanía de Érik.

Al final, solo queda una duda.

¿Por qué una parte de mí quiere sentir la espalda de Érik contra la mía?

Capítulo 26

BRUNO

La peor noche de mi vida.

¿Eso que pensé de querer sentir la espalda de Érik contra la mía? Oh, no hacía falta. Porque he sentido su espalda, sus pies y sus brazos. Resulta que Érik se mueve más que una puñetera lagartija. En lo que va de noche, me ha subido las piernas encima, clavado el codo en las costillas y arrimado la cara al cuello. Yo siempre intento apartarlo con la máxima delicadeza, para tocarlo lo menos posible. A veces, él se despierta y yo me hago el dormido, para disimular.

A las cinco de la madrugada, me levanto de la cama con la firme convicción de marcharme del piso. Pronto descubro que no puedo hacerlo. No tengo llave para cerrar a mi marcha. Y no puedo dejar a Érik desprotegido de esa forma. Así pues, me siento en mi silla; esa que casi albergo en propiedad. Tengo tanto sueño que no hay forma de soportar esta tortura. Me planteo tumbarme en el sofá. ¡En el sofá! ¿A qué punto hemos llegado, Señor? Permanezco un rato observándolo. El sofá y yo libramos una batalla que recordaremos por los siglos de los siglos y amén.

Joder.

Las clases de religión en el colegio calaron bastante hondo.

Al final, soy yo el que pierde la batalla. O el sofá. No acabo de aclararme. La cuestión es que no tengo agallas para tumbarme ahí, por lo que no me queda más remedio que...

Sí.

Por mucho que me pese.

No me queda más remedio que volver a la cama.

Oh, fuerzas del universo, proteged a este fiel devoto de vuestras...

Mierda.

Érik está espatarrado en mitad del colchón.

Ahogo un suspiro.

No tengo otra opción: me acoplo en el estrecho huequecito que ha dejado para mí. Una vez que estoy tumbado, retrocedo un poco.

Otro poco.

Un poquito más.

Hasta que su espalda roza la mía.

Capítulo 27

ÉRIK

Hace un mal día para ir a ver a Yasmina Cosmos. Hace un mal día para salir a la calle, en general. La ciudad es una mezcla de viento, nubes y lluvia. Es imposible abrir el paraguas sin que el aire se lo lleve por delante. Así que, aquí estamos Bruno y yo, luchando contra el clima en nuestra búsqueda de la verdad, recogidos en nuestras capuchas y refugiándonos en los techados de los edificios. Bruno gruñe bastante durante el viaje; creo que no le gusta pisar charcos. O igual es el barro lo que le jode. O todo. Fijo que se da una ducha nada más llegar a casa.

No nos decimos nada durante el trayecto; supongo que estamos más concentrados en evitar que nos barra el temporal. Estoy deseando ver la cara de la tal Yasmina cuando nos presentemos en su casa con las deportivas chorreando y pinta de haber estado revolcándonos en un lodazal. Creo que si Bruno se revolcara de verdad en un lodazal, tendría que pegarse un tiro después.

O antes. Mejor antes.

El piso de Yasmina se encuentra en una amplia avenida con dos carriles en cada sentido. Debe de ser un lugar bonito, con sus árboles sencillos y sus bancos de madera; hoy, sin embargo, es el mismísimo fin del mundo. Vale, soy un poco peliculero, pero es que eso lo hace más emocionante. ¡Bruno y yo en una batalla contra el universo! O contra lo que sea que batallemos, que no está claro. También estoy un poco nervioso, sí.

Llamo al telefonillo y esperamos ambos acurrucados en extremos opuestos del portal. Un sonido desagradable nos anuncia la apertura de la puerta. Entramos y avanzamos, acompañados del chapoteo de nuestros pies sobre el suelo de mármol. Yasmina vive en el tercero, pero subimos por las escaleras. Bruno no quiere meterse mojado en el ascensor. Cuando llegamos al rellano, me asalta un olor a paella o a bizcocho. No termino de decidirme. Tampoco hace falta que llamemos al timbre del tercero A, pues nada más acercarnos, nos abre la puerta una mujer.

—Buenas —nos saluda, con un tono muy... ¿normal? Está sonriendo—. Me vais a dejar la casa estupenda.

Yasmina Cosmos no es para nada como me la imaginé. Debe de ser una mujer de treinta y pocos años, con una piel tersa y una melena larga y lisa de color negro. Tiene nariz aguileña y su voz es suave y aguda.

—Hemos elegido un mal día para venir —comento, sonriendo.

Ella nos invita en silencio a pasar. Entrando en territorio enemigo, sí, señor. Estoy un poco acojonado, la verdad. Justo cuando paso por su lado, me agarra del hombro y me observa fijamente, estrechando los ojos.

—Oye —dice.

—¿Qué? —pregunto, aturdido.

—Bueno, ahora te lo cuento. Pasa.

¿Ahora me cuenta qué? ¡No me dejes con esta intriga! ¿Has visto mi futuro? ¿Voy a morir? ¿Es eso?

¡Seguro que es eso! ¡Pues espero que sea rápido porque no quiero vivir con este sufrimiento!

Vale, venga, tranquilidad. ¡Tranquilidad!

Después de dejar los paraguas en el paragüero, Yasmina nos conduce hasta el salón, donde me encuentro a un hombre en el sofá, con un libro en las manos. Nos saluda al entrar y Bruno y yo correspondemos de manera distraída. A continuación, Yasmina nos invita a sentarnos alrededor de una mesa de comedor. No dejo de estudiar con disimulo la casa, pues me sigue pareciendo muy... ¿normal? Vale, sí, he vuelto a decir «normal», pero es que Yasmina me parece muy «normal» para ser una vidente. Aunque ni siquiera sé qué quiero decir con eso. ¡Los videntes pueden ser de la forma que quieran! No debo caer en los estereotipos. Además, ni siquiera sé si Yasmina es vidente. Bruno dijo que hacía consultas gratuitas a gente que lo necesitara, pero ninguno de los dos estamos muy seguros de lo que entrañan esas consultas. Supongo que no falta mucho para averiguarlo.

Esta vez, Bruno no se ha ofrecido a quedarse de pie. Aunque ninguno de los dos nos hemos quitado los abrigos.

—¿Qué querías decirme? —le pregunto a Yasmina. ¡Necesito saberlo de una vez!

Ella sonríe, como si no tuviera importancia.

—No es nada malo. ¿Queréis algo de beber?

Sí, un vaso de agua con una cucharadita de resolución de dudas existenciales. ¡Cuanto antes, por favor!

—No, gracias —respondemos Bruno y yo a la vez.

Contra todo pronóstico, Yasmina se marcha del salón y entra en la cocina. Sus dos pendientes de anillo tintinean al caminar. A lo mejor es que ella sí quiere algo de beber. Sí. Vuelve con un vaso de agua. El tío del sofá sigue a lo suyo. ¿Será su marido? ¿Su abuelo? ¿Su hijo? ¿Su perro? ¿Se nota que estoy nervioso?

—¿Me puedes decir eso ya? —insisto.

Yasmina ríe con suavidad. ¿Me está vacilando o qué? ¿Por qué últimamente todo el mundo me vacila?

—¿Alguna vez has tenido una experiencia extraña? —pregunta, y se apresura a beber un trago de agua. Un buen trago.

—Por eso estamos aquí —se me adelanta Bruno.

—¿Qué ha pasado? —Yasmina me pregunta solo a mí.

Empiezo a contar yo la historia, pero me aturullo, titubeo y explico las cosas bastante mal, así que al final es Bruno el que toma las riendas. Lo hace mejor que yo, todo hay que decirlo. Yasmina asiente como lo haría alguien a quien ofreces un relato pormenorizado de tu desayuno. Al terminar, toma aire por la boca y lo suelta antes de señalarme con el dedo.

—¿Cómo te llamas?

—Érik —pronuncio, con una sensación extraña en el estómago.

—Tú lo tienes, Érik.

—¿Qué tengo?

—El don. O como quieras llamarlo.

Frunzo el ceño.

—¿Qué? —pregunto.

—Lo he notado nada más verte. Un impulso.

Sigo sin entender nada.

—Venid un momentito —dice.

Sin esperar a obtener nuestra conformidad, Yasmina se levanta y camina con naturalidad hasta una habitación que tiene la puerta entreabierta. Termina de abrirla y me alienta a echar un vistazo al interior. Apenas tengo tiempo de ver nada. Un frío gélido como un témpano atenaza cada centímetro de mi cuerpo. Las lágrimas brotan como si siempre hubiesen estado ahí, aguardando este momento, y el corazón me aprieta tanto dentro del pecho que siento que no voy a sobrevivir. Todo tiembla. Tiembla y duele. Y desgarra. Mis dientes rechinan y la respiración ruge en mis labios. Yasmina cierra la puerta despacio y me... abraza.

¿Qué?

Me abraza con cuidado y aprieta mi cabeza contra su pecho, al tiempo que me acaricia el pelo y sisea con suavidad.

—Tranquilo —me susurra.

Yo me aferro a ella porque no tengo nada más a lo que agarrarme. Porque necesito que alguien me proteja de lo que estoy sintiendo.

—Perdona. Quería comprobar que era cierto —explica, sin dejar de consolarme—. No esperaba que lo tuvieras tan desarrollado.

Apenas alcanzo a entender lo que dice. La mente se me ha colmado y siento que ya jamás se vaciará. Desconozco qué es lo que guardo ahí dentro; solo sé que no se va. Que no se va. Y quiero que desaparezca; que me deje en paz.

Me separo de Yasmina unos segundos después, con el rostro empapado de lágrimas.

—¿Cómo podéis vivir aquí? —pregunto.

—Porque yo no lo tengo tan desarrollado como tú. Y porque no puedo dejar esto aquí, ¿no?

Juraría que Bruno nos observa con una palpable confusión en los ojos. He de reconocer que me he olvidado de su existencia durante un par de minutos.

—Si lo tengo tan desarrollado como dices, ¿por qué no he visto fantasmas antes? —busco saber.

—No son fantasmas —objeta Yasmina.

—¿Qué son, entonces?

—Son... —se muerde los labios— energía. Los seres humanos somos energía. Y esa energía no siempre está dentro. Y no siempre muere con nosotros.

—Pero ¿por qué no los he visto antes?

—Es posible que los hayas visto y no lo recuerdes. Hay distintos grados. Incluso la gente que lo percibe con mucha intensidad, como tú, no capta todo lo que hay ahí fuera. O no lo hace con la misma fuerza. Piensa que son colores. Tú ves los azules, otros perciben los rojos... Y así.

Sorbo por la nariz. Aún no me he recuperado. El corazón me duele y las lágrimas no dejan de caer.

—¿Y qué es lo que hay en casa de Bruno? —pregunto.

—No lo sé.

—¿Pertenece a Bruno?

—No lo sé, chicos. Podría llevar ahí años. ¿Cuánto tiempo llevas viviendo en ese piso?

—Aún no se ha cumplido un año —apunta Bruno.

Yasmina hunde los labios, infla el pecho y se encoge de hombros antes de negar con la cabeza.

—No sé qué deciros.

—¿No puedes venir a verlo? —pregunto.

—Yo no me dedico a esto. Soy abogada. Tengo consultas esporádicas como esta para ayudar a los que lo necesitan. Para explicar, sobre todo. Dentro de mis posibilidades.

Me seco las lágrimas.

—¿Y ya está? ¿Para eso hemos venido? ¿Para que me digas que tengo un don y me hagas llorar?

Soy incapaz de discernir si se siente o no culpable por lo que me ha mostrado. Por la reacción que ha causado en mí. Supongo que da igual. Estoy cabreado. Joder, estoy muy cabreado. Y quiero pirarme ya de aquí. Así se lo hago saber a Bruno, con algo más de sutileza, y los dos nos marchamos tras una insulsa despedida, después de recuperar nuestros paraguas. No quiero seguir en esta casa. No, sabiendo lo que hay en esa habitación. Tal vez sea porque no somos dueños plenos de nosotros mismos, pero nos detenemos junto al ascensor en lugar de bajar por las escaleras.

Cuando las puertas se cierran frente a nosotros, me siento enclaustrado y solo. Muy solo. Un frío imposible me acaricia el cuerpo al completo, arañando cada porción de la piel que decide tocar.

—¿Qué has visto? —pregunta Bruno.

No termino de comprender lo que expresan sus ojos; las lágrimas han vuelto a empañar los míos.

—No lo sé, Bruno. Y no sé si quiero saberlo.

—Pero... —No acaba la frase.

Cuando las puertas se abren, yo no me muevo de donde estoy. Bruno se dispone a salir; se vuelve a mitad de camino, preguntándome con la mirada. Imagino que eso es lo que hace. Tengo la vista plantada en el suelo y no puedo verlo a él. No dejo de llorar y el frío me está cortando la respiración.

—Érik —me llama.

—Voy.

Avanzo con lentitud, lo que me permiten mis gélidos pies. Un paso. Dolor. Otro paso. Más dolor. Me detengo justo a la salida del ascensor. Bruno vuelve a parar y se gira hacia mí.

—Brunito —pronuncio.

—¿Qué?

—Me das... ¿Me das un abrazo?

Esta vez sí tengo claro lo que veo en sus ojos: se trata de una profunda tristeza.

—Es que has... —titubea— abrazado a Yasmina, entonces...

—Ah, sí. —Sonrío—. Perdona, se me había olvidado.

El frío se torna aún más gélido. El abismo cava más y más profundo. Y avanzo hacia la salida, hacia la lluvia, hacia la tormenta, mientras mi cuerpo grita y duele. Un paso. Otro. Un tirón del brazo. Me doy media vuelta y me encuentro con Bruno.

—Ven aquí, tonto —dice.

Me recorre un escalofrío; uno de los buenos. Bruno me estrecha entre sus brazos y yo lo sujeto a él con todas las fuerzas que me regala el cuerpo, sin soltar el paraguas. Le sollozo en el cuello como un crío de ocho años. No me contengo. No puedo hacerlo.

—Tranquilo —me susurra.

—Necesito que salga de mi cabeza, Bruno. Pero no se va. No quiere irse. Y yo necesito que se vaya.

—Se irá. Sea lo que sea, se irá, Érik. —Le tiembla la voz—. Ya verás. Te lo puedo asegurar. Y si no, yo me encargaré de darle una paliza. A eso y a Yasmina, por haber sido... un poco cabrona.

Sonrío sin fuerzas. Con dolor.

—Es la primera vez que te oigo soltar una palabra así —señalo.

—La ocasión lo merece.

—No digas eso.

Intento respirar hondo, pero todo lo que absorbo es el aroma de su cuello; de su piel. Y se vuelve mío.

—Te quiero. Te quiero mucho, Brunito. Quiero que sepas que eres mi mejor amigo.

Bruno aprieta un poco más, antes de responder:

—Y tú el mío.

Capítulo 28

ÉRIK

Veinte minutos después, estamos de vuelta en mi casa, empapados de nuevo por el temporal que reina en las calles. Yo ya me he quitado las deportivas y los calcetines y tengo las piernas cruzadas sobre el sofá. Bruno se ha sentado a mi lado. Sí, en el sofá, en lugar de en su silla. Estaba tan absorto en mis pensamientos que ni siquiera he reparado en la importancia de ello hasta unos minutos después de que lo hiciera. Se ha colocado cerca de mí, aunque nuestros cuerpos no se tocan.

Pasamos largos minutos en silencio, absorbiendo la calma sepulcral del salón y el golpeteo de la lluvia, tanto en el cristal como en el mundo de más allá. El viento susurra y embiste contra la ventana; me hace sentir protegido de las sombras que acechan a la intemperie.

De pronto, como si mi destinatario no fuera otro que yo mismo, comienzo a hablar, la mirada clavada en el suelo.

—Una vez, cuando era pequeño, fui al parque con mi madre. Ese día no había muchos niños y los pocos que había no querían jugar conmigo. Supongo que, al verme solo, una madre se acercó para hacerme compañía. Al principio me dio un poco de miedo.

¡Un adulto jugando con un niño! —exclamo, echándole cuento—. Mi madre siempre era muy recelosa con esas cosas. Pero yo jugué con ella, porque estaba solo y aburrido. Me lo pasé muy bien. Cuando acabamos, se lo conté a mi madre, que había pasado el rato sentada en un banco y leyendo un libro. «He jugado un montón con la mujer que atraviesa los árboles», le dije.

—¿Cómo? —pregunta Bruno, arrugando la frente—. ¿Atravesaba los árboles?

Sonrío.

Mis labios se ensanchan más de lo que esperaba y mis ojos se colman de un cansancio sin igual. Me apetece desplomarme sobre el hombro de Bruno, dejar que sea él quien me sostenga. Una pena que no pueda tocarlo. Él no querría.

—Los atravesaba —confirmo—. Me está viniendo todo de golpe. Todas esas veces en las que mis padres pensaron que me imaginaba las cosas. Y supongo que yo, con el tiempo, acabé pensando igual. Recuerdo que, cuando iba al colegio y salíamos al descansillo de nuestro piso antiguo, yo siempre saludaba a la mujer que había junto a la puerta de enfrente. Mi madre insistía en que dejara de hacerlo. Según ella, allí no había nadie. —Meneo la cabeza—. ¿Con cuántos fantasmas... o con cuánta energía me habré encontrado a lo largo de mi vida? Puede que haya visto montones sin saber lo que veía en realidad.

Brunito no responde. Supongo que no sabe qué decir. Yo tampoco sabría. Creo que ni siquiera tengo fuerzas para mirarlo. Algo o alguien me las ha arrebatado. Solo quiero cerrar los ojos y dormir.

Dormir.

Y seguir durmiendo.

La voz de Bruno interrumpe el letargo de mi mente:

—¿Crees que Carmona tenía razón? ¿Crees que lo que aparece en mi ventana de verdad es mi carga?

—¿Cuál es tu carga? —pregunto.

—¿Cómo que cuál es mi carga?

La sonrisa de sus ojos lleva a rastras un cansancio que duele al verlo.

—¿La... obsesión por la limpieza? —aventuro.

—Claro, Érik.

—No sabía que...

—Es una tortura —me interrumpe—. Un infierno. Día tras día.

—Es que no esperaba que fuera tan...

—Lo es —me corta de nuevo—. ¿Sabes la cantidad de tiempo que pierdo a diario? Y eso ni siquiera es lo peor. Hace dos días, por ejemplo, me duché cuatro veces. Cuatro, Érik. Una, antes de salir de casa. Dos, al volver de hacer la compra. Tres, porque me asomé a la ventana y rocé la persiana con la cabeza, y como la persiana estaba sucia, al tocarla, yo también estaba sucio y no podía permitir que esa mugre se extendiera por la casa, por mi cama, por mi almohada. Porque entonces sería demasiado tarde y todo estaría impregnado en ella.

Me tomo unos segundos para asimilar lo que dice.

Apenas soy capaz de mirarlo.

—¿Y la cuarta? —pregunto—. Has dicho que fueron cuatro.

—La cuarta fue después de tirar la basura, pasadas las nueve de la noche. Pasé por debajo de un árbol y sentí que me caía algo en el pelo. Es probable que me lo imaginara. Me miré y me miré en el espejo, sin encontrar nada, con la esperanza de que aquello fuese suficiente para calmarme. Pero no lo fue. Tuve que ducharme por cuarta vez en el día, por si me había cagado un pájaro o algo así. Lo hice llorando. Aún lloraba cuando salí de la ducha. Y, no contento con eso, me tumbé en la cama y seguí llorando sobre la almohada. Es una sensación de... impotencia; de querer luchar y no poder hacer nada por defenderte.

Lo observo sin saber qué decir. Las palabras se me escapan; no puedo agarrarlas. Al igual que en su relato, Bruno también llora en estos momentos. Supongo que nunca imaginé que todo esto fuese para él más que una ligera molestia. Aunque, si yo tuviera que hacer lo que hace él, creo que también estaría desesperado.

—Soy un esclavo, Érik. Vivo al servicio de las arbitrariedades de mi cerebro, de mi paranoia, de mis... putas mierdas. —Al decir esto, golpea el reposabrazos del sofá con el puño—. Me quedé sin amigos, sin familia, sin... vida. ¡Todo por esta mierda!

Por cómo se ha roto su voz, creo que no podrá volver a levantarla. Tal vez nunca.

Lo contemplo desde mi lado del sofá y siento su pena, su agonía, clavándose dentro de mí, en esos lugares que nadie nunca podría alcanzar de otra manera.

Me duele.

—¿Te puedo abrazar? —pregunto.

—Sí —responde, con un hilo de voz—. Por favor.

Más que abrazarlo, lo que hago es acurrucarme contra su costado, envolviéndolo con una mano por delante y otra por detrás, y acomodando la cabeza en su axila. Puedo sentir su corazón en uno de mis brazos. Late deprisa. Muy deprisa. Hasta soy capaz de percibir su miedo y su malestar. Lo acaricio con cuidado por encima de la sudadera. Le froto la espalda. Él me aprieta con una de sus manos; me atrapa. Yo cierro los ojos y escucho su respiración, que se cuela dentro de mí y saca todo lo demás. Ya no hay lluvia. Ya no hay viento. Solo el silbido agitado de sus pulmones.

Y, tal como estoy, acabo quedándome dormido.

Capítulo 29

BRUNO

Otra vez el mismo sueño.

La diferencia es que, en esta ocasión, es de día cuando abro los ojos. Durante unos fugaces segundos, atisbo una presencia extraña en la habitación. Después, la percepción se desvanece y todo se torna parte de un espejismo que nunca tuvo lugar.

Es curioso cómo el cerebro humano se adapta a las circunstancias para poder seguir adelante. Porque, a pesar de que todo sigue igual, ahora duermo un poco mejor. Hoy, sin embargo, estoy empapado en sudor, lo que significa que tengo que darme una ducha antes de hacer cualquier otra cosa, para evitar extenderlo por la casa allá donde decida sentarme. Esto también significa, claro está, que tengo que cambiar las sábanas; a pesar de que lo hice hace dos días.

Mientras camino hacia el pasillo, siento el impulso de agarrar el teléfono móvil que yace sobre el escritorio; me detengo en el último momento. No debo tocar nunca nada antes de lavarme las manos; en especial, en un despertar sudoroso como este. Quién sabe a dónde van a parar mis dedos mientras duermo. Los mensajes tendrán que esperar.

Los mensajes de cierta persona.

Después de aquella extraña tarde en la que Érik se quedó dormido con la cabeza en mi axila, diría que nos hemos reunido más que nunca. Aún no sé cómo afrontar todo esto. Porque hacía tiempo que no tocaba, que no abrazaba, que no... me acercaba. Y con Érik hago todo eso y más. Al fin y al cabo, he dormido más de una vez en su cama. Cuando estoy con él, si lo abrazo, lo toco o me siento en su sofá, no puedo estar plenamente a su lado. Mi cuerpo se divide en dos: el que intenta permanecer en el momento presente y el que da vueltas y vueltas a las consecuencias de mis acciones. Porque, cuando toco algo, cuando mi casa no está limpia, cuando siento la necesidad de darme una ducha, es como si la vida y el mundo entraran en pausa. De pronto, no hay más que el constante zumbido que me exige resolver lo que está mal. No vuelvo a recuperar la calma hasta que enmiendo el error.

Y me molesta.

A veces, cuando estoy con Érik, siento que puedo salir del agujero, que puedo acabar con toda esta obsesión que me atormenta. Solo es una ilusión, claro. Un espejismo en el camino. Al final, la necesidad, la urgencia sigue ahí; da igual que pasen dos horas o medio día. Siempre está ahí. Y no hallará la historia final feliz hasta que una buena ducha repare lo que se ha roto. En ocasiones, si la espera es demasiado larga o la ansiedad demasiado intensa, no basta con una sola ducha.

Otra cosa que hacemos Érik y yo es mandarnos mensajes. Muchos mensajes. Diría que son demasiados, aunque nunca parecen tal cosa. Él es la primera persona que se me viene a la cabeza cuando agarro el móvil.

La única persona, de hecho.

Bruno
Oye

Érik
Dime

Bruno
Me

Érik
Que dejes de hacerme esooooo

Bruno
Que deje de hacerte qué, guapo?
Y no te pongas colorado

Érik
No me he puesto colorado
Qué querías?

Bruno
Se me ha olvidado
Como no dejas de distraerme...

Érik
Te debo una paliza☺

Pero no todo lo que hablamos son tonterías.

Érik
Hoy he visto una competición de natación
Y me he puesto nervioso

Bruno
Por qué?

Érik
Porque siento que estoy desaprovechando mi vida
Mi profesor de natación siempre dice que compita
Y yo le digo que no

> **Bruno**
> Quieres competir?

Érik
No
Creo que no
No me mola la vida del deportista
Prefiero nadar a mi aire

> **Bruno**
> Pues ya está
> Sigue nadando a tu aire

Érik
Ya, pero...
No sé a dónde voy

> **Bruno**
> A la piscina
> A nadar

Érik
Tonto

> **Bruno**
> Tonto tú
> Tienes veinte años, Érik
> Es normal que no sepas a dónde vas
> A veces, yo tampoco lo sé

Érik
Tú tienes tu trabajo

Bruno
Sí
Pero no sé si me voy a dedicar a esto toda la vida
No sé si quiero

Con el tiempo, he ido atisbando pinceladas de los tormentos de Érik. Me he dado cuenta de que no es, ni de lejos, el chico sin preocupaciones por el que puede pasar a simple vista. A pesar de que no me ha revelado abiertamente sus pesares, yo ya me figuro cuáles son. Se podría decir que vive en el caos. Pero no lo acepta. Busca el orden. Mientras tanto, yo me someto al orden y ansío volver al caos. Parece que seamos polos opuestos. Supongo que, justo por eso, hay algo que nos une.

Érik
Oye

Bruno
Qué?

Érik
Joder
Igual esto es una gilipollez, vale???

Bruno
Dime

Érik
Da igual, déjalo

Bruno
Dímelo, tonto

Érik
Te gustaría venir a verme nadar un día?

Siendo sincero, creo que jamás habría anticipado esta proposición. Aun así, mi respuesta no puede ser otra:

Bruno
Claro que me gustaría

Capítulo 30

BRUNO

No sé muy bien qué hago aquí.

Es una sensación extraña la que acuso, pero supongo que lo que estoy a punto de hacer no es malo. De hecho, hasta me hace ilusión, aunque no acabo de comprender por qué.

O igual sí que lo entiendo y me afano en negarlo.

Estar a punto de entrar en el polideportivo me trae recuerdos de la niñez, de aquella época en la que mis padres se empeñaron en apuntar a África a voleibol solo porque había jugado en clase de Educación Física y había dicho que le parecía, y cito textualmente, «un poco chulo». Duró tres semanas. Durante ese breve tiempo, mi madre y yo acudimos cada día a ver a mi hermana jugar. Eran momentos de tremendo aburrimiento, hasta cuando me llevaba la videoconsola portátil para entretenerme. Me pregunto si hoy también me espera una hora aburrida.

Dudo mucho que lo sea.

—Bueno, pues voy tirando —anuncia Érik.

No puedo evitar fijarme en su sonrisa. Parece entusiasmado, como si por fin hubiese llegado el día de ver la película por la que lleva meses suspirando.

Antes de marcharse, me indica por encima cómo llegar hasta las gradas y, con su ayuda y la de las señales que invaden todo el complejo, consigo dar con ellas. Apenas hay espacios ocupados, más allá de unos cuantos grupos de personas aquí y allá, separados los unos de los otros. Dedico un par de minutos a elegir un asiento. Para mi desgracia, esto ha de ser un criadero de toda clase de organismos.

Venga, Bruno, qué más da, si vas a lavar el pantalón en cuanto llegues a casa.

Sí, supongo que da igual.

Pero, al mismo tiempo, no da igual.

Me decanto por una butaca que podría pasar por limpia si no la someto a un exceso de escrutinio y me siento sin apoyarme en el respaldo. El polideportivo danza entre voces que hacen eco por todo el espacio, culpa, sobre todo, de unos niños a los que la monitora ya insta a salir del agua. Supongo que su clase se termina.

Érik todavía no ha llegado. Me he situado lo más cerca posible de la piscina en la que imagino que nadará él; la otra es la infantil. Tal y como estoy colocado, imagino que lo tendré de frente.

Durante un momento, pienso en él. En Érik. Después, sin embargo, mi mente se enfoca en el calor que hace aquí dentro. Hoy es un día frío, así que he venido con mi chaqueta. Aquí dentro, sin embargo, me sobra hasta la sudadera que llevo debajo. El problema es que no sé dónde colocar las prendas que me quite. Me niego a dejarlas en una de estas butacas roñosas. Intento aguantar un rato con la chaqueta puesta, pero ni en broma voy a soportar una hora entera así. Decido quitármela y ponerla sobre mis piernas, con cuidado de que ninguna parte de esta roce el suelo o las butacas adyacentes. Al llevar la vista un poco más abajo, me fijo en una pareja con una niña que no llegará ni a los diez años. A su lado, una montaña de abrigos y bolsos ocupa una de las butacas. Por un instante, al contemplar esta imagen, me asaltan las ganas de llorar.

¿Por qué yo no puedo ser así?

¿Por qué yo no puedo sentarme sin tener que cambiarme luego de ropa o darme una ducha? ¿Por qué no puedo dejar un abrigo en la butaca sin preocuparme de que esté sucia o limpia? ¿Por qué no puedo vivir como vive el resto de la gente, sin confeccionar una retahíla de normas absurdas y cada vez más numerosas?

Por suerte para mí, dejo de pensar cuando aparece un nuevo grupo en la zona de las piscinas. Todos van ya con su gorro cubriéndoles la cabeza. Todos excepto uno: un chaval de cabello rubio y salvaje al que, a pesar de que me pilla un poco lejos, me parece ver sonreír. Me saluda con la mano antes de ponerse su gorro también. Yo enseguida correspondo. Imagino que quería que lo reconociera; por eso ha tardado en cubrirse la cabeza. Ahora se coloca sus gafas de natación, como el resto. Yo apenas me fijo en su cara, en realidad. Porque es la primera vez que lo veo sin camiseta. A pesar de que estoy lejos, me doy cuenta de que Érik tiene mejor cuerpo del que me figuraba. Teniendo en cuenta que estamos en invierno y solemos llevar múltiples capas de ropa encima, siempre fue difícil imaginar lo que había debajo. Se nota que es nadador. Se le marcan los pectorales. No en exceso, pero ya es más de lo que puedo decir yo, que no he hecho deporte en los últimos dos o tres años. Mis ojos descienden poco a poco, recorriendo todo su cuerpo. Al verlo ahí abajo, hasta se me antoja más alto.

La clase entera charla un momento con el monitor y, después, empiezan a calentar. Unos minutos más tarde, se preparan para saltar al agua en dos grupos. Érik es de los segundos. En mi cuerpo empieza a bullir una extraña anticipación al verlo ahí, preparado para zambullirse. Ver la pose que adopta es como estar ante una de esas competiciones de natación en las que yo habría cambiado de canal; de esas que mi padre se habría tragado una tras otra, como fanático de los deportes en general.

Y, por fin, se lanza al agua a golpe de silbato. Mi corazón se salta un par de latidos y me olvido de cómo respirar. Érik avanza un buen trecho sumergido hasta que sale de nuevo a la superficie para nadar al estilo libre. Entonces me pierdo en él. En la belleza hipnótica de las formas que traza en el agua. Tarda apenas segundos en sacarles amplia ventaja al resto de sus compañeros.

Es el primero en terminar.

Hasta siento un poco de rabia ante el hecho de que se haya acabado. Aunque tengo que reconocer que admirar su cuerpo húmedo emergiendo del agua también tiene su encanto. Enseguida me busca en las gradas y vuelve a saludarme con la mano, esta vez, con un gesto un poco más comedido. Yo sonrío y alzo la mano; no creo que pueda ver mi sonrisa desde aquí, teniendo en cuenta que llevo la mascarilla cubriéndome la cara.

Me paso un buen rato sin apartar la vista de Érik, tanto dentro como fuera del agua. El tiempo cruza volando frente a mí, viéndolos hacer largos y relevos, en estilo libre, a brazas, mariposa y espaldas. Estoy tan absorto que me sobresalto al escuchar la voz de la niña que hay un poco más adelante.

—Papá, ¿por qué ese niño lleva eso en la cara?

Me basta una mirada para descubrir que me señala a mí, con esa ingenuidad propia de los niños, que no conocen el reparo ni el pudor. Su padre enseguida le aparta el dedo acusador y me dedica un vistazo furtivo que dura solo unos instantes.

—¿Por qué lo lleva, papá? —insiste la niña.

—Tendrá alergia, cariño —susurra el padre, tratando, sin éxito, de que yo no lo oiga.

—¿Qué es alergia?

Mi consciencia desconecta. Incluso cuando vuelvo a concentrarme en Érik y en su natación, descubro que sigo fuera de mí. Las palabras de esa niña me han arrojado a una espiral de pensamientos repetitivos, a una vida de actos que no pueden llegar a consumarse. Y apenas puedo abandonar ese trance hasta que la clase termina.

Espero a Érik en la calle. Prefiero el frío de aquí fuera al sofocante calor que reinaba ahí dentro. Aparece casi quince minutos después, blandiendo la sonrisa radiante de un crío. Casi me lo puedo imaginar agitando una cola imaginaria en su retaguardia, igual que un cachorro emocionado. Pero también avergonzado.

—¿Te has aburrido mucho? —dice.

—Qué va.

—¿En serio? Una hora se hace un poco larga, ¿no?

—Ojalá hubiera durado dos.

Érik se me queda mirando, sorprendido. Luego aparta la mirada con una sonrisilla torpe en la cara.

¿Cómo le digo que el único motivo por el que no seguiría viéndolo nadar por toda la eternidad serían las ganas de llorar? ¿Y cómo explicar ese deseo sino como una frustración que nace de la parte más profunda del ser? Tan profunda que está arraigada ya en el subconsciente, en las creencias y en los valores. Tan profunda que no te deja ver la vida de un color que no sea el que tú mismo te has creado.

No te deja.

Esa es la clave.

—¿Tú también piensas que debería competir? —pregunta.

Contengo un suspiro.

—Ya te lo dije. Da igual lo que piense yo o lo que piense nadie.

—Sí, pero... ¿Tú crees que tengo posibilidades?

—¿Tú quieres competir?

Érik se encoge de hombros.

—Supongo que no —admite.

—Entonces, no hay más que hablar.

—Ya —dice, no muy conforme—. Oye, ¿quieres venirte a casa?

—Claro.

Capítulo 31

ÉRIK

Estoy tumbado en el sofá cuando suena el teléfono móvil. Me incorporo con un gruñido exagerado y alargo el brazo hasta la mesa como si el esfuerzo fuera comparable a cruzar medio mundo hasta Austria.

¿Dónde está Austria, por cierto?

Espera, creo que he vuelto a confundirlo con Australia.

Es Gabi. Tengo que reconocer que últimamente lo tengo un poco abandonado.

—¿Quedamos esta noche o qué? —me propone.

—Qué va, tío. No puedo.

—Joder. ¿Otra vez? A este paso voy a tener que imprimir una foto tuya si quiero cenar contigo, macho.

—Es que, con los exámenes y todo, pues, ya sabes —me excuso, al tiempo que arrugo la nariz.

—No metas a los exámenes en esto, que acabaron hace semanas. Yo hablo de ahora. Seguro que has vuelto a quedar con tu vecino.

No sé por qué me pongo colorado cuando lo oigo.

—¿Qué más te da con quién haya quedado? —protesto.

—A mí me da igual, pero a ti no debería sudártela tanto.

—¿Por?

—Mira, ese tío tiene pinta de ser gay.

El pecho se me enciende al instante. Me cuesta respirar.

—¿Qué coño dices? Si no lo conoces —respondo.

—Ya, pero, no sé. Yo tengo un radar para eso.

Sí, pues háztelo mirar, porque conmigo te funciona más bien poco.

—Ya sé que ni tú ni yo tenemos nada en contra de los gays —aclara—, pero, tío, es incómodo, ¿no?

—¿Por qué es incómodo?

—Porque, joder, si tú solo quieres amistad y ellos quieren algo más..., no mola, tío.

—Y si una mujer solo quiere amistad contigo, pero tú quieres algo más, ¿eso sí mola?

Gabi chasquea la lengua.

—No, a ver. Eso es distinto —alega.

—¿Por qué?

—Pues, yo qué sé. Porque entre tíos y tías es diferente, supongo. Porque es lo normal. Que no es que lo otro sea raro, pero ya me entiendes. Hablo de estadística.

«Lo normal».

Cómo me jode que una parte de mí esté de acuerdo con sus argumentos de mierda. ¿Será por eso que no soy capaz de cabrearme a lo grande con Gabi por lo gilipollas que está siendo ahora mismo? Ojalá Brunito estuviera aquí para callarle la boca. Porque parece que yo no puedo hacerlo. Supongo que también me da miedo que Gabi descubra que soy..., bueno, que me gustan los tíos. Así que no voy demasiado lejos con la discusión.

—Bruno no es gay. —Me duele en el alma mentir sobre esto—. Y, aunque lo fuera, me daría igual.

—Bueno, tú ándate con ojo, por si acaso.

Después de esto, intenta cambiar de tema y hablar de algo un poco menos tenso, pero a mí no me apetece alargar la conversación. Me invento la excusa estúpida de que tengo que llamar a mis padres —Dios me libre— y cuelgo en cuanto se presenta la oportunidad. Cuando dejo de escuchar su voz, me siento liberado y, a la vez, prisionero. Cautivo en mi propia cárcel. Lo peor es que tengo la llave para abrir la celda en el momento en que me venga en gana. Y, a pesar de eso, ahí está, cerrada a cal y canto. No hago más que permanecer ahí, pudriéndome lentamente en la humedad y la penumbra.

Me pongo de pie y doy vueltas por el salón. Llevo demasiado tiempo tumbado en el sofá y el estatismo me está anquilosando. También me anquilosa el cerebro. Joder, qué mal me suena esa palabra. Anquilosar. ¿Seguro que está bien dicho?

Al final, me detengo junto a la ventana y contemplo el edificio de enfrente. Las cortinas están echadas y no veo a Bruno, aunque imagino que estará ahí, en alguna parte.

A lo largo de esa fatídica tarde en la que visitamos a Yasmina Cosmos, lo que fuera que viera en la habitación de esa mujer se fue desvaneciendo. Ya no puedo recordar nada de lo que vi. Ni siquiera recuerdo haberlo visto. Es como un sueño. Uno que ya jamás volveré a revivir. Y, tal vez, llegará el día en que ni siquiera recuerde que hay algo que recordar; el día en que olvide el olvido.

Lo que no he olvidado y creo que jamás olvidaré es cómo me acurruqué junto a Bruno ese día. Cómo cerré los ojos y me invadió una paz tan profunda que no pude sino quedarme dormido. Recuerdo a la perfección el sueño que tuve entonces. Porque tal vez fuera lo más bonito que he soñado en mucho tiempo.

Capítulo 32

ÉRIK

Acabo de salir de natación y tengo las endorfinas en plena ebullición. Hay días en los que me siento el puto amo del mundo. Y es esa sensación la que busco al nadar. Si compitiera, creo que no sería igual. Sentiría frustración por no hacerlo mejor, por ver que otros se alzan por encima de mí, por perder otra competición. Hace tiempo que el monitor no insiste en que compita. Aun así, cada vez que lo veo, pienso en su oferta. Y no quiero. Porque está convirtiendo la natación en algo que no buscaba. La está transformando en una oportunidad perdida. Tal vez sea la parte más desesperada de mí, que busca encontrar una salida a mi falta de rumbo.

Joder.

Ya me está dando todo el bajonazo. ¿Por qué me dura tan poco la sensación de bienestar?

Menuda mierda.

Me animo un poco al ver un perrete grande y peludito en el parque que hay cerca del gimnasio. Es un husky. Me encantan esos perros. Seguro que Brunito no querría acercarse a menos de cinco metros de uno. Nunca ha surgido el tema, pero supongo que él odiará las mascotas, en general.

Últimamente no dejo de traer a Bruno a la memoria. Veo una cagada de pájaro en un banco del parque y pienso que él jamás se sentaría ahí; veo una manchita en un vaso de un bar y me lo imagino levantándose de la silla y pirándose con toda su indignación. Hasta me imagino sus reacciones a las cosas que digo o pienso. Me lo imagino llamándome «tonto» y se me pone una sonrisa en los labios que no acabo de entender.

Echo un vistazo al WhatsApp para ver si me ha mandado algo y me da un vuelco el corazón al descubrir que han hablado en el grupo de clase. Hay muchos mensajes. Por lo general, eso puede significar dos cosas: una, que están tirándole mierda a un profe; o dos, que han salido las notas. Y teniendo en cuenta la época en la que estamos, tiene toda la pinta de que va a ser lo segundo.

Pincho en el grupo y los leo por encima. Vale, no me hace falta ver más. Corro a autenticarme en la plataforma de la facultad y voy clicando en los enlaces con el dedo mientras me consume la agonía. Joder. Tengo que aprobar esta asignatura. Es la última nota que nos faltaba por saber. ¡He suspendido todas las demás! Tengo que aprobar esta. El corazón me va a estallar y me tiembla tanto el pulso que me meto en todos los putos sitios menos donde de verdad toca. No, no quiero informar sobre un error en la web, ¡quiero saber la puta nota!

Voy a aprobar. Sí. Tiene que estar aprobada. Es la asignatura que mejor llevaba. La única que llevaba bien, de hecho. Sonrío e intento respirar por la nariz. Venga. Tranquilo. Tengo que estar tranquilo.

Se está descargando el archivo PDF. Venga. Ahora a buscar el DNI antes de que empiece a vomitar órganos. Voy pasando números. No. No. Este tampoco. No. No. Aquí. Este es el mío. A ver.

¿Cómo?

Eso...

Eso tiene que estar mal.

¿Un tres y medio? ¿En la asignatura que mejor preparada llevaba? Tiene que estar mal.

El teléfono me resbala de las manos. Intento agarrarlo, pero acaba cayéndose al suelo a pesar de mis absurdos malabares. No se ha roto. No sé cómo, pero no se ha roto. Vuelvo a mirar el archivo PDF. Mi nota sigue siendo un tres y medio. Las lágrimas han empezado a desbordar mis ojos. Me acerco a un banco y me dejo caer en él; mi cuerpo tiembla con tal brusquedad que no podré mantenerlo erguido durante mucho más tiempo. Ni siquiera me molesto en descolgarme la mochila del gimnasio.

Eso tiene que estar mal. Iré a revisión y seguro que...

No.

La nota está bien. Porque yo no...

Yo no sirvo para esto. No sirvo para nada. Ni siquiera soy capaz de aprobar la única puta asignatura que decido prepararme a conciencia. Es normal que mis padres sean como son conmigo. Es normal que quieran que me vuelva a casa. Porque soy... una mierda. Y lo único que estoy haciendo es que derrochen dinero en vano.

Me seco las lágrimas con el antebrazo y dejo la mochila a un lado.

¿Qué hago ahora?

Es como si de repente hubiese perdido el hogar. Lo he perdido todo.

Miro a un lado y a otro: a los gorriones y a los mirlos que saltan en el césped; a la gente que recorre los senderos de tierra del parque en aparente tranquilidad; a ese niño que juega con su perro. Todos ellos, de una u otra forma, se han ganado la pertenencia a este mundo.

En cambio, yo...

Yo acabo de perderla.

No debería estar en este lugar. No tengo derecho a pisar este mundo. Ya no existe el frotar de las hojas, el trinar de los pájaros o el silbido del viento. Todos los sonidos han enmudecido. Ya solo oigo el rugido de mi propia oscuridad, el zumbido de mi propia conciencia.

Joder. Putas lágrimas. No hago más que secarme y secarme los ojos con la manga y no hay forma de detenerlas. Estoy harto. Dejadme en paz. Por favor.

¡Dejadme en paz!

Cierro los ojos con fuerza y me asusta lo que veo. Siento que las tinieblas que habitan tras mis párpados van a tragarme de un bocado. Abro los ojos e intento respirar hondo.

Es imposible.

Me da por echar un último vistazo a la tabla con las notas. Sigue siendo un tres y medio. No va a cambiar por mucho que la mire. Me seco las lágrimas por enésima vez y llamo a Bruno, que responde al cuarto tono.

—Hola —me saluda.

No consigo articular palabra. Lo único que hago es sorber por la nariz.

—¿Estás llorando? —me pregunta.

Y eso solo hace que aspire con más fuerza.

—Resulta que tenías razón —masculло.

—¿Qué?

—Cuando me llamabas tonto. Tenías razón. Soy tonto, Bruno. He suspendido.

El silencio amenaza mis lágrimas al otro lado de la línea. Una mujer que pasea un carrito de bebé se me queda mirando desde el extremo opuesto del sendero.

—No eres tonto, Érik. No vuelvas a decir que eres tonto.

—Tú me lo dices. Y es verdad que lo soy.

—No, no lo eres —se opone, serio como rara vez lo he oído—. Yo te lo llamo con cariño. Y dejaré de hacerlo si no te gusta.

—No. O sea... —Tomo aire—. Me gusta.

Una vez más, silencio.

—Solo es una asignatura, Érik. En el fondo, no cambiaría gran cosa.

—Es la única asignatura que iba a aprobar.

¿No lo entiendes, Bruno? Es un símbolo. La asignatura es lo de menos. Porque este suspenso representa lo que soy. ¡No soy nada!

—Puedes presentarte a la recuperación. Solo tienes que ponerte en serio con el estudio y...

—Quiero verte.

Mis palabras lo pillan por sorpresa.

—¿Ahora?

—Sí.

—Vale —accede.

—Llego a casa en quince minutos.

—Allí estaré.

Ya he perdido demasiadas cosas. No puedo perder también a Brunito.

Por eso hoy va a ser el día.

Capítulo 33

ÉRIK

Cuando llego al portal, ya me encuentro a Bruno ahí, de pie, ocultándose tras su mascarilla. Hoy se ha puesto una de color negro. Hasta ahora siempre han sido blancas. Verlo aquí hace que se me corte la respiración.

Estoy nervioso.

Y desesperado.

Entramos en el portal y subimos en el ascensor casi sin dirigirnos la palabra. Él me lanza miradas fugaces que imagino que responden a mis llantos de antes. Yo hago lo posible por ignorarlas. Debo de tener los ojos rojísimos. Me he pasado un buen rato llorando. Y me escuecen.

Al llegar al piso, Bruno ocupa su silla habitual y yo me dejo caer en el sofá. Los cojines son como arenas movedizas. Me tragan. Aún son las doce y poco del mediodía. Es temprano para comer. Bruno me observa en silencio, con expectación, hasta que pregunta:

—¿Cómo estás?

Mal. Fatal. Peor de lo que he estado en mucho tiempo. Por suerte o por desgracia, toda mi atención se halla volcada en otro asunto, así que la oscuridad que me acecha puede esperar un poco.

Al final, no respondo a su pregunta.

—¿Quieres que juguemos a una cosa? —le ofrezco.

—¿Qué cosa?

—Por turnos, nos hacemos cualquier pregunta que se nos ocurra y tenemos que responderla con sinceridad.

Bruno arquea las cejas. Después, sus ojos se afilan en una muestra de seguridad y picardía. Incluso ese gesto no queda libre de congoja.

—Te advierto que jugar conmigo a eso puede ser duro —dice.

—Entonces dame ventaja —propongo—. Quítate la mascarilla.

El velo de la gravedad cae sobre el semblante de Bruno. Y yo ya sé cuál será la respuesta mucho antes de que las palabras abandonen sus labios.

—No me hagas esto, Érik —pronuncia, haciendo gala de una vulnerabilidad rara vez presente en él.

—Vale. Pues te la dejas puesta. Pero pórtate bien conmigo.

Él sonríe; lo reconozco en sus ojos.

—Claro —dice, con un tono sarcástico y misterioso que me pone el vello de punta.

—Venga, va. Empiezo. ¿Cuál es tu color favorito?

Bruno suelta el aire en una carcajada.

—¿En serio? —reacciona—. Vaya desperdicio de pregunta. El verde.

—¿El verde? —pregunto, sorprendido.

—¿Qué pasa?

—No sé. Me esperaba el azul. O el gris.

—El gris es el peor color de todos. Y el naranja.

Me gustaría sonreír, pero no tengo fuerzas para hacerlo.

—También te pega el negro —añado, apoyando el costado sobre el reposabrazos.

—El negro está bien.

—¿Por qué el verde?

—No sé. Me gustan las plantas. O, bueno, me gustaban. Antes de... —Se palpa la mascarilla con el dorso de la mano—. Me encantaba el campo. Y la montaña. Y el bosque. Ahora ni siquiera me atrevo a poner plantas en casa porque atraen a los bichos.

Me gustaría tener tiempo para rumiar las palabras de Bruno, para roer poco a poco el fruto y llegar hasta el corazón, para tratar de sentirme como debe de sentirse él cada día de su existencia. Sin embargo, no solo me falta el tiempo, sino también la voluntad. Porque hoy todo está oscuro. Y solo hay un destello de luz en la parte más profunda del túnel. Tengo que llegar hasta allí.

—Me toca —dice—. ¿Alguna vez has hecho algo ilegal?

Sonrío. Me sale solo. Puede que todavía quede algo vivo dentro de mí.

—En plan, ¿descargarme una peli? —insinúo.

—No. Algo peor.

Me pongo a pensar. De manera sonora y todo.

—Bueno, una vez robé unas bragas —recuerdo.

—¿En serio? ¿Unas bragas?

—Sí. Mis amigos de entonces dijeron de robar en una tienda, yo me puse nervioso y cogí las bragas.

—Un robo muy útil, por lo que veo —comenta, con un retintín que se le escapa por la sonrisa que entreveo en sus ojos.

—Al día siguiente fui a devolverlas.

Brunito se parte de risa.

—¿De verdad?

—¡Claro! No dejaba de pensar en lo que había hecho. Tenía que arreglarlo. Les dije que me las había llevado sin querer.

—Si ya sabía yo que eras un buenazo, aunque vayas de malote.

Siento que los ojos de Bruno me desnudan poco a poco.

—¿Que voy de malote? —pregunto, sonriendo sin querer.

—Vas de malote.

Ahora soy yo el que se ríe.

—¿Qué dices? —protesto.

—Con tu forma de hablar, tu pelazo rubio y tus pendientes.

—¡Tú también llevas pendientes!

—Ya, pero tú tienes cara de malote.

Me estoy empezando a poner colorado. Aun así, ¡me alegro! Porque me sentía hundido en la parte más profunda del abismo y, hablando con Bruno, todo lo demás parece... relativizarse. ¿Es esa la palabra? La oscuridad sigue a mi alrededor, pero no parece tan oscura. Aunque sigo sin saber dónde está la salida, ahora tengo la certeza de que está ahí, en alguna parte.

Ya solo hace falta que todo salga bien.

—Te toca —señala.

—Sí.

—¿Me vas a preguntar por mi número favorito?

—No, tonto —recalco el calificativo a propósito.

—Apropiarte de mi palabra tiene consecuencias, Érik. —Su voz me produce un escalofrío. Un escalofrío que me hace sonreír.

—Venga, va. ¿Preparado?

—Sí.

—¿Tienes más amigos aparte de mí?

No se esperaba esa pregunta. Se lo he visto en los ojos. Tengo la sensación de que acaban de vaciarse. El Brunito que habita ahí dentro se ha esparcido hacia el resto de órganos de su cuerpo; o tal vez acaba de salir a buscar el aire del mundo exterior. Su mirada se planta en la ventana; sin embargo, no me sorprendería que no viera nada en ella.

—Eso ya deberías saberlo, ¿no? —pronuncia—. Creo que lo comenté una vez.

Asiento con la cabeza.

Bruno deja salir un suspiro.

—Supongo que lo más correcto sería decir que los tenía. Porque no sé si aún siguen siendo mis amigos. Hablo con ellos. Con algunos. De vez en cuando.

—¿Qué pasó exactamente?

—Que las relaciones sociales no casan bien con una obsesión con la limpieza y la higiene. Eso es lo que pasa. Los planes que proponían me hacían sentir incómodo. Ir a tomar algo en un bar, reunirse en la casa de alguien... A veces respondía con sinceridad. Nunca me preocupé por esconder mi problema. Aunque otras, si veía que podía ofenderlos, me inventaba alguna excusa.

—¿Te gustaría volver atrás?

—¿Cómo?

—Retroceder en el tiempo hasta algún punto antes de tener esa... obsesión —concluyo, a falta de una palabra mejor.

Bruno suspira e inclina la cabeza hacia atrás, sin alcanzar el respaldo.

—Claro que me gustaría. Bueno. Espera. No estoy seguro.

—¿Por qué?

Sus ojos se clavan en mí durante un instante, antes de escapar hacia algún lugar que desconozco.

—Se podría decir que es complicado —dice—. Pero, bueno, me has hecho dos preguntas, no una, así que ya vale. Me toca.

—Dispara.

—¿De qué huyes?

Mis cejas se alzan sin mi permiso.

—¿Qué? ¿Huir?

—Sí. Estás aquí estudiando, pero, al mismo tiempo, no parece que la carrera te entusiasme en absoluto. Y, en Navidad, tampoco volviste a casa para ver a tu familia. ¿Hay algo allí de lo que estés escapando?

Por un instante, no sé lo que siento al contemplar a Bruno. No lo reconozco. Tampoco reconozco el resto de mi realidad. Me inclino hacia delante y recojo las manos sobre los muslos. Mi mirada viaja por toda la habitación, sin encontrar un hueco en el que sentirse cómoda. Al final, clavo los ojos en el suelo.

—Te advertí que sería duro jugar conmigo a esto —bromea.

Bruno sonríe. No lo veo en sus ojos, sino en sus labios. Se ha quitado la mascarilla y la tiene apretada contra el antebrazo. Intento sonreír, pero no puedo. Me duele el pecho.

—Supongo que huyo de mí mismo —confieso.

—¿Qué significa eso?

Tomo aire.

Lo suelto despacio.

—En casa, con mi familia, con mis amigos..., con todos, me creé un personaje. Para fingir ser quien no era. Llevo tanto tiempo siendo eso que ya no sé cómo ser otra cosa. Cómo ser yo mismo. Me da miedo. Me vine aquí pensando que empezaría de cero, pero Gabi, un amigo que tengo desde el colegio, se vino conmigo para estudiar también. A él le alegró mucho que coincidiéramos. Y no digo que yo no me alegre, pero... supongo que siempre he sentido que me corta las alas. Aunque sé que el único que se las corta soy yo mismo.

—Cuando hablas de crear un personaje...

—Me refiero a fingir que me gustan las tías —lo interrumpo.

—Vale. Lo suponía. Entonces, ¿de verdad puedes ser tú mismo? Porque a mí me parece que eso de lo que huyes te ha perseguido hasta aquí.

Supongo que, en parte, Bruno tiene razón. Lo que él no sabe es que hay algo más, otra parte de mí de la que estoy huyendo y a la que no quiero regresar. No me apetece confesarlo hoy. La herida está muy reciente. Espero que no vaya en contra de las reglas del juego.

En su lugar, le pregunto:

—¿Tus padres saben que te... gustan los tíos?

—Sí.

—Espera. Esta pregunta no es parte del juego, ¿eh? No quiero perder mi turno.

Bruno sonríe.

—Vale, te la perdono —me concede—. Mis padres, mis amigos, todos lo saben. Salí del armario hace mucho. Bueno, creo que nunca estuve dentro.

Lo miro a los ojos y atisbo un paraíso que no puedo alcanzar.

—¿Cómo te resulta tan fácil? —pregunto.

—Porque no hay nada malo en ser gay. Y deberías empezar por ahí.

—¿Por dónde?

—Por decirlo con todas las letras. «Gay». Eres gay, Érik. No hay nada de malo. No evites la palabra, que ya me he dado cuenta de que lo haces.

Tenso los pómulos y escondo la mirada en el suelo.

—Es una cuestión de gustos —continúa—. Igual que unos prefieren el rojo y otros el azul, unos la playa y otros la montaña. Nosotros preferimos los tíos a las tías. No hace falta ocultarlo. Porque no hay nada de malo en tener unos gustos u otros, siempre que no le estés haciendo daño a nadie.

Me encantaría ser como Bruno. La vida sería mucho más fácil. Bueno, sin contar todo ese rollo de la limpieza.

—Deberías contarlo, Érik. Seguro que te sientes mejor después.

—¿Y si la gente deja de quererme?

—Significará que nunca te quisieron de verdad.

Al mirarnos, nuestros ojos dicen muchas cosas; pocas de ellas las comprendo.

Tengo la impresión de que los labios de Bruno están a punto de emitir alguna palabra; me adelanto.

—Me toca.

—Sí.

—Antes de conocerme, cuando me veías por la ventana al otro lado de la calle, ¿qué pensabas?

—¿Qué pensaba de ti?

—Sí —asiento.

Bruno sonríe; la curva de sus labios me hace cosquillas en el estómago.

—Pensaba en ti como el chico mono del edificio de enfrente.

¡Arriba los colores!

—¿Mono? —protesto—. ¿Ni guapo, ni sexi? ¿Solo mono?

Bruno se echa a reír. Su risa suena más dulce que de costumbre.

—Estabas al otro lado de la calle, Érik. Bastante es que te considerara mono.

Frunzo un poco el ceño y jugueteo con mis manos sudorosas.

—¿Y tú? —contraataca él—. ¿Qué pensabas de mí?

Vuelta a ponerme colorado.

—Pues, siempre quise conocerte —admito.

—¿En serio?

—Sí. A ver, no sé, me parecías simpático.

—«Simpático» —recalca, inclinando la cabeza a un lado—. Y te quejas de que yo te haya llamado simplemente «mono».

Los nervios me fuerzan a reír.

—Vale, también me parecías guapo —reconozco—. Mucho.

Creo que no esperaba que dijera eso.

Es el momento.

Si no lo digo ahora, no sé si seré capaz de hacerlo.

—Me toca preguntar —anuncio.

Y me detengo.

Necesito respirar hondo una y otra y cuarenta mil veces hasta que me armo del valor necesario. Entonces, me lanzo:

—Si no tuvieras una obsesión con la limpieza, ¿me besarías ahora mismo?

Bruno se convierte en un fantasma.

Su rostro luce blanco y sus ojos parecen haber perdido todo contacto con la realidad. Sus labios tiemblan, se contonean como orugas mientras la lengua se revuelca errática en el interior de su boca, incapaz de reencontrarse con su hogar. Mi corazón, que hasta hace un momento latía con la potencia de un escuadrón de caballería, ahora se siente marchito. Porque no hace falta que Bruno responda para conocer la respuesta. Mis ojos van poco a poco llenándose de lágrimas; intento ignorarlas, fingiendo que desaparecerán por el simple hecho de negar su existencia. No me queda más remedio que apartar la mirada. Contemplar el rostro de Bruno duele más que un sinfín de agujas clavándose en la piel. De hecho, creo que no me importaría sentir ese dolor; quizás me devolviera al mundo en el que vivo. Un mundo que ahora no habito. Ya no sé cuál es mi hogar. Ni siquiera sé dónde estoy.

—Érik...

Su voz me hace aún más daño que su silencio. Mi nombre se repite en el interior de mi pecho y me desgarra por dentro.

—Perdona —expreso—. Pensaba que...

¿Qué?

¿Qué es lo que pensaba?

—Da igual —concluyo—. Lo siento. No tendría que haber abierto la boca.

De pronto, ninguno de nosotros observa ya al otro y nuestras almas se pierden en un laberinto a plena luz del día.

Bruno encuentra la salida antes que yo.

—Me voy —dice.

Le lanzo una mirada. Una súplica. El mayor ruego que mis labios jamás hayan callado. Bruno se pone en pie mientras una tristeza abrumadora va poco a poco perforando su rostro. Por unos instantes, no se mueve. El destino, el universo o el azar nos brinda una segunda oportunidad. Tenemos los medios para cambiar nuestra historia.

Bruno no acepta este rayo de luz.

—Lo siento —pronuncia.

Cada nueva palabra que emite se adentra más hondo en mis carnes. Me está destrozando. Necesito que pare. Y supongo que lo hace. Porque se marcha. Lo veo caminar a cámara lenta. Muy despacio. Agarra la chaqueta de la percha y su rostro busca lanzarme una última mirada, pero se abstiene en el instante final.

Cuando el sonido de la puerta retumba en las paredes del piso, sé que ya no hay vuelta atrás.

Aprieto los puños hasta que los dedos me blanquean. Tengo las manos colmadas de lágrimas y ni siquiera sé cuándo ha ocurrido. Me tumbo en el sofá y sigo apretando. Apretando. Y apretando. Hasta que la sangre deja de fluir por mis venas. Hasta que un intenso y desagradable hormigueo se convierte en mi única realidad. Y escuece. Aun así, parece más auténtico que lo que acaba de ocurrir. Menos cruel, también.

¿Por qué me has hecho esto, Brunito?

¿Por qué te has referido a mí como «el chico mono del edificio de enfrente»?

¿Por qué me has llamado «tonto» o «guapo» más de una vez desde que nos conocemos?

¿Por qué me has dejado creer... algo que no era cierto?

¿Por qué lo has hecho?

Pensaba que había encontrado mi rumbo. Pensaba que tú eras mi rumbo, Brunito. Por eso, después de la mala noticia que he recibido hoy, supe que tenía que marcar por fin tu ubicación en el mapa. Y si tú te vas..., si tú te vas, yo vuelvo a la rueda de hámster, a girar y girar y girar sin saber a dónde me dirijo.

Sin saber si voy hacia alguna parte.

Capítulo 34

ÉRIK

La vida está en pausa. Solo la mía. El resto de la gente prosigue con normalidad, como si mi tiempo no se hubiese congelado, como si mi espacio no se hubiese reducido. No he dormido en toda la noche. Me duelen los ojos y la cabeza. Sobre todo la cabeza. Es como si tuviera un horno dentro. O una puta hormigonera.

Bruno no ha vuelto a dirigirme la palabra. Ni por mensaje, ni por llamada, ni en persona. Yo tampoco he intentado contactar con él, aunque reconozco que sí me he pasado largos minutos contemplando su conversación de WhatsApp, esperando que apareciera en línea y...

¿Y qué?

¿Poder seguir mirando una conversación antigua sin que nada cambie en ella?

Sí, supongo que eso era lo que buscaba.

De vez en cuando, me da por pensar en la clase de natación de ayer, en cómo me sentía cuando salí de allí con las endorfinas a tope. Y en cómo caí en picado antes de que pasaran cinco míseras horas. Joder, ni siquiera tuvieron que pasar dos horas desde aquello. Parece irreal. En cualquier momento, despertaré y descubriré que he vuelto a esa mañana de sábado.

Y todo será distinto. Aprobaré el examen y Bruno no se marchará como lo hizo ayer. No dejo de ver su silla en el salón y me están entrando ganas de esconderla en algún rincón para no tener que recordar. Pero ni siquiera tengo sitio para esconder el puto ventilador, ¿cómo voy a encontrarle hueco a una silla?

Emito el suspiro número cuarenta mil y me acurruco en el sofá.

¿Alguna vez te has sentido roto?

En plan, roto de verdad.

Tan roto que has perdido la capacidad de funcionar, de continuar. Porque se han dañado partes cruciales de tu mecanismo; tanto que no se puede ya reparar.

Así me siento yo ahora. Todo se ha perdido y estoy solo. Necesito que alguien me haga una señal, que alguien me grite en la niebla para saber hacia dónde dirigirme. No hace falta que la voz me guíe hacia la luz. Me basta con avanzar hacia el crepúsculo. Hacia la oscuridad, incluso. Cualquier cosa será mejor que este vacío, que este limbo entre tierras que no alberga nada para nadie.

Y supongo que solo hay una guía que se me ocurra en estos momentos. No es la mejor y, con toda seguridad, no será luz lo que me revele.

Pero así lo he decidido.

—Érik.

Su voz suena dubitativa; confusa, incluso. Supongo que no es normal que su «niño querido» la llame por voluntad propia. Creo que es justo en este momento cuando me doy cuenta de que estoy llorando, de que llevo un buen rato haciéndolo, en realidad. Tengo las mejillas empapadas.

—Al final resulta que vuelvo a casa, mamá —balbuceo—. Espero que estés contenta.

Lo único que recibo en los primeros segundos es un silencio expectante.

—¿Estás llorando, Érik?

—¿Qué más da?

—¿Qué ha pasado?

—Te digo que vuelvo a casa. Eso es lo que queríais, ¿no?

—¿Por qué dices eso? ¿Por qué dices que vuelves? —aclara.

Me fuerzo a soltar una exhalación de sarcasmo que me raspa la garganta.

—¿Ya se te ha olvidado el ultimátum que me disteis? O apruebo la mitad o para casa. Pues he suspendido las cinco asignaturas de este cuatrimestre.

Mi madre vuelve a callar.

—¿Las cinco? —pregunta, por fin, con prudencia.

—Las cinco.

Y tengo los cojones de sonreír. Estoy tan roto que ya ni siquiera soy coherente.

—¿Por eso estás llorando?

—Qué más da —pronuncio, al tiempo que me seco las lágrimas con los dedos.

—Deja de decir eso.

—¿El qué? ¿Qué más da? Vuelvo a casa y eso es lo que queríais.

—Érik, no... —Sé que intenta encontrar las palabras adecuadas, pero no lo consigue. En su lugar, añade—: Ven a casa el próximo fin de semana y hablamos.

No quiero ir.

Sin embargo, estoy demasiado débil y perdido. Necesito que alguien me recoja, incluso si son las manos equivocadas. Incluso si me encierran en un hogar que me hará daño y borrará lo poco bueno que queda dentro de mí.

Si es que aún hay algo.

Por eso caigo en la trampa.

Capítulo 35

BRUNO

«Si no tuvieras una obsesión con la limpieza, ¿me besarías ahora mismo?».

He repetido la misma frase cientos de veces en mi cabeza, hasta ese punto en que las palabras suenan extrañas y el sentido se pierde por completo.

Quizá tendría que haber sabido que había algo raro en ese juego que me proponía Érik. No estaba actuando con normalidad. Hacía escasos minutos había estado llorándome al teléfono y, al vernos, se le ocurre esa extraña actividad. Aun así, ¿acaso habría habido forma de evitarlo? ¿Acaso podría haberlo hecho todo de forma distinta?

No lo creo.

Pensar en ello ahora hace que vuelvan los picores en el cuello, en las manos, en la espalda y en los hombros. Son como un ejército de garrapatas que me picotean la piel y jamás se dan por satisfechas. Empiezo a sudar. A sudar demasiado. Y me siento sucio. Tan sucio que tengo que meterme de nuevo en la ducha. Pero el agua alimenta la ansiedad, el agotamiento de sucumbir día tras día a estos impulsos que me asfixian. Y vuelven los picores. Es un círculo vicioso del que no sé cómo escapar. El aire frío no sirve de mucho. Me ahogo en esta casa. Me ahogo en este mundo. Me ahogo dentro de mi propio cuerpo.

«Si no tuvieras una obsesión con la limpieza, ¿me besarías ahora mismo?».

Necesito parar. Necesito...

¿Qué necesito?

¿Qué es lo que busco en realidad?

Dejar de ser como soy, claro. No creo, sin embargo, que tal cosa se halle a mi alcance.

Lo he intentado. De verdad que he intentado visualizarme a mí mismo apretando mis labios contra los de Érik, estableciendo ese contacto que invita a gérmenes, bacterias y virus por igual, que sirve de puente a enfermedades y epidemias. Cuanto más me sumergía en esa idea, más cerca estaba mi pecho de convertirse en una bomba de relojería, preparado para estallar en cualquier momento.

No fui capaz.

Tampoco fui capaz de decírselo a la cara. Solo pude huir. Lo peor de todo es que no huía de Érik. Al igual que hizo él al venir a vivir aquí, yo también escapé de mí mismo. Lo intenté, al menos. En el fondo, soy bien consciente de que me refugié en el lugar equivocado. Porque no hay lugar correcto para escapar de mis sombras. Viven conmigo. Me acompañan allá donde vaya.

No puedo tener una relación. No puedo. Ni con Érik, ni con nadie. Antes de hacerlo necesito sanar. El problema es que no conozco la cura para el mal que padezco. Siempre lo dejo al tiempo. «El tiempo lo cura todo», dicen.

Lo que no dicen es que, al igual que cura, el tiempo también destruye. Y mata. Y para cuando mi enfermedad esté curada, tal vez el tiempo me haya arrebatado a Érik de las manos.

Capítulo 36

ÉRIK

Mañana paso de ir a clase.

Esa es la decisión que tomo frente a un bol hasta arriba de cereales y ColaCao. Creo que el azúcar es lo único que puede llenar el vacío que siento. Y, de momento, tengo que reconocer que no está funcionando.

¿Para qué voy a ir a clase? ¿Acaso va a servir de algo que apruebe alguna asignatura este cuatrimestre? Lo dudo. Mis padres querrán que deje la carrera y me vuelva a casa, no tiene sentido esforzarme. No tiene sentido alargar el sufrimiento. Supongo que, al final, lo mejor es que me pire cuanto antes de aquí. Que vuelva a casa. Para volver a la realidad. Puede que hasta sea un alivio dejar de huir, dejar de correr en dirección contraria. Tal vez los demonios me alcancen, pero no gastaré energías en salvar lo insalvable.

Al acabar el bol de cereales, fuerzo un eructo. Necesito dejar salir algo de dentro, quizá para que así pueda volver a entrar. A pesar de que me duele el estómago, mi cerebro insiste en que me ponga otro bol de cereales. Igual estoy tratando de autodestruirme. Me cuesta lo suyo oponerme a este antojo tan absurdo. Tengo el estómago a reventar; aun así, me sigo sintiendo vacío. Tal vez si como más...

No.

Si sigo comiendo, potaré hasta la primera papilla. Me la suda. Si tengo que vomitar, vomitaré.

Me pongo en pie de un brinco y me doy con el puto pico de la mesa en el proceso. En toda la espinilla. Contengo el impulso de asestarle una patada a los muebles, que no son míos. Ahora, con más razón, necesito el bol de cereales. Me dirijo a la cocina y, justo cuando abro el armario, suena el timbre. El sonido me arranca de la realidad; aunque ya quedaba en ella poco de real. Ahora estoy en el agua. En la piscina, tal vez. Veo y oigo burbujas. Veo y oigo mi propio cuerpo braceando en las profundidades. El timbre vuelve a sonar. De la misma forma en que me arrebató mi pertenencia a este mundo, ahora me la devuelve. Con condiciones, eso sí. Siempre con condiciones.

Me balanceo hasta la puerta con los cereales revolviéndose en mis tripas y aporreando las paredes de mi estómago. Ni siquiera se me pasa por la cabeza mirar por la mirilla. Siempre he sido un puto desastre y este solo es otro motivo más que añadir a la lista.

Entonces lo veo ahí, parado en mitad del descansillo. Es lo único bonito que yace ahí fuera, en ese entorno de paredes mugrientas y luces que se marchitan. Mirarlo es como darse cabezazos contra una pared: sabes que no vas a sacar nada de provecho, pero sigues embistiendo una y otra vez a la espera de obtener un mejor resultado.

—Hola —me saluda Bruno.

—Hola —correspondo.

No hay energía en nuestras voces. Nos la han arrebatado.

—La puerta de abajo estaba abierta —explica.

—Ah.

Se hace un silencio extraño entre nosotros, hasta que él decide romperlo.

—¿Quieres...?

Su voz se desploma. Intento fruncir el ceño, pero todo lo que consigo es lucir exhausto. Porque así es como me encuentro. Exhausto.

—Ayer metí las deportivas en la lavadora y ahora están hechas una mierda —explica—. El caso es que, bueno, tengo que comprar unas nuevas y he venido a decírtelo por si te apetece acompañarme.

Parpadeo varias veces antes de responder.

—¿A comprarte unas zapatillas? —pregunto, sin comprenderlo del todo.

—Sí.

Vuelve el silencio.

—¿Ahora? ¿A las...? —Echo mano a mi bolsillo, solo para descubrir que me he dejado el móvil en el sofá. O en la mesa del sofá. O en la encimera de la cocina. Yo qué sé. Puede estar en cualquier parte.

—Son las dos y media —revela Bruno.

¿Ya son las dos y media? Supongo que es posible, sí.

—¿Quieres venir o...?

—Sí —lo interrumpo—. Aunque... —Busco de manera inconsciente el espejo del recibidor. Nunca lo ha habido. Es un hábito que arrastro de la casa de mis padres. Mi auténtica casa, supongo—. Igual tengo una pinta de mierda.

—Estás perfecto.

—Ya, claro.

—Guapo.

Nuestras miradas se cruzan y nuestros ojos se cortan al impactar. Percibo cierto arrepentimiento en esas esferas de color castaño.

—No hagas eso —le pido.

—¿El qué?

—No me... —se me hace un nudo la garganta— confundas, ¿vale?

Su respuesta se hace de rogar. Tanto que ya no espero obtenerla.

Capítulo 37

BRUNO

Érik tiene parte de razón en lo que ha dicho. Tiene una pinta de... No, no voy a decir «de mierda», pero nunca lo había visto con este aspecto. Tiene el pelo más desordenado que nunca, y muy tieso. Es como si hubiese empezado a componer su propia geografía. Uno de los lados se levanta en una especie de tsunami. Resulta hasta curioso. Digno de estudio. Un color azulado ha empezado a surcar la parte inferior de sus párpados, rociándolo con un cansancio que ahora parece una parte inseparable de él. Y luego está esa sudadera arrugada que asoma por debajo de la chaqueta. O, bueno, del «chaquetón», como diría él. Me pregunto cuánto tiempo hará desde su última ducha. No debe de hacer mucho, porque no huele mal.

Lo que más me pregunto, sin embargo, es por qué me sigue pareciendo tan guapo. Ese pensamiento me está quemando por dentro.

Hoy es uno de esos días oscuros en los que parece que las fauces del mismísimo diablo vayan a emerger del cielo de un momento a otro. Las nubes son espesas y no sopla el viento. Pero sigue haciendo frío.

Cerca de aquí hay una tienda de deportes que no cierra a mediodía. Sé que esta no es la hora predilecta de la gente para ir de compras y justo por eso es mi hora predilecta. Odio las multitudes; por si quedaba la duda. El trayecto transcurre en un silencio casi absoluto. Érik camina con las manos metidas en los bolsillos de la chaqueta; ese gesto que cuenta mil historias distintas, aunque todas cortadas por el mismo patrón. A pesar de que hoy no avanzamos tan lejos el uno del otro, para mí, nos separan más metros que nunca. Creo que no podría alcanzarlo aunque alargara la mano. Aunque corriera hacia él. Y supongo que es culpa mía. A veces, me pilla mirándolo y me dedica un torpe intento de sonrisa. ¿Por qué tiene que ser tan adorable? ¿No se da cuenta de que así solo me hace más daño?

Bueno. Supongo que el único que ha hecho daño aquí soy yo.

Han pasado cinco días desde el incidente, pero parece que haya pasado mucho más tiempo. Los relojes están en pausa desde entonces; han dejado de dar las horas. Por eso necesitaba forzar un acercamiento. Porque el tiempo empezará a correr tarde o temprano y, para entonces, puede que ya sea tarde para ambos.

Creo que los dos estamos igual de distraídos cuando las puertas automáticas de la tienda se abren ante nosotros. Aun así, en este instante, vuelvo a la realidad como si me lanzaran un jarro de agua fría.

Hay demasiada gente.

Érik, aún con las manos en los bolsillos, otea el paisaje de sudaderas, impermeables y balones de fútbol.

—¿Sabías que era el día sin IVA? —me pregunta.

—¿Qué?

Señala un cartel que hay junto a la puerta.

Estupendo. No podía haber elegido mejor momento para venir a comprar. Se me pasa por la cabeza marcharme, no lo voy a negar, pero, ya que hemos llegado hasta aquí, buscaré unas zapatillas cómodas y nos iremos. Supongo que no puede ser tan malo.

Spoiler: sí es tan malo.

Porque mientras estudio uno a uno los modelos de las estanterías, sigue habiendo demasiada gente. Demasiada gente compartiendo mi espacio vital, compartiendo el aire que respiro, impregnándolo de partículas indeseables. Los cuerpos se deslizan a mi lado y me rozan la chaqueta, el brazo o la pierna. Un niño corre de un lado a otro, en las inmediaciones, escupiendo gérmenes al mundo con cada uno de sus berridos.

—¿Te gusta esta? —pregunta Érik, con un modelo de deportiva blanca en las manos. Érik no es como yo, que me limito a establecer contacto solo con los objetos imprescindibles. Él lo manosea todo. Y luego se toca el pelo, se rasca la mejilla o se frota un ojo. A mí ya no me sorprende. Porque sé cómo es.

—No mucho —respondo.

—Es barata.

—Ya.

Se queda mirando la zapatilla unos instantes antes de devolverla a su sitio.

—Oye, ¿y esta? ¡Es la polla!

Ha hablado un poco más alto de la cuenta y sus mejillas empiezan a teñirse de rojo. Sostiene en las manos una zapatilla negra y verde. Supongo que se acuerda de que el verde es mi color favorito. Y de que le dije que el negro tampoco estaba mal.

—Me gusta —reconozco—. ¿Cuánto vale?

—A ver. Hostia. Nada, nada, ¡es feísima!

Miro el cartelito con el precio y luego a Érik. Sonreímos a la vez.

Creo que ya no me siento tan lejos de él. Hemos empezado a construir un puente. De momento, luce frágil y quebradizo. Ninguno de los dos nos atreveríamos a cruzarlo. Pero espero que podamos ir reforzándolo con el tiempo.

Compongo una mueca de dolor al recibir un impacto en el costado. El mismo niño que no deja de gritar ha acabado chocando conmigo, además de con tantos otros clientes, puesto que su madre, consciente de todo, se niega a ponerle una correa al cuello. Chasqueo la lengua y trato de respirar hondo.

—¿Estás bien? —pregunta Érik, preocupado.

—Sí. Hay... hay demasiada gente —añado, a regañadientes.

—¿Quieres que nos vayamos?

—No. Necesito unas zapatillas. No puedo vivir sin unas de repuesto. Acabemos cuanto antes y ya está.

—¿Quieres que le pegue con la zapatilla? —me susurra Érik, cómplice, blandiendo la deportiva como un bate de béisbol y chocándola contra su otra mano.

Lo que de verdad quiero, Érik, es que dejes de tocar la suela de esa zapatilla; porque luego vas a tocar otras cosas con esos dedos. Puede que hasta me toques a mí, quizá sin darte cuenta. Pero también quiero que le pegues al niño con la zapatilla. Porque el tono de voz con que me lo has confiado y esa sonrisita apenas consciente que tienes en la cara me tienen cautivado sin remedio.

Al dejar la zapatilla en su sitio, Érik se pone a mirar a su alrededor. Creo que, por primera vez, se percata de la marea de gente que amenaza con inundarnos. Es normal. Para él, la gente no es más que un ligero contratiempo. Para mí, son focos de suciedad, gérmenes y enfermedades. Es imposible que él vea el mundo como lo veo yo. Aunque me alegra que así sea.

Porque nadie debería ver nunca el mundo como lo veo yo.

—¿Tienes una mascarilla de emergencia o algo? —me pregunta.

—Sí, ¿por?

—Dámela.

—¿Para qué?

—Tú dámela.

Echo mano de uno de los bolsillos frontales de la chaqueta y saco una mascarilla sin usar, envuelta aún en su plástico. Se la paso a Érik y, al principio, creo que ni siquiera sabe lo que tiene entre los dedos. Luego la extrae del envoltorio y se la coloca con sorprendente fluidez.

Al revés.

Y empieza a toser.

—¿Estás bien? —pregunto, con el ceño fruncido.

—Sí.

Pero no deja de toser. Mucho. Y fuerte. La pareja que hay a mi lado se aleja un poco después de mirar a Érik de reojo. La madre del energúmeno de cinco o seis años lo llama por un nombre que cuesta pronunciar. Érik sonríe con los ojos, en plena tos, y, por fin, entiendo lo que se propone. Yo también sonrío entonces.

Claro.

A la gente no le gusta estar cerca de un tío con mascarilla que no deja de toser. ¿Y si tiene una enfermedad rara y contagiosa? Al fin y al cabo, ¿quién usa mascarilla? Ahora sí que controlas a tu hijo, ¿eh, madre modelo? Si molesta a toda la tienda, pasamos del tema, pero si un tío tose más de la cuenta, la cosa cambia, ¿verdad?

Érik tose de vez en cuando mientras yo elijo y me pruebo zapatillas. Es como tener una burbuja protectora a mi alrededor. Tanto que, llegado el momento, uno de los dependientes se acerca a nosotros.

—¿Estás bien? —pregunta, con cierto nerviosismo.

—Sí. Es que tengo alergia y hoy me está dando fuerte —explica Érik. Está rojo como un tomate y se traba un poco al hablar. Es adorable. Me lo comería si pudiera.

—Vale, vale —acepta el dependiente, asintiendo con la cabeza—. Si necesitas salir un momento o lo que sea...

Tengo que contener la risa. Qué forma tan sutil de mandarlo a la calle para que deje de espantar a la clientela.

—Estoy bien, gracias.

—Sin problema —concluye el hombre, antes de marcharse, consciente de no haber cumplido su propósito.

Tardo apenas diez minutos más en decantarme por unas zapatillas. Cómodas, baratas y bonitas. Bueno, más o menos cómodas, no muy caras y, mira, tampoco es que sean feas. Al menos le voy a sacar provecho a todo este rollo del día sin IVA. Después de pagar, justo cuando vamos a salir por la puerta, nos encontramos con la escena.

Llueve.

Mucho. Más que mucho. Sobra decir que no llevamos paraguas. La gente se amontona a las puertas de la tienda. Algunos sacan sus paraguas y vuelan libres por el mundo. Otros, menos afortunados, permanecemos aquí, a cubierto, quejándonos del agua y maldiciendo nuestra suerte. Miles de alientos compartidos vuelan hacia la espesura del aire, en una bruma que nadie más que yo es capaz de percibir.

—Ven —dice Érik, de repente.

Esquivo a una pareja que parece que no haya visto llover en toda su vida y lo sigo por debajo del techado de la tienda, que se extiende hasta la parte de atrás de la nave. Y aquí no hay nada. Ni nadie. Tan solo el lateral de una pista de tenis y un montón de cajas apiladas junto a un carrito de hierro. Es como estar en el reverso del mundo; ese lugar donde todo se abandona, donde va lo que nadie quiere.

—Aquí estamos mejor, ¿no? —comenta Érik, con una sonrisa llena de luz. Ya se ha quitado la mascarilla.

Asiento con la cabeza y se me humedecen los ojos. No puedo secármelos. Ni siquiera con la manga de la chaqueta. Todo lo que tengo está contaminado. Me han rozado cientos de cuerpos ahí dentro y, aunque me he frotado las manos con desinfectante después de pagar las deportivas, he tocado tantas cosas que no basta con eso. Necesito agua y jabón. Necesito darme una ducha.

—Gracias por lo que has hecho —expreso, mostrando una entereza que no sé de dónde sale.

—Lo que sea por mi Brunito.

Siento que hay tristeza en sus palabras. O tal vez sea la mía, que se proyecta en su voz, en el cielo gris y en la lluvia que azota el cemento sucio del suelo. Hace frío y me guardo una mano en el bolsillo de la chaqueta; en la otra sostengo la bolsa con la caja de las zapatillas, que me niego a dejar en el suelo.

Ojalá pudiera...

Ojalá pudiera hacer tantas cosas.

Me quedo mirando el horizonte, el agua y el viento que silba como una flauta helada.

—Nunca te he preguntado —dice—, pero... ¿cómo surgió esto de tener la... manía de la limpieza? O sea, ¿aparece un día, sin más, o tiene alguna explicación?

Tomo aire antes de responder.

—Tengo la teoría de que siempre he tenido la semilla. Semilla, germen, como quieras llamarlo. Ya de pequeño era muy aprehensivo con esto de las enfermedades. Nunca me acercaba a los niños que estornudaban o tosían. Cogí una buena gripe con pocos años y puede que me quedara un poco traumatizado.

Pero nunca fue más que eso, supongo. Todo el tema de la limpieza fue solo un ente dormido. Hasta que, en la facultad, conocí a una compañera que era maniática de la limpieza. Hasta se llevaba un trapo y un bote para desinfectar la silla y la parte de la mesa que ocupaba.

—¿Lo hacía siempre? —pregunta Érik, sorprendido.

—Siempre.

—Joder.

—Al principio solo me pareció una exagerada, sin más, pero cuanto más contacto tenía con ella, cuanto más me explicaba por qué hacía lo que hacía, más calaba en mí su forma de ver las cosas. Al final, no pude evitar ser como ella. Una vez que eres así, ya no es fácil volver atrás. Todo lo contrario. Vas a peor. Cada semana descubro algo que estaba haciendo mal. Y se suma a la lista.

Érik tarda unos segundos en responder.

—¿Por ejemplo? ¿Qué cosas descubres que hacías... «mal»?

Reflexiono durante un momento. El sonido de la lluvia me relaja, de algún modo.

—Por ejemplo, hace poco... —Chasqueo la lengua y estiro la espalda—. A ver, cuando compro libros, siempre los encargo por Internet o les pido a los dependientes que me saquen una copia del almacén. Porque no quiero los ejemplares que todo el mundo toca en las estanterías. —Érik asiente, comprensivo—. Bueno, hace poco pensé que, en realidad, yo no sé cómo se tratan los libros en los almacenes. A lo mejor, los almacenes están aún más sucios que las manos que los tocan en la tienda. A lo mejor, hay pis de rata. Puede que hasta los dejen en el suelo. Y, además, ¿dónde se dejan antes de llegar al almacén? ¿En camiones? ¿Van con otros libros? ¿Con otros productos? Demasiadas preguntas sin respuesta. El caso es que ahora ya no puedo leer libros en papel. Solo en digital. Por fin le estoy dando uso al libro electrónico que me regalaron mis padres hace mil años.

Érik me contempla con tristeza. Y yo me apropio de esa emoción y dejo que me devore por dentro.

—Eso se puede aplicar a casi todo en la vida, ¿no? —dice—. Si piensas así, al final, siempre vas a encontrar algo.

Yo sonrío. Es cansancio lo que hay en mis ojos.

—¿Entiendes ahora por qué esto es una tortura? —revelo.

Érik lleva la vista al horizonte, a una ciudad que palidece bajo un gris de nubes y tormenta. Un mundo que es triste para muchos, pero aún más para algunos. Un mundo en el que uno puede forjarse su propia prisión y no escapar jamás de ella.

—¿Qué hago con la mascarilla? —pregunta Érik. Aún la lleva en la mano y se dedica a darle vueltas entre los dedos—. Imagino que no vas a usarla. —Sonreímos a la vez.

—Tírala a la basura. Pero córtale las gomas, que los peces no se queden enredados dentro.

—Es un asco pensar que toda la mierda que consumimos va a parar al mar, ¿no?

—Sí.

Nuestras voces se apagan. Todo lo que oigo ahora es la grava del suelo, que cruje bajo las suelas de Érik. Hasta la lluvia parece haberse acompasado con el silencio que respiro.

—Oye, Brunito...

Se me acelera el corazón al escuchar su voz. Y al oírlo decir «Brunito»; porque adoro que me llame así.

—¿Qué? —murmuro.

—Este finde tengo que volver a casa.

El mundo entero se me viene encima.

—¿Te vuelves? Pero ¿para siempre? —pregunto.

—No, no. Solo a pasar el finde. Aunque no sé cuánto tiempo más podré quedarme aquí. La cuestión es que... no quiero ir solo.

La lluvia cae a nuestro alrededor y silencia el silencio. Me fijo en los charcos marrones que se forman un poco más allá, en las ondas del agua que agitan la superficie.

—¿Me estás pidiendo que vaya contigo?

—Sí. Si tú quieres, claro.

No me mira. Lleva un buen rato sin hacerlo.

No puedo.

Acceder a su petición acarrea una serie de consecuencias impensables. ¿Cómo iríamos hasta allí? ¿En tren? ¿En un asiento sucio por el que han pasado quién sabe cuántos cuerpos sudados? Y eso es solo una parte. ¿Qué haré una vez que llegue a su casa?

Es una idea terrible, Bruno. Es mejor que dejemos de pensar en ello. Ah, pero no vamos a hacerlo, ¿verdad? No vamos a dejar de pensar en ello.

—Podemos ir solo una noche —añade Érik—. Vamos el sábado y volvemos el domingo. Tengo una cama supletoria debajo de la mía. Cada uno dormiría en la suya. Te pondré sábanas limpias.

Me concentro en el movimiento de la mascarilla, que gira y gira bajo el dominio de Érik y de sus dedos. Me pierdo en su movimiento de hélice. Y me siento cansado. Muy cansado.

—Piénsatelo, si quieres.

Es lo último que dice hoy sobre el asunto.

Capítulo 38

ÉRIK

Al final no sé si ha sido muy buena idea traerme a Bruno conmigo. Y no lo digo solo por su forma de esperar el tren, que demuestra una clara inquietud con ese balanceo de talones que me trae el colega. Cada vez que lo miro, siento una punzada en el pecho. Aun así, la idea de visitar a mis padres en solitario me aterraba de verdad. Sé que me harán daño si voy solo. Poseen esa habilidad. Estos últimos días me he sentido tan débil que temía que pudiesen llegar a romperme hasta el punto de no poder ni recomponer los pedazos. Podría haber cancelado el viaje, vale, pero de nada habría servido. Cuanto más tarde en afrontar esta tragedia, más dolorosas serán las secuelas.

Cuando al fin subimos al tren, Bruno se queda mirando el portamaletas que hay justo encima de nuestros asientos. Yo ya he dejado ahí la mochila que traigo. No llevo mucho, porque, total, voy a *mi* casa. O sea, que, en teoría, mis cosas están allí. A menos que mis padres hayan prendido fuego a mi habitación. O se la hayan comido.

¡Seguro que se la han comido!

Bruno sigue observando el portamaletas.

—¿Te ayudo a subirla? —me ofrezco.

¡Joder!

Con la mirada que me echa, casi me esperaría que me clavara un puñal en el tobillo. Bueno, vale, ya lo he pillado. Imagino que este es otro de sus *problemas*. ¿No quiere colocar sus pertenencias en el portamaletas porque... a saber cuánta gente ha puesto ahí sabe Dios qué tipo de cosas y en qué clase de estado? ¿Es eso? Dime que he acertado, Bruno. ¡Significaría que estoy empezando a pillarte!

Al final, se resigna a dejar ahí su equipaje. Trae una maleta bastante grande y una mochila que abulta más que la concha de un caracol. Exagerando un poco, vale, sí. Yo no sé por qué trae tantas cosas, si solo vamos a pasar una noche en casa de mis padres. Una vez que tiene las pertenencias en el portamaletas, abre la mochila y saca una toalla de color verde agua. Antes de que llegue a comprender para qué es, Bruno la extiende sobre el respaldo de su asiento. Yo sonrío. Y él se me queda mirando.

—¿Qué? —dice.

—Nada —lo tranquilizo, al tiempo que niego con la cabeza.

Los primeros minutos de viaje los pasamos en silencio, mirando por la ventana y, al menos yo, concentrado en la vibración del cristal, que parece inmerso en su propia tragedia particular. No dejo de pensar en que debería contarle *eso* a Bruno, ponerlo sobre aviso. No dejo de pensar en ello una y otra vez. Es un impulso. Uno que no puedo reprimir.

Aun así, es difícil. ¡Muy difícil!

Y es esta lucha interna la que me hace dar golpecitos con el pie. No tarda en unirse una segunda pierna al concierto, mimetizando a la perfección el ritmo de la mía. No es otro que Bruno, que me observa, muy serio, hasta que nuestros ojos se encuentran y sonreímos a la vez.

—¿Te pasa algo? —me pregunta.

—Debería... hablarte de mis padres.

—¿Crees que me voy a escandalizar al conocerlos?

—No, no es eso. Es... —Chasqueo la lengua y respiro hondo. Bueno, lo intento—. Mis padres me...

Los ojos se me cristalizan y me muerdo el labio inferior en un vano intento por detener la humedad. Con un largo suspiro, me dejo caer en el asiento y aprieto los párpados con fuerza.

—Me estás asustando —comenta él.

—Soy la oveja negra de la familia —confieso, con todo el dolor de mi corazón.

—¿Qué?

—Pedro, mi hermano, es la blanca. Él es..., él es todo lo que yo nunca podré ser. Es abogado, tiene trabajo y siempre ha sacado notazas. Le llovían las matrículas de honor. Yo, en cambio, llevo en la cuerda floja desde el puto instituto. No sé ni cómo conseguí pasar sin repetir curso. Bueno, sí que lo sé: yendo a cuarenta mil recuperaciones y protestando hasta que los profes acababan hasta los cojones de mí. Ahora que estoy en la uni, ni con esas. Pedro es el ordenado; yo, el desastre. Él es el que siempre sabe lo que hay que decir, mientras que yo meto la pata y digo palabrotas. Él no las dice, claro. —Hago una pausa y tomo aire. Parece que me hubiese olvidado de hacerlo—. Supongo que ya te haces una idea. Mis padres quieren que yo sea como Pedro.

Me detengo a secarme las lágrimas que han empezado a resbalar por las mejillas.

—Érik...

—Pero yo no puedo ser como Pedro, Bruno —lo interrumpo—. Yo no... Nunca podré ser como él. —Vuelvo a secarme las lágrimas, porque apenas logro ver a Bruno enfrente de mí—. Lo peor de todo es que ya ni siquiera me apetece esforzarme. Porque sé que, haga lo que haga, nunca será suficiente. Nunca estaré a su altura. Jamás estarán orgullosos de mí. Así que ni siquiera lo intento. No merece la pena.

Tengo tantas lágrimas en los ojos que desisto de intentar llevármelas con los dedos. Acabo apoyando los codos en los muslos y enterrando la cara en las palmas de las manos. Me sorprende que mi respiración fluya con tanta tranquilidad; supongo que esto no supone una novedad para mí, pues es una verdad que acepté hace mucho tiempo.

Oigo el desplome de un cuerpo en el asiento de al lado. Es Bruno. Creo que es él. Libero uno de mis ojos para confirmarlo. Justo entonces, me pasa la mano por la espalda. Yo me tenso primero; me relajo después. No es normal que Bruno me toque. Aún es menos normal que su mano ascienda poco a poco por mi espalda, cruce mi cuello y se pierda entre mi cabello rubio. Y, de pronto, estoy a su merced. El vaivén de sus dedos es un hechizo que me drena la energía.

—Da igual que tus padres no estén orgullosos de ti —murmura, con una voz tan suave que parece de terciopelo—. Eres tú el que tiene que estar orgulloso de ti mismo.

Intento mirarlo, pero casi no puedo verlo. Porque sus dedos siguen acariciándome el pelo y me estoy quedando sin fuerzas. ¿Por qué me hace esto? ¿Por qué me... confunde de esta manera? No se acaricia así el pelo de un amigo, ¿a que no?

Por fin, logro articular palabra:

—Yo no estoy orgulloso de mí mismo.

Duele escupirlo en voz alta.

Por más que viva aferrado a esa sensación todos los putos días de mi vida.

Bruno no responde. Da igual. Sus caricias son suficiente. Me basta y me sobra. Cada vez estoy más adormecido. Me pregunto si dejará que apoye la cabeza sobre su hombro. ¿Debería intentarlo? Debería.

Porque no tengo otra opción. Me inclino poco a poco. Él se tensa, pero no me aparta. Tampoco se aleja. Ni detiene sus caricias.

Y es la segunda vez que me quedo dormido contra su cuerpo.

Capítulo 39

ÉRIK

Llevo temiendo este momento desde que salí de casa. Desde antes de salir, de hecho. Desde antes de saber siquiera que este encuentro iba a producirse hoy, en estas circunstancias.

He contactado un par de veces con Pedro para avisarlo de a qué hora llegaríamos, porque se supone que van a venir a recogernos. Prefiero hablar con mi hermano porque, dentro de lo malo, no es lo peor, por más que sea el símbolo de mis pesadillas o la atalaya que sirve al mundo de rasero. Está esperándonos en una explanada de tierra que hay cerca de la estación, fuera del coche, oteando el horizonte con sus gafas de sol.

—¡Erikillo! —exclama cuando me ve.

Me da que estaba distraído, así que tarda unos segundos en reparar en la presencia de Bruno. Se coloca las gafas de sol sobre la espesa cabellera rubia y lo observa con detenimiento.

—¿Quién es? —pregunta.

—Bruno —respondo, sin dar más detalles.

—Ah. ¿Papá y mamá saben que va a venir?

Vale, sí, esta pregunta iba a llegar. Todos lo teníamos claro.

—No.

Bruno se me queda mirando con palpable alarmismo.

Sí, ya, lo siento, Bruno. No he tenido cojones de avisar de que venías. Pero puedes estar tranquilo porque no voy a dejar que la tomen contigo. Esto es culpa mía y solo mía.

Pedro nos ayuda a meter las cosas en el maletero. A Bruno le cuesta soltar sus maletas. Lo veo reticente. Y veo su atisbo de horror cuando mi hermano acopla su maleta en un rincón del maletero. Igual le ha parecido que está sucio. A mí me parece que está como tiene que estar un maletero. La mochila, desde luego, prefiere llevarla dentro consigo. Yo ocupo el asiento del copiloto y dejo a Bruno detrás, mirando en todas direcciones. Los primeros minutos transcurren en mitad de una tensión muda, una gravedad que no tengo claro que todos percibamos por igual.

—¿Y qué tal va todo? —pregunta Pedro, al fin.

—Bien —respondo.

¡Bien!

¿Para qué coño me pregunta si ya sabe cómo van las cosas? Sabrá que llamé llorando a mi madre y que vuelvo a casa justo para hablar de lo que voy a hacer con mi vida. No le suelto una bordería porque Bruno está delante y no quiero montar el espectáculo.

—Oye, Erikillo, deberías tomarte los estudios más en serio. —Joder. Pronto empezamos, ¿no?—. Papá y mamá están preocupados.

—Ya —respondo, sin más.

—Es normal que estén preocupados, tío. Es tu futuro. Quieren que te vaya bien. Y te están pagando la carrera y un alquiler. Eso es caro, ¿sabes?

—Que sí —insisto, sin esforzarme por ocultar que estoy hasta los mismísimos.

Creo que lo que más me toca los cojones de Pedro es que siempre intente ir de buen rollo, como si fuera mi colega o algo, como si estuviera de mi parte y solo intentara protegerme. Me suena tan falso que me entran ganas de cruzarle la cara con toda la mano abierta. ¡Es fácil hablar desde su posición! Él nunca ha pisado el suelo sobre el que yo me sostengo.

Por suerte, el resto del trayecto transcurre en silencio.

Cuando aparcamos frente al edificio en el que vivimos, toda la ansiedad se vuelca de golpe por mis venas. Y me va a estallar el puto corazón. Por poco se me olvida la mochila que llevo en el maletero. Supongo que quiero quitarme esto de encima cuanto antes. Igual Bruno se da cuenta de cómo estoy, porque tengo la sensación de que me lanza más de una mirada curiosa. Yo me concentro en el sofocante dolor de cabeza que tengo.

Joder.

Podría tener hasta fiebre.

Igual esta es la vez que menos tiempo tardo en llegar hasta el ascensor. Cabemos los tres, un poco ajustados por todo el equipaje, pero Bruno se ofrece a subir por las escaleras. Intento convencerlo, hasta que adivino que no quiere meterse en un espacio tan reducido con mi hermano y conmigo. Lo dejo marchar y nos subimos sus maletas. Pedro se dedica a tamborilear en la pared de la cabina y me pone de los nervios. Menos mal que esto no dura. Enseguida salimos al descansillo y surgen los jadeos de Bruno, que llega por las escaleras. Tan solo unos segundos después, con la angustia revolcándose en mi garganta y amenazando con degollarme vivo, estamos en el recibidor de casa y mis padres salen a saludarnos. Hay un desconcierto importante cuando esto sucede. Porque no solo he traído a un chaval desconocido a casa, sino que encima ese chaval lleva puesta una mascarilla en la cara. A mí se me olvida que llevar mascarilla no es lo normal; estoy tan acostumbrado a ver a Bruno que ya ni siquiera me parece raro. Nos saludamos de palabra, sin abrazos ni nada, porque mis padres están ocupados lanzando vistazos furtivos a Bruno.

Decido ponérselo fácil.

—Este es Bruno —lo presento—. Es amigo mío.

El desconcierto sigue presente, aunque de otro tipo. Imagino que se les estarán pasando cientos de dudas por la cabeza. Imagino que también se le pasan a Pedro. A ver, reconozco que traérmelo así, por las buenas, no ha sido muy normal.

Mi padre es el primero en dar el paso, extendiendo la mano para saludarlo.

—No, papá —digo, interrumpiendo el acercamiento—. A Bruno no le gusta el contacto físico. No le deis la mano ni lo abracéis ni lo beséis. Porfa —añado, por si he sonado un poco brusco, que igual sí.

Prefiero no mirar a Bruno, por si acabo de meter un patón de los gordos. Yo qué sé, a lo mejor no me correspondía a mí decir esto, ¿no? El caso es que todos acaban saludándose de palabra y, entonces, llega mi madre con su pregunta de diez:

—¿Él ha reservado un hotel o...?

Resoplo ante lo absurdo del comentario.

—No, mamá, duerme aquí.

—¿Dónde?

—Pues en la cama supletoria. La que está debajo de la mía. La sacamos en un momento y...

—Érik —me interrumpe mi padre—, hace años que nos deshicimos de esa cama.

Me quedo helado.

—¿Qué?

—¿Ya no te acuerdas? —dice mi madre—. De verdad, Érik, eres un desastre. Es tu cama, la ves todos los días, deberías saber que ya no tiene nada debajo.

—Pues no me acordaba —respondo, un tanto a la defensiva.

—La regalamos porque no la usábamos y solo servía para estorbar.

Joder. Si es que no puedo ser más gilipollas. Ojalá me tragara la tierra, porque no puedo ni mirar a Bruno a la cara después de lo que acaba de pasar. Imagino que debe de sentirse como un puto intruso. Y no puedo dejar que se sienta así; soy yo el que lo ha traído aquí.

—Bueno, da igual —zanjo—. Que duerma en mi cama y yo ya me buscaré la vida. Dormiré en el sofá, si hace falta.

Mis padres siguen sin parecer muy conformes, pero se abstienen de levantar nuevas objeciones. Yo sé que esto va más allá del simple hecho de dónde vamos a dormir. Conozco el porqué de su reticencia, del mismo modo en que sé que arden en deseos de quedarse a solas conmigo para arrojármela a la cara. Por el momento, me contento con llevar a Bruno hasta mi habitación y cerrar la puerta detrás de nosotros.

—Deja las cosas por ahí —señalo, evitando sus ojos.

Oigo cómo arrastra la maleta por el suelo mientras contengo las lágrimas.

Menuda mierda.

Sabía que volver a casa haría que todas las emociones explotaran; lo que no sabía era que ocurriría tan pronto.

Observo a Bruno de reojo y me lo encuentro estudiando la habitación con la mirada. Mi cuarto es la viva imagen de mí: un puñetero desastre. O lo sería, si mi madre no hubiera recogido y ordenado un poco. Ella fue la que guardó en un cajón los cables que tenía en el mueble del televisor. Eran de videoconsolas antiguas que ya había metido en los armarios, pero dejé los cables ahí, yo qué sé, por si me daba por volver a conectarlas. Aun así, en la estantería sigue habiendo huecos, por todos esos videojuegos que me llevé al piso de alquiler. La pared está llena de pósteres, un poco torcidos y mal distribuidos; uno de ellos se ocupa de cubrir un desconchón que hice hace tiempo en la pared y que, hasta la fecha, creo que mi madre aún no ha descubierto.

—Oye, lo siento, ¿vale? —me disculpo, al fin—. Tenía que haber avisado a mis padres de que venías. Y tenía que haber sabido lo de la cama supletoria. Joder —señalo con la mano—, está claro que no está.

—Da igual —responde.

—No da igual. —Sigo conteniendo las lágrimas.

Nos miramos el uno al otro durante varios segundos; hasta que no puedo seguir sosteniéndole la mirada.

—Tendrás que enseñarme tu ciudad, ¿no? —me suelta de pronto.

Alzo la vista y tengo la sensación de que hay algo extraño en sus ojos.

Me limito a sonreír, sin más.

Capítulo 40

BRUNO

Venir aquí ha sido una mala idea.

No solo porque las perspectivas del viaje, en general, me aterran a más no poder, sino porque estoy empezando a acercarme demasiado a Érik, con todo lo que eso conlleva. De vez en cuando, me asalta un *flash* de aquella pregunta que me hizo.

«Si no tuvieras una obsesión con la limpieza, ¿me besarías ahora mismo?».

Entonces el mundo se desvanece a mi alrededor y solo queda la oscuridad, el páramo, ese lugar hostil que busca deshacerse de mí; ese enclave perdido donde no atisbo voces ni figuras familiares.

No puedo hacerlo.

No puedo.

Solo pensar en ello me arroja al vacío.

Con todo, no puedo evitar acercarme. Ni siquiera sé por qué le he tocado el pelo como se lo he tocado hoy. Bueno, sí que lo sé. Lo hice porque llevo meses queriendo intentarlo, porque me quedaría a vivir en esa cabeza si encontrase la forma de hacerlo. Sin embargo, no deja de ser un viaje aterrador, uno que pone mis músculos a temblar y hace que quiera llorar. Y eso es justo lo que hice cuando Érik se quedó dormido en mi hombro en el tren. Llorar. Porque no sé cómo salir de aquí. Y porque ahora estoy sucio. Y lo estaré hasta que pueda darme una ducha en mi propia casa.

Partiendo de que ya estoy sucio, eso sí, supongo que podemos tirar la casa por la ventana. Además, creo que a Érik le hace daño estar con sus padres. Por eso dejo que me lleve a su pizzería y heladería favoritas, a pesar de que hace meses que no piso un restaurante o un bar. Por la tarde, me lleva a la tienda en la que robó las bragas aquel fatídico y absurdo día de septiembre. Está cerrada, pero me cuenta la historia señalando con el dedo, y yo me imagino a un Érik pequeñito (seguramente más pequeñito de lo que era en realidad), con su sonrisa radiante, con sus pecas y rojísimo por tener unas bragas en la mano y verse forzado a devolverlas después de mangarlas. Me da que él se alegra de poder enseñarme todo esto. Y a mí me alegra que lo haga. Al mismo tiempo, sin embargo, quiero que acabe. Lo necesito. Volver a casa y refugiarme en lo que conozco. En lo que está limpio. Alejarme del caos y regresar al orden. Por mucho que ansíe el caos, no estoy preparado aún para tenerlo entre mis brazos.

No volvemos a casa hasta que se acerca la hora de cenar. Érik se entretiene haciéndome de guía a través de parques, colegios y hasta su antiguo instituto. Me describe al pie de la letra el proceso mediante el cual saltó la valla para escapar de las clases hasta en tres ocasiones. Y supongo que tenía razón cuando me dio por catalogarlo de malote. No es que sea malo de verdad, pero no le falta el aura.

El aura que me hace querer tocarlo con cada yema de mis dedos y devorarlo hasta que no quede nada de él.

Bruno, estás haciéndolo otra vez.

Ya. Ya lo sé.

En el momento en que ponemos un pie en casa de Érik, la realidad se apaga, se refugia detrás de un velo en el que todo es más oscuro de lo que cualquiera podría imaginar. No solo es la sensación de estar enclaustrado en un lugar desconocido, un lugar del que no voy a poder despegarme hasta que marchemos hacia la estación mañana por la mañana; también es la certeza de que Érik no está cómodo aquí. Lo veo en ese ceño apenas fruncido y en la forma que tiene de guardarse las manos en los bolsillos de la sudadera, un buen reemplazo del chaquetón que no viste dentro del piso.

—¿Quieres darte una ducha? —me ofrece, con un ligero temblor en la voz en el que finjo no haber reparado.

Trato de respirar hondo y el aire se me estanca en el pecho. Ducharme en casas ajenas me genera una sensación de auténtica claustrofobia. No puedo decir que se me haya dado el caso de forma reciente. Lo más cercano que recuerdo es la última vez que salí de viaje. Un viaje en familia, más o menos. Cuando tu realidad comienza a teñirse de un nuevo color, hay veces en que no eres de pleno consciente de todo lo que eso conlleva. Te dejas llevar, te dejas guiar por la inercia de todo aquello que conoces y, en ocasiones, solo te das cuenta de las cosas cuando ya es demasiado tarde. Aquel día no supe anticipar lo que supondría pisar un hotel presa de mis nuevas obsesiones. Lo aprendí por las malas. Ya lo creo que sí.

Cuando estoy en un cuarto de baño que no me pertenece, cada pared, cada saliente y cada superficie es como un muro de fuego, algo que no se debe tocar. Porque los baños son el sitio ideal para que prolifere la suciedad, las bacterias y los microbios, para que todo se impregne de restos de quién sabe qué clase de sustancias. En mi casa, en mi propio baño, todo tiene su lugar. Sé qué puedo tocar y qué no; sé dónde puedo colocar cosas y dónde no. Los límites están grabados con una certeza imborrable en cada una de mis neuronas. Un baño ajeno, en cambio, es una auténtica lotería, como estar encerrado en el estómago de una ballena, haciendo malabares y equilibrios para no caer al ácido que pondrá fin a tu existencia. Si no puedo controlar la situación, ¿cómo voy a sentirme limpio? Necesito sentirme limpio. Y si no me siento así al salir de la ducha, entonces, ¿cuándo? Si no soy capaz de arrancarme la sensación de suciedad...

¿Qué ocurre entonces?

Esa es una buena pregunta, en realidad.

¿Qué sucedería? ¿Qué haríamos, Bruno?

¿Abrazaríamos esa nueva vida de caos que el universo pone a nuestro alcance? ¿Renegaríamos de hasta el más mínimo grado de pulcritud? ¿Dónde pondríamos el límite? ¿Habría límites, acaso? ¿Seguiría teniendo sentido la vida?

Solo imaginarlo hace que me pique todo el cuerpo. Me doy cuenta de que aún no he respondido a la pregunta de Érik.

Voy a darme una ducha. Claro que voy a dármela. Porque una ducha en casa ajena, con todas sus desventajas y torturas, sigue siendo mejor que nada.

Eso creo.

Eso quiero creer.

Capítulo 41

ÉRIK

Cuando Bruno se encierra en el baño y oigo el agua de la ducha correr, no puedo evitar que la imaginación vuele libre y desbocada. Y hay otra cosa, más abajo, que también vuela libre y desbocada.

Joder.

Es la primera vez que estoy tan cerca de un Bruno desnudo. Aunque, a la vez, esté más lejos que yo qué sé.

No dejo de cagarme en toda mi puta estampa por haberlo traído hasta aquí. No fue buena idea. Nunca lo fue. No sé qué se me pasó por la cabeza al hacerlo. Puede que su presencia me esté protegiendo de mis padres, pero, a cambio, se ha convertido en una nueva pesadilla. Todo es raro. Extraño. Me ha hecho ilusión enseñarle la ciudad, mi barrio, los lugares donde desfasé con mis colegas y donde estudié, o fingí estudiar, durante buena parte de mi vida. El tema es que cada vez que mi voz se alzaba o mis dedos señalaban a un punto o a otro, una parte de mí se descarnaba, se desgarraba. Parece que me haya ido desprendiendo de lo poco que quedaba de mí; como si lo estuviera regalando, o tirando. Porque Bruno está demasiado cerca, pero, también, demasiado lejos. Porque, sin importar cuánto alargue la mano, no podré tocar su cuerpo. Porque da igual cuánto forcejee con la puerta del baño, no podré entrar a verlo desnudo.

¿Qué pensaría Bruno si me colara ahí justo ahora?

Podría hacerlo. Aunque él no lo sabe, el pestillo no funciona; lleva roto desde aquella vez que uno de mis amigos se quedó encerrado dentro. Es una barrera más profunda, y también mucho más férrea, la que me impide traspasar el muro, la que me impide formar parte de una vida que mataría por convertir en mía. Sé que Bruno no es una vida. Sé que no bastaría con refugiarme en sus brazos o en sus besos. Sé que seguiría habiendo un mundo más allá, un universo en el que seguir luchando. Pero pensé que, al menos, podría tenerlo a él de mi lado. Convertirlo en mi timón. Y no me refiero al de Pumba. Tal vez así lograría esquivar los icebergs y las sirenas que me asaltan en el camino; tal vez así podría hallar tierra firme de nuevo. Hace tanto tiempo que no la piso que ni siquiera sé si sabría reconocerla.

—Érik.

La voz me llega tan de repente que por poco vomito el corazón en el pasillo. Mis amables progenitores, centinelas curtidos en el arte del *ninjutsu*, no han tardado ni dos minutos en llamarme aprovechando que Bruno está en la ducha. Tremendo gilipollas he sido al pensar que iba a librarme.

Los sigo a ambos hasta su dormitorio, donde mi padre se pone a doblar unas sábanas como si nuestro encuentro aquí fuera casual e improvisado, como si no llevara siglos en su agenda. Mi madre se pasa largo rato mirándome de esa forma tan particular, con esa severidad que busca reconocimiento. Sé de sobra lo que quieren decirme y paso de ser yo el que mueva ficha primero. Si queréis decirme algo, tendréis que hacerlo vosotros.

Hala, ya lo he dicho.

—Nos podías haber avisado de que ibas a traer a alguien —suelta mi padre, con ese tono grave que parece que se reserve para hablar conmigo en exclusiva.

Vale, me he equivocado. Habría apostado cincuenta pavos a que sería mi madre la que hablaría primero. Bien jugado, papá. Diez de diez.

—No os habría gustado la idea —alego.

—Se supone que ibas a venir para que habláramos de tu futuro —prosigue mi madre—. No me parece muy oportuno discutir esto con un desconocido delante.

—No es un desconocido —protesto, movido por un impulso—. Es mi... —Se me traba la voz—. Es mi amigo. Mi mejor amigo.

Me parece entrever algo en las expresiones de mis padres, que parecen calcadas. Solo dura unos segundos y, después, se va como vino.

—Me da igual quién sea, Érik —añade mi madre—. La cuestión es que no tiene por qué enterarse.

—Podemos hablar ahora —propongo, encogiéndome de hombros, con más violencia de la que me habría gustado.

—Esto hay que hablarlo con tranquilidad —razona mi padre.

—Me voy a quedar.

—¿Dónde? —preguntan los dos a la vez.

—Allí. Voy a seguir con la carrera. Si no apruebo la mitad, como me dijisteis, ya veremos lo que hacemos.

Mis padres se me quedan mirando fijamente. No pueden ocultar la decepción en sus rostros. Y aunque finja que no me importa, esa decepción es como veneno que penetra cada poro de mi piel sin que pueda hacer nada por evitarlo. Supongo que hay cosas contra las que uno nunca se inmuniza de verdad.

La carrera me importa una mierda, ¿para qué voy a negarlo? El problema es que volverme a casa implica apartarme de Bruno. Ya sé que él no va a tener conmigo lo que yo quiero que tenga conmigo, pero...

Joder, no sé.

No quiero separarme de él. Porque, si vuelvo a casa, si vuelvo aquí, siento que lo perderé para siempre. Y eso es lo último que quiero que ocurra.

Capítulo 42

BRUNO

Cuando salgo de la ducha, el ambiente se palpa tenso. Más tenso aún. Y supongo que no hay que ser un lince para deducir que Érik y sus padres han estado hablando en privado, aprovechando mi ausencia.

Al pasar junto al cuarto de baño, me miro en el espejo para asegurarme, por segunda vez, de que no hay en mis ojos signos de haber estado llorando. Mientras el agua caliente caía sobre mi cuerpo, no he podido evitar hacerlo en silencio.

Por mí. Por Érik. Por todo.

Los cuatro integrantes de la familia y el intruso conocido por el nombre de Bruno ayudamos a poner la mesa y a terminar de preparar la cena. Y toda esta procesión de gente que va y viene me recuerda a mi casa. A mi propia casa, en la que vivía con mis padres. Recuerdos que no son gratos. Memorias de acciones y comportamientos que no puedes controlar: dedos que no están limpios, manos que no se lavan, cubiertos que entran y salen... La visión se me nubla y la noción de la realidad se pierde en algún punto remoto de mi cabeza. Al final, antes de que la respiración se vuelva incontrolable, huyo de la escena con la excusa de tener que ir al baño. Es ahí donde me encierro durante al menos cinco minutos, tratando de poner en orden mi cuerpo.

«Ojos que no ven, corazón que no siente».

Un dicho que no podría ser más exacto. Si no veo los atentados que se cometen en la cocina, no será tan grave probar la cena después. Mucho mejor así. Es preferible no saber. Estoy convencido de que el conocimiento es de las peores calamidades que se han cernido jamás sobre los seres humanos. Cuanto más sabes, más sufres. Es el conocimiento el que me ha traído hasta donde estoy. Y lo peor es que, una vez lo tienes, ya no puedes renunciar a él.

Da igual lo que hagas, no importa cuánto lo intentes, no puedes deshacerte de él.

Cuando por fin me atrevo a salir, la cena está casi lista y la madre de Érik, Sofía, nos invita a ir tomando asiento. Me acomodo justo al lado de Érik (él se ocupa de indicármelo con la mano) e intento por todos los medios no rozar el mantel de cuadros que han colocado sobre la mesa de cristal. No luce del todo limpio. Así pues, sostengo las manos en mi regazo mientras deseo para mis adentros que todo esto pase pronto.

Sofía y Juanjo, su marido, traen un bol de ensalada y una fuente de patatas cocidas para que cada uno se sirva lo que quiera. Me quito la mascarilla y no tardo en presenciar cómo la familia al completo habla por encima de los platos que consumiremos en breve. Me imagino la saliva, los gérmenes y las bacterias saltando desde sus labios hasta las fuentes de comida. Tengo que cerrar los ojos para apartar el pensamiento.

—¿Y tú qué estudias, Bruno? —me pregunta Pedro de repente.

Dedico unos segundos a observar su figura.

El hermano de Érik es como el clásico guapo de revista: cabello rubio, bastante más largo que el de su hermano, ojos radiantes y sonrisa perfecta. Si tiene pecas, no resaltan a simple vista. Todo en él es demasiado, no sé, perfecto. ¿Conoces esa sensación de que algo intenta ser tan tan hermoso que, al final, acaba pareciendo artificial? Esa es justo la sensación que tengo al mirar a Pedro. Se me antoja artificial. Se me antoja excesivo. Érik, por otro lado, con su cabello rubio alborotado, ese que nunca se peina; con su sonrisa ingenua, esa que no ostenta lujos y que plasma su torpeza natural; con las pecas que pueblan su rostro y que otorgan una asimetría maravillosa a su cara; con todo eso, muestra una perfección natural. Una perfección de la que él ni siquiera parece consciente. Y supongo que eso lo hace aún más perfecto.

—Estoy trabajando —respondo, al fin.

—¿En serio? —pregunta Pedro, alzando las cejas y deteniendo el tenedor a medio camino entre su boca y el plato—. ¡Si parece que tengas, yo qué sé, dieciocho años!

No puedo evitar sonreír, aunque me figuro que es una sonrisa tirando a incómoda. Sus padres parecen tan asombrados como él. Igual se pensaban que era un compañero de clase de Érik o algo así.

—Me lo suelen decir —alego.

—Qué barbaridad —apostilla Juanjo.

—¿Y a qué te dedicas? —pregunta el hermano.

—A diseñar páginas web.

—Uy, yo de ordenadores no tengo ni idea —suelta Sofía, mientras se sirve un par de patatas cocidas y aprovecha para echarle otras dos a su marido, que gruñe como respuesta—. Cada dos por tres tengo que llamar a Pedro para que me explique las cosas. Él hizo un cursillo de informática hace poco y todo. Por su trabajo.

—Pedro es abogado, ¿te lo ha dicho Érik? —se apresura a añadir Juanjo.

—Sí —asiento.

—Hizo las prácticas aquí al lado, ¿sabes? Les encantó cómo trabajaba y lo dejaron contratado. Tuvo muchísima suerte.

—Bueno, suerte y no suerte —corrige Sofía, juntando las manos—. Porque se ha esforzado siempre muchísimo. Y eso no es suerte, es trabajo.

—Claro, sí. Es una forma de hablar.

Pedro se echa a reír, antes de aclarar:

—Pues yo creo que sí que fue suerte. Estuve en el lugar adecuado en el momento oportuno.

—Pero no habrían contratado a cualquiera —insiste Sofía.

—Ya, bueno, supongo.

—A todo esto, ¿sabes ya si a Marta le van a hacer el contrato indefinido?

—Ni idea. El miércoles estuvimos comentándolo.

Aprovechando que se han puesto a hablar de gente a la que no conozco de nada, me abstraigo de la conversación y me dedico a observar a Érik. Lleva un buen rato con la mirada enterrada en la mesa, limitándose a masticar sus patatas. Apenas ha tocado la ensalada que tiene en el plato. Sin decir nada, deslizo mi pie sobre el suelo hasta que nuestras deportivas se rozan. Y para demostrar que no ha sido un toque casual, se la acaricio con cuidado. De pronto, su mirada despierta y algo semejante a la sonrisa se adueña de su rostro. Me encantaría cogerle la mano. Me encantaría agarrarle esas mejillas perfectas que tiene y morderle los labios hasta que sepa que es lo mejor que me ha pasado en esta vida.

—¿Sabes programar, Bruno? —me pregunta Pedro de repente.

—Sí —respondo, aturdido, devolviendo mi atención hacia el resto de la mesa.

Es un milagro que a estas alturas ninguno de ellos

me haya preguntado por qué uso mascarilla. Imagino que Érik se lo habrá comentado en privado; o puede que sean demasiado educados como para indagar.

—Yo tuve una época en la que tonteaba con la programación —explica Pedro.

—Se le daba genial —interviene su padre—. A mí me hizo un programa para llevar los gastos de la casa.

—Era un programa supersimple —dice él, sonriente, quitándole importancia.

—Todo lo que hace lo hace bien —apostilla Sofía, con una sonrisa sutil que dice más de lo que suele decir un gesto de ese tipo.

Y a mí cada vez me arde más el estómago. Por eso inclino la pierna izquierda a un lado hasta rozar el muslo de Érik con la rodilla. Entonces noto cómo su pierna empuja contra la mía. Con suavidad. Puede que sea eso lo que me da fuerzas para decir:

—Sabéis que Érik va a natación, ¿no?

—Claro. Le gusta desde que era pequeño —explica su madre.

—Bueno, desde que era pequeño, no —objeta Juanjo—. Acuérdate de que tuvimos que obligarlo las primeras semanas. ¿Recuerdas cómo lloraba?

—Sí. Se me caía el alma a los pies.

Bueno, pues a mí me parece que si a alguien se le cae el alma a los pies porque su hijo está llorando, no lo sigue llevando a natación. Pero supongo que no todo el mundo sabe utilizar la lógica tan bien como yo.

—El monitor no deja de decirle que compita —explico.

Siento la mirada de Érik clavarse en mi cuello. Hago lo posible por rehuir sus ojos, pues temo lo que pueda encontrar en ellos.

—Claro, Érik, pero eso te lo dice para animarte, para que no dejes las clases —arguye Sofía, dirigiéndose a su hijo y entonando las palabras con esa voz que se regala a los que no tienen más de diez años—. Es su trabajo fidelizar a los clientes. Y seguro que para competir ofrecen clases extra que cobran aparte.

¿Esto va en serio?

—Eso me recuerda a la dependienta que había en aquella tienda cerca de tu antiguo trabajo —dice Juanjo a su mujer, masticando los últimos bocados de una patata—. ¿Te acuerdas? Todo lo que me probaba allí me quedaba perfecto, según ella. Ya podía estarme grande o pequeño. Se la veía desesperadita por vender.

—Desesperadita por ti, más bien —comenta Pedro, sonriendo.

—¿Cómo?

El hermano mayor suelta una risita que, como él, suena perfecta. Medida al milímetro. Su madre y él intercambian una mirada cómplice que yo apenas puedo percibir.

—Que le gustabas, papá. O eso creíamos mamá y yo.

Perplejo, Juanjo frunce el ceño mientras intenta asimilar esta nueva realidad que a mí no podría interesarme menos. Por eso decido volver a lo que de verdad importa:

—Yo creo que Érik nada bien de verdad. El otro día fui a verlo y me quedé impresionado.

Noto un ligero rubor apoderándose de mis mejillas, aunque desconozco si es vergüenza o furia lo que lo motiva.

Bruno, tienes que calmarte. Tienes que hacerlo. Si sigues así, vas a estallar. Nos conocemos. Eres capaz de estallar. Incluso estando frente a una pandilla de extraños a los que solo te une la amistad con Érik.

Después de lo que dice su padre, me resulta imposible no explotar.

—Nada muy bien, sí —reconoce—. Siempre se le

ha dado bien. Pero ¿lo bastante bien como para competir? En los torneos hay mucho nivel.

—¿Lo habéis visto nadar últimamente?

Mi voz suena como una cuchilla cortando el aire. Y supongo que el tono no pasa desapercibido a ningún miembro de la familia, que me observa, cada uno de ellos, con cautelosa expectación.

—¿Por qué lo dices? —pregunta Juanjo, con cuidado. Parece que esté acercando un trozo de carne a un chucho rabioso.

—Porque, si lo hubierais visto nadar, sabríais que Érik es un puto sireno en el agua.

No sé qué está pasando.

No tengo claro si el mundo ha enmudecido o si los latidos de mi corazón eclipsan el resto de sonidos. Pulsa tan fuerte que me hace daño en la garganta.

Dios, Bruno. ¿Qué acabas de hacer?

En serio, ¿qué acabas de hacer?

Esto es demasiado hasta para ti. Eso de no tener filtro está bien, pero todo tiene un límite.

Mientras la familia de Érik me observa presa del desconcierto, yo me concentro en el hijo pequeño, en el único que de verdad me importa. Blande una extraña expresión de congoja en la cara, las cejas inclinadas y la boca a medio cerrar. Su pierna aún roza la mía.

Y yo no puedo soportarlo más.

Arrastro la silla hacia atrás y el chirrido se me clava muy dentro, como una astilla entre la piel.

—Lo siento —mascullo. Estoy a punto de llevarme las manos a la cara, cuando me abstengo. No puedo hacerlo. No están limpias—. Es mejor que me vaya.

¿A dónde vas a ir, Bruno? ¿No te das cuenta de que lo que estás haciendo no tiene sentido?

Bueno, puede que no lo tenga, pero, al mismo tiempo, esto es lo único que tiene sentido. Yo me entiendo, ¿vale? Sí, yo me entiendo.

Creo.

Avanzo con rapidez hacia el recibidor. Miento. Ni siquiera sabría distinguir si camino deprisa o despacio. Es... extraño. Ya ni siquiera parece que siga en el mundo. Sé que esto no es más que el inicio de uno de mis ataques de ansiedad; ya puedo sentir las lágrimas aporreando mis ojos. Lo que no puedo es detenerme. Aunque el mundo se torne océano, aunque el aire se vuelva tóxico. Aunque todo deje de ser y yo siga siendo, aunque yo siga siendo, pero nunca más como antes. La puerta se aleja cada vez más al otro lado de la habitación, mientras mi pecho se torna más y más pequeño, cada vez más incapaz de contener los pulmones y el corazón. Cada vez más incapaz de respirar. Me gustaría poder dejarme caer aquí mismo. Dejar de sentir. Dejar de ser. El silencio me devora poco a poco como una hiena sedienta de carroña. No hay sonidos. No hay nada. Y justo cuando creo que estoy a punto de alcanzar la puerta, algo me alcanza a mí. Unos dedos que se aferran a mi muñeca.

Me detengo.

Estoy asustado. Aterrado. Me doy la vuelta. Apenas tengo tiempo de distinguir el rostro húmedo de Érik y sus labios temblorosos. Porque enseguida me acoge con fuerza en sus brazos. Nunca antes he sentido que pertenezco tanto a un sitio. Me quedo paralizado. El silencio ha dado paso al llanto ahogado de Érik, desatado contra la base de mi cuello.

—No vas a ningún sitio —me susurra.

Su voz es como un huracán: vuelca mi corazón y parece que la sangre se derrame sin orden ni concierto sobre mis entrañas. Mis brazos se abren y, por fin, se aferran a Érik. Puede que acabe de cagarla como no la había cagado en mucho tiempo. Quizá desde aquella fatídica vez que no dejo de rescatar de la memoria. Sin embargo, aquí, junto a Érik, es como si me hallara tras los muros de un castillo. Y parece que mi respiración no se dispara todo lo que podría dispararse.

—Gracias por defenderme —añade, y su voz me hace cosquillas en la piel.

No me da tiempo a reaccionar. Cuando quiero darme cuenta, Érik se ha separado de mí y me indica que vaya a su habitación. Yo no me muevo un solo centímetro. Puede que haya olvidado cómo se hace.

Érik se acerca a la mesa, bajo la expectante mirada de su familia. Su madre y Pedro se han puesto de pie en algún momento de la escena. Ella tiene el puño cerrado sobre los labios; Pedro, las manos asiendo el respaldo de la silla. Y lo que más me fastidia es que ni siquiera parece que se hayan dado cuenta de lo que ocurre en realidad.

—Siempre... —Al poco de empezar a hablar, Érik se aclara la garganta, como si tuviera encima el peor de los resfriados—. Siempre estáis hablando de lo bueno que es Pedro, de cuánto trabaja, de lo bien que se le da todo... Pero cuando se trata de mí, ni siquiera podéis elogiarme por la única cosa que se me da bien. La única puta cosa de la que me siento un poco orgulloso. Porque nada de lo que hago os parece bien.

Hay tanto dolor en la voz de Érik que sucumbo a su desgarro como si fuera yo el objetivo de tan duras palabras. También hay dolor en su familia; un dolor desconocido, sorprendente. El dolor que no se ha conocido hasta el mismo instante en que se declara.

—Eso no es verdad, Érik —se apresura a decir su padre, poniéndose en pie. Un tenedor cae al suelo en el proceso y el chasquido metálico se apodera de todos nosotros.

—Decidme una sola cosa positiva sobre mí. Una sola cosa. Y ni se os ocurra decir la natación.

Su voz es el rugido de un tigre, de un gato herido o de un cachorro sin hogar. Creo que jamás lo he visto más vulnerable, más indefenso; a pesar de que sus ladridos tratan de pintarlo como un ser autosuficiente.

Nadie dice nada. Y yo no alcanzo a creer que esto sea cierto. Mi pecho crece con la anticipación, aguardando el momento en que alguno de los miembros de su familia quiebre la ominosa verdad que ya se ha sellado dentro de mi sien. Ese momento no llega. Aprieto los dientes y me rechinan por dentro. Aprieto los puños con toda la sutileza que me permito, porque de alguna forma tengo que dar salida a esta impotencia que me devora. Lo siguiente que capta mi cerebro son los pasos rotundos de Érik adentrándose en el pasillo.

Y yo no dudo en ir tras él.

Capítulo 43

BRUNO

Sigo a Érik hasta su habitación y cierro la puerta tras de mí. Con cuidado. Como si el más mínimo ruido pudiese romper algo; pudiese romperlo a él. Me quedo aquí, de pie, sin moverme, mientras Érik camina de un lado a otro como si apenas fuera consciente de que lo hace. Y, de pronto, justo en este instante, mientras observo cómo su sombra se proyecta bajo la luz amarillenta de la lámpara, entiendo por qué quiso que fuera a verlo nadar aquella vez.

Lo hizo porque es lo único de lo que se siente verdaderamente orgulloso. Lo único que siente que hace bien. Y quiso compartirlo conmigo. Tal vez él mismo ni siquiera sepa valorar lo que hace; puede que necesitara que otros lo hicieran por él. Que yo lo hiciera. Quizá lleve tanto tiempo sin ser valorado por sus padres por lo que es, en lugar de por lo que podría ser, que haya olvidado cómo quererse a sí mismo.

Lo que acaba de ocurrir flota en el ambiente, por mucho que Érik insista en evadirlo con sus constantes paseos y su silencio sepulcral. Sin embargo, me niego a permitir que siga ahogándonos con su presencia.

—Yo tampoco sabría decir una sola cosa buena sobre ti.

Mi voz suena extraña en mitad de esta calma oscura y los ojos de Érik me enfilan como si acabara de traicionarlo de la peor de las formas.

—No podría decir solo una cosa —me apresuro a aclarar.

Sus cejas se arquean y sus pasos lo traen más cerca de mí.

—¿Quieres que te las diga? —susurro.

Me permito sonreír de un modo un tanto ladino. Sé que Érik ansía oírlas con solo ver su rostro, que rehúye avergonzado mi mirada. Aun así, se limita a encogerse de hombros.

Estoy a punto de abrir la boca cuando Érik me observa con un alarmismo que me asusta.

—Espera, Bruno, no llevas puesta la masca...

—Me da igual —lo interrumpo.

No, no me había dado cuenta de que no llevo la mascarilla y de que aún sigue atada a mi antebrazo. Y no, tampoco voy a negar que me asalta una punzada de inquietud que se adentra en mi pecho y quiebra esa serenidad artificial que mantiene mi cuerpo unido como madejas de lana. No obstante, lo que tengo entre manos está por encima de todo eso. Está por encima de mí y de mi obsesión por mantener el control.

—Eres divertido —empiezo, y percibo un estremecimiento entre sus dedos—. Creo que contigo me he reído como hacía tiempo que no me reía. Eres comprensivo. Muy comprensivo. Porque nunca antes había encontrado a alguien que aceptara mi obsesión y me pusiera las cosas tan fáciles como lo has hecho tú.

—Creo que va a estallarme el corazón; supongo que es tarde para echarse atrás.

—Eso no es nada —protesta, negando con la cabeza—. No me cuesta trabajo hacerlo.

—A otros sí les cuesta. No todo el mundo es como tú.

Érik agacha la mirada y no consigo adivinar si habrá aceptado lo que acabo de decir como algo positivo.

—La gente te quiere, Érik.

—¿Quiénes? —Parece sorprendido; y me duele que lo esté.

—Tus amigos. Tienes un montón. Siempre que quieres acudes a unos o a otros con los que salir a tomar algo o a cenar. Las personas solo se arriman a la gente a la que quieren. Te buscan porque eres interesante y divertido. Y agradable. Y amable. Y yo también te quiero.

La última frase se me escapa como por cuenta propia. Érik ya me dijo un día que me quería, pero creo que es la primera vez que yo se lo digo a él. Supongo que no tengo reparo en admitirlo, aunque las circunstancias hacen que todo sea... extraño. Érik se muerde el labio inferior y, por un instante, albergo la sensación de que anhela retroceder.

—También eres muy bueno en los videojuegos —añado.

Él suelta una carcajada sarcástica.

—Eso no sirve de mucho —alega.

—¿Por qué no? Es una habilidad más, igual que jugar al tenis, al fútbol o cocinar. ¿Por qué vamos a dejar de lado los videojuegos? Requieren precisión, reflejos, capacidad de orientación y de análisis... Y, bueno, sé que has dicho que no podíamos mencionar la natación, pero me pasaría la vida viéndote nadar.

Los ojos de Érik me buscan y sus labios se tuercen en una sonrisa tierna e infantil.

—Tú sí puedes hacerlo —me concede—. Tú sí puedes mencionarlo.

—Deberías competir.

Y la sonrisa desaparece en pos de un ceño fruncido.

—¿Qué?

—Creo que necesitabas que alguien te lo dijera, que alguien reconociera en voz alta que se te da bien la natación. Bien de verdad. Es algo de lo que te sientes orgulloso, o de lo que te gustaría sentirte orgulloso. Y no deberías dejar pasar la oportunidad.

Érik encoge los brazos hasta pegarlos contra su cuerpo. Solo entonces reparo en que la sonrisa que esgrimía se ha desvanecido más allá del plano físico, en que ya ni siquiera existe dentro de él.

—No quiero pensar en eso ahora —murmura.

Vale, bien. La has cagado, Bruno. No podías haberte contentado con esa sonrisa que acaba de dedicarte, no, tenías que ir más allá. Otra cosa que añadir a la lista, por cierto: tiene la sonrisa más bonita del mundo. Pero, si se lo dijera, supongo que pensaría que lo estoy confundiendo otra vez. Como si yo no estuviera bastante confundido de por sí.

Qué tontería.

Lo único que a mí me pasa es que tengo una puñetera cadena atada a los pies.

—Duerme tú en la cama, yo me voy al sofá —suelta Érik, en voz baja, sin mirarme a los ojos.

—Duerme conmigo. —Dos palabras que hacen que mi estómago arda.

—No. Te dije que ibas a dormir en tu propia cama. No voy a forzarte a compartir. Y menos... —Señala con el dedo la cama individual que hay pegada a la pared. Me figuro que intenta recalcar que a duras penas cabemos los dos ahí.

—Duerme conmigo, tonto —insisto.

Cuando mis ojos y los de Érik se encuentran, soy incapaz de dar forma a la fuerza que nos conecta. Lo único que podría afirmar sin miedo a equivocarme es que no hay nada en el mundo más que nosotros.

—Pero... —farfulla.

—Tonto.

Por fin, Érik sonríe y aparta la mirada. Tal vez este sería un buen momento para que se pusiera colorado, si no llevara a rastras la escena que acabamos de vivir en el salón.

No sé si debería, pero tomo su silencio por un sí. Cuando quiero darme cuenta, está agachado junto a uno de los cajones de su armario. Unos segundos después, ha arrojado su camiseta y su sudadera hacia la silla que hay frente al escritorio; aunque solo la sudadera ha dado en el blanco. Apenas me dedico a observar la camiseta que yace en el suelo, porque mis ojos están fijos en la espalda desnuda de Érik, analizando cómo se desplazan sus escápulas con el escalofrío que azota su cuerpo. Y me sorprende que me acuerde de cómo se llaman. Escápulas. Sí, ese es su nombre. Imagino que, después de lo que ha pasado, no es el momento de ponerse a pensar en el cuerpo de Érik. Por supuesto que no. Con todo, soy incapaz de resistirme; menos aún, cuando se vuelve hacia mí con una camiseta vieja que va a usar como pijama. Una camiseta que le queda pequeña y le marca esos pectorales en los que a mí me gustaría hundir la cara a placer.

Por favor, Bruno, contrólate. No eres un animal. Y, si lo eres, bueno, no es el momento de demostrarlo.

Aunque pagaría por quedarme a ver el espectáculo hasta el final (puesto que la última escena, esa en la que Érik se quita los vaqueros, promete solventar todas las lagunas argumentales hasta el momento), busco el cepillo de dientes en mi neceser y realizo una escapada al cuarto de baño. No es que no quiera ver a Érik en calzoncillos. En serio, pocas cosas en la vida me apetecen más que eso ahora mismo. Sin embargo, hay algo en la parte baja de mi cuerpo que me recomienda abstenerme, por mucho que insista en preguntarme si tendrá el culo tan perfecto como los pectorales.

O el pito.

Y me sorprende que ni siquiera en mi pensamiento pueda concebir la palabra «polla». Pero es que odio esa palabra. Aunque creo que me gustaría si la oyera en boca de Érik. Y ahora no puedo pensar en nada que no sea él susurrándomela al oído.

«Polla».

Se acabó, Bruno. En serio. ¿Qué vas a ganar con esto?

Sufrimiento.

Sí, eso es lo que vas a ganar. Sufrimiento.

Me concentro en el sabor de la pasta de dientes y en la sensación del cepillo en mi boca. El pecho me arde y el corazón me late fuerte e irregular. Me siento tan mal que concibo la idea de desabrocharme los vaqueros y ocuparme de cierto asunto.

Algo así es impensable. Por muchos motivos.

Cuando vuelvo al dormitorio, Érik ya ha terminado de vestirse para la ocasión. Yo busco mi pijama en la maleta y me lo pongo en la misma habitación. No me pasa desapercibido el hecho de que Érik aparte la mirada. La verdad es que nunca he sido muy pudoroso. Me crie en una familia en la que vernos los genitales a la entrada o la salida de la ducha era parte del día a día. Al fin y al cabo, todos tenemos lo mismo ahí abajo, y tampoco es que los calzoncillos revelen demasiado; incluso si es un calzoncillo ajustado como el que llevo yo ahora. Eso sí, soy lo bastante precavido como para ponerme de espaldas a Érik, pues no queremos revelarle algún retazo de la erección que acaba de asomarme hace un rato, por mucho que ahora esté más tranquilo.

—¿Quieres que hagamos algo? —me pregunta.

Tardo unos segundos en comprender lo que intenta decirme. Claro, no son ni las once e igual es un poco pronto para meternos en la cama y dar el día por concluido. En realidad, yo apenas he dormido nada esta noche por la ansiedad que me provocaba este viaje. Y, mirándolo a él, tengo la sensación de que lo único que ansía es meterse en la cama y olvidar lo que acaba de ocurrir.

—¿Y tú? ¿Quieres hacer algo? —pregunto.

Él se encoge de hombros.

—Entonces, a dormir —concluyo.

Por un instante, me planteo qué hacer con la mascarilla. ¿Debería ponérmela? Me visualizo a mí mismo en esa cama individual, tan cerca de Érik que sería un milagro que no nos rozáramos las espaldas. Incluso si nuestros labios apuntan en direcciones opuestas, me pesa el pecho cada vez que pienso en su respiración inundando el dormitorio. Y no soy capaz de oponerme al impulso.

Me pongo la mascarilla.

Creo que es decepción lo que acabo de atisbar en el rostro de Érik.

Y llega el momento.

Supongo que toca meterse en la cama. Aun así, ninguno de los dos da el paso. Vale que no es la primera vez que compartimos sábanas, pero sí es la primera que la cama es *tan* pequeña, y ya sufrí una vez en mis carnes lo *mucho* que se mueve Érik mientras duerme. Tampoco lo había visto antes con esa camiseta tan ajustada. No dejo de pensar en sus puñeteros pectorales acariciándome la cara. En serio, ¿por qué tengo tantas ganas de que sus pectorales me aplasten la cara? ¿Acabo de descubrir un fetiche que no sabía que tenía? ¿O es esto normal cuando el chico que te gusta tiene los mejores pectorales del mundo?

Decidimos (aunque más bien es una imposición por mi parte) que Érik duerma pegado a la pared. No me gusta la idea de quedar atrapado entre Érik y un muro. Necesito contar con una vía de escape. Necesito mantener el control. El poco que haya.

Érik no me quita ojo mientras yo me acomodo a su lado. Después, como si ya se hubiera asegurado de que voy a estar bien, se da la vuelta y me da la espalda. Yo observo una última vez sus escápulas, bien marcadas bajo la camiseta, antes de girarme hacia el lado contrario.

Bueno, ahora que lo pienso, igual lo que veo son los músculos y no las escápulas.

Al dejar caer la cara sobre la almohada, me doy cuenta de que no huele a detergente o a suavizante, sino que desprende ese olor característico de cuando dejas algo guardado en un cajón durante meses. Puede que años. Los dedos me tiemblan un poco más abajo, mientras me obligo a cerrar los ojos y a inspirar hondo antes de que mi respiración termine de irse a la mierda. Intento no pensar; porque podría pensar en muchas cosas. Por ejemplo, en pequeños insectos que se alimentan de la madera del armario, que viven en las sábanas y, a partir de hoy, también en cada poro de mi piel. En arañas que han puesto huevos en este trozo de tela bien doblada, en esa oscuridad que yace entre los rincones y que jamás ve la luz del sol. Pienso en la humedad y en manchas amarillas que se adhieren a mi cuerpo. Pienso en picores que no se van por mucho que frotes y te rasques.

Pienso en romper a llorar.

Pero Érik se me adelanta.

Y no puedo decir que me sorprenda.

—¿Érik?

No responde.

Giro la cabeza por encima del hombro. Acabo dándome la vuelta para tenerlo de frente; su espalda, más bien. Ya no me importa el movimiento de sus escápulas o de lo que sea. Ahora solo me importa él.

—¿Qué pasa? —le digo.

Vale, sí, supongo que la pregunta es absurda. Porque ya sé lo que ocurre. Imagino que habrá que empezar por algún sitio.

Es difícil hacerlo, eso sí, cuando Érik no deja de llorar.

Estoy a punto de alcanzarlo con la mano cuando oigo su voz.

—¿Te acuerdas de cuando fuimos a casa de Yasmina? —La pregunta me desconcierta, pero asiento con rapidez—. ¿Recuerdas aquella habitación que nos enseñó?

—Sí —pronuncio, sin entender qué tiene que ver esto con el presente.

—Hace unos días recordé lo que vi allí dentro.

El escalofrío es inmediato.

—¿La... energía? —Contengo el impulso de decir «fantasma».

Érik niega con la cabeza y el sonido de su mejilla deslizándose sobre la almohada acapara todos mis sentidos.

—No. Había algo extraño allí, sí, pero no fue eso lo que vi. Quiero decir, no fue lo único que vi.

—Entonces, ¿qué viste?

—Un osito de peluche.

—¿Cómo? —Creo que cada vez estoy más desconcertado.

—Vi un osito de peluche encima de un escritorio. Un osito que me recordó mucho a uno que yo tenía de pequeño. Es un símbolo, Bruno.

—¿El oso?

Érik asiente.

—Me recordó a cuando era pequeño. Cuando no tenía que demostrar nada, cuando no vivía a la sombra de nadie. Me bastaba con ser yo. Nadie esperaba nada de mí. No tenía que ser otra persona. Me querían por ser quien era.

Tardo un par de segundos en asimilarlo todo. Otro par en asegurarme de que sigue llorando. Solo tres más en acurrucarme a su espalda y abrazarlo con cuidado. Su pecho sube y baja sobre mis manos. Está caliente. Muy caliente.

—No quiero estar aquí, Bruno —me susurra, la voz rota.

—¿Dónde?

—En esta casa. Me duele estar aquí.

—Mañana nos vamos.

—Siento haberte traído. No tenías que haber venido. Estarás pasándolo mal.

—Me alegro de haber venido —sentencio, apretándolo con más fuerza, si cabe—. Deja de llorar, anda —le susurro, y lo acaricio con los dedos.

No lo hace. No se detiene. Y cuando pasan dos y tres minutos, y quién sabe si alguno más, yo ya no sé qué más hacer para que se calme.

Solo me queda una opción.

—Mírame.

Érik no se mueve.

—Mírame, Érik.

Su llanto se apaga durante un instante, lo suficiente para darse la vuelta y contemplar mis ojos. Él los tiene rojos; las pecas, ahogadas entre las lágrimas derramadas sobre su rostro. Con cuidado, le sostengo la cara para que no pueda apartar la mirada. Se me nubla la vista, pero intento no pensar en nada; porque, de nuevo, habría mucho en lo que pensar. Con una mano, me quito la mascarilla y la dejo sobre la mesita de noche, antes de volver a posarla en su mejilla.

—¿Sigues queriendo que te bese? —La voz me tiembla al hablar; no por vergüenza, sino por las consecuencias que mis actos puedan acarrear.

Los ojos de Érik se ensanchan.

Tal vez sea el peor momento para hacer esto, pero es la única forma que tengo de hacerle ver que estoy con él al cien por cien, que yo ansío y deseo lo mismo que él busca. Que siempre lo he querido, aunque no me haya armado de valor para hacerlo hasta ahora. Su rostro se enciende con el rubor y su cabeza asiente muy despacio.

Ya no hay vuelta atrás.

Me acerco a sus labios y los beso. Los muerdo. Llevo demasiado tiempo queriendo (y evitando) hacer esto y ahora no es fácil contenerse. Lo atraigo hacia mí y siento su cuerpo contra el mío, mientras su respiración muere en el intercambio de nuestras pieles, mientras su notoria inexperiencia me endulza el paladar. Nos separamos porque necesito aire, pero lo mantengo abrazado con fuerza, no solo porque quiero sentir cada músculo de su cuerpo, sino porque separarme de él implicaría afrontar la ansiedad y la oscuridad que acechan a mi alrededor. Él me abraza incluso con más fuerza, con cierta desesperación. Y sus sollozos vuelven. Aunque creo que ahora llora por otro motivo.

—Eres un llorón —le susurro, con tanta ternura que siento que me duele en el alma.

Él ríe con suavidad, dejando que su aliento se derrame sobre mi cuello. Y, ahora mismo, no quiero lavarme. Quiero que su respiración se vierta una y otra vez sobre mí. Aunque solo sea por unos instantes.

—Eres un llorón —repito—. Pero eres *mi* llorón.

Capítulo 44

BRUNO

Odio tener que ir al baño en mitad de la noche.

A veces, sin embargo, no queda más remedio. Tras acabar, me lavo bien las manos en la oscuridad, pues me niego a pulsar los interruptores de las casas ajenas una vez las tengo limpias. De vuelta en la cama, a la luz de la lamparita que hemos dejado encendida, compruebo que Érik continúa dormido, con esa camiseta que se ajusta tan bien a su cuerpo. Me fijo en su pelo rubio y salvaje y en su sonora respiración antes de meterme en la cama. Intento dormir, pero no soy capaz. Sus pectorales me absorben.

Joder.

Tiene un torso que ya lo quisiera yo para mí. He de hacer esfuerzos sobrehumanos por contenerme, porque noto el constante picor de unas manos que ansían ir en busca de sus músculos. En uno de esos intentos reprimidos por alargar el brazo, una voz desafiante me remueve por dentro.

—¿Qué haces, tonto?

Érik me observa con picardía, con suficiencia. Sus ojos bastan para que me recorra un cosquilleo que es a la vez sofocante y placentero. No tengo tiempo de reaccionar. Su mano toma la mía y me lleva hasta sus pectorales. La otra mano ya se ha ocupado de subirse la camiseta, de forma que la piel y los músculos se muestren al mundo. No contengo el deseo de apretarle uno de los pectorales; su pecho se abulta entre mis dedos. Y no es lo único que se abulta, desde luego. Sigo sin poder contenerme, así que acerco la cara y me meto su pezón en la boca. Lo saboreo. También el gruñido de placer que acaba de soltar Érik. Entonces sus manos me guían un poco más abajo, despacio, desde su pecho hasta su abdomen, por su cintura, por su ingle..., hasta que llego a la entrepierna, oculta por un calzoncillo ajustado, y aprieto el bulto que asoma. Érik suelta otro gemido. Su expresión de picardía alberga ahora un matiz de placer que me hace vibrar por dentro.

El impulso en mi partes íntimas es instantáneo.

Lo siguiente que veo es a Érik colocándose encima de mí y echando mano de mi entrepierna. La mueve como le viene en gana, en movimientos amplios y rotundos.

«Estoy sucio», pienso. Tengo que lavarme las manos. Tengo que darme una ducha. He tocado algo que no debía tocar; algo que no suele estar limpio. A menos que se lave a conciencia. Tengo que desinfectarme las manos.

Pero no puedo moverme. Estoy paralizado y no dejo de gemir por el vaivén que mece mi entrepierna. Érik se acerca a mi rostro y me entierra la cara en sus pectorales. Se me pasa por la cabeza que no estaría mal morir asfixiado por ellos. Aprovecho para lamérselos y hasta los muerdo con cuidado. Él gime, aunque yo lo hago más fuerte. Hasta que ya no puedo más.

Entonces escucho una carcajada.

Érik ha desaparecido. Todo lo que queda es una figura que me observa junto a la ventana de mi piso. Sí, el mío. Durante un instante, reconozco su rostro.

Sé quién es. Pero se va. Se va de la memoria y de todas partes; y ya es imposible adivinarlo.

Hasta que me llegan al oído unas palabras que percibo con total claridad.

«¿Cuándo piensas decírselo?».

Despierto con el corazón agitado.

Érik me observa desde la otra esquina de la habitación. Parece que estaba rebuscando en los cajones. Me pregunto cómo habrá conseguido salir de la cama sin despertarme.

—Buenos días —me saluda.

Yo me limito a soltar un gruñido.

Me percato de que Érik no deja de sonreír. Es una sonrisa en la que cabe una flota de aviones entera. ¿Qué le pasa? ¿Por fin ha conseguido robarme el riñón que tanto anhelaba? ¿Me ha vendido como esclavo sexual a una mafia del este? ¿O acaso habrá descubierto que soy un capullo integral cuando acabo de levantarme y la mente no me funciona bien hasta que pasa un rato o me tomo mi primer café?

—Oye, quería preguntarte una cosa —me suelta de repente, sin anestesia ni nada.

—Si es algo profundo, mejor espera un poco —le advierto—. No se puede mantener una conversación *coherwnte* —la palabra me pilla en mitad de un bostezo— conmigo recién levantado.

Érik sonríe. Como si estuviera en un paraíso. Vale, sí, yo también podría estar disfrutando de haberme lanzado a dar por fin el paso anoche. El problema es que estoy demasiado ocupado recordando el sueño que acabo de tener. El final, en realidad. Y pensando en cómo será mi vida si sigo adelante con Érik de esta forma. Porque, después de lo que pasó ayer, no podemos volver atrás.

No *quiero* volver atrás.

Al mover los pies sobre la cama, noto una sensación gélida y húmeda en la entrepierna. Un escalofrío me recorre de inmediato. Se me corta la respiración. Lo que encuentro al levantar las sábanas es peor aún que la congestión de todos mis sueños y pesadillas. Me quedo paralizado. Me tiembla el cuerpo, aun sin desplazarse un ápice de su eje. Ni siquiera sé cómo es eso posible. Vuelvo a taparme con las sábanas y desconozco si eso mejora o empeora la situación. Estoy a punto de llevarme las manos a la cara, hasta que pienso en dónde habrán estado mis dedos durante la noche, en si habrán tocado lo que hay ahí abajo, y las dejo flotando en el aire, sin saber dónde colocarlas. No dejan de molestarme; las siento incómodas. ¿Qué hago con ellas?

—¿Qué pasa? —pregunta Érik.

Mierda.

¿Tengo que decírselo?

Tengo que decírselo. He dormido en su cama. Con él. No puedo callármelo.

Pero como tampoco puedo hablar, me limito a enseñárselo. Levanto las mantas de nuevo. Érik se acerca y se descojona ante la imagen; también se pone tan rojo que parece que vaya a explotar.

—Hostia —suelta, sin dejar de partirse de risa—. No me jodas.

—A mí no me hace gracia.

Pero se ve que a él se la suda lo que yo piense.

Separo un poco las piernas y chasqueo la lengua al comprobar las sábanas.

—Joder —murmuro.

—¿Qué?

—He manchado la cama.

Érik sigue a lo suyo, carcajada tras carcajada.

—No me hace gracia —insisto.

—Da igual, tío. ¿Sabes cuántas veces me ha pasado a mí?

—A mí no me da igual, Érik. Esto es... —Intento llevarme las manos a la cara de nuevo, pero consigo detenerme a tiempo. Lo que no se detiene es el temblor en la mandíbula y la humedad en mis ojos—. Estoy sucio, Érik. No sé qué hacer con esto.

Por fin, Érik comprende la gravedad de la situación. Sus cejas se curvan en una disculpa y se sienta a mi lado.

—Eh, eh —dice, colocando la mano en mi rodilla y retirándola después. Imagino que es por mí, no porque le dé asco palpar mis fluidos corporales. De todas formas, no están en la rodilla—. Tranqui, Brunito. Te das una ducha y ya está.

—No, no está —gruño, dejando que el llanto mordisquee mi voz mientras una parte de mí se deleita porque ha vuelto a llamarme «Brunito».

—Que sí, tonto. Me ducho contigo, si quieres.

—Deja de apropiarte de mi palabra.

—¿Qué?

—Tonto.

Tarda un poco en entenderlo. Luego sonríe.

—Vamos a la ducha, anda —me anima.

—No. No puedo ducharme contigo.

«No estoy preparado para eso», me gustaría decir. No me sale la voz. No sé si Érik comprende lo que ocurre o no; sea como fuere, termina asintiendo con la cabeza. No parece molesto. Aun así, yo no me muevo. Sigo temblando, por dentro y por fuera. No dejo de contemplar la mancha que tengo en los pantalones del pijama. Es horrible. Hacía tiempo que no me ocurría. Siempre es una verdadera agonía. Desde que vivo solo, al menos, no ha sido tan grave. He podido mantenerlo bajo control, sin tener que dar explicaciones sobre esto o lo otro. Sin embargo, aquí, en casa de Érik, sin tener acceso a mi ducha, sin tenerlo todo bajo control...

—He manchado las sábanas —insisto.

Érik se ríe.

—Bruno, da igual —dice, y parece que su sonrisa vaya a tragarme—. Le diré a mi madre que he sido yo.

—¿Ahora resulta que le cuentas a tu madre que te corres en la cama?

Vuelve a estar rojo como un tomate.

—No, joder —gruñe—. Pero, por ti, lo haré.

Me figuro que estoy demasiado agobiado como para alcanzar a comprender las palabras tan bonitas que acaba de dedicarme. En su lugar, salgo por la tangente:

—En el fondo, esto es culpa tuya.

—¿Qué? ¿Por qué? —pregunta, perdido.

—¿Tú qué crees?

No cree nada. Es lo que me dice su expresión de total desconcierto.

—He soñado contigo —confieso.

Sus mejillas pasan del rojo intenso al rojo todavía más intenso. Y su sonrisa es tan adorable que la devoraría a mordiscos.

—¿En serio? —dice.

—Sí. Contigo y con tus pectorales.

—¿Con mis pectorales?

—He soñado que te los agarraba, y te los lamía y te los mordía. Y tú me los ponías en la cara.

No me importa que sepa cuánto adoro sus pectorales. Además, supongo que así sabrá utilizarlos a su favor. Hay que ir sentando las bases.

Guardamos silencio hasta que yo bajo la mirada. A un punto muy concreto, en realidad.

—Te has empalmado —señalo.

—¡Joder! —gruñe, sacudiendo las piernas—. ¡Qué coño quieres que haga!

Que me entierres la cara en tus pectorales.

O sea, es lo que piensa la parte más impulsiva de

mí, pero no es algo que vaya a pasar. Y empiezo a dudar sobre si es sana esta obsesión con los pectorales de mi...

¿Novio? ¿Ahora Érik es mi novio?

No hay tiempo para dar con la respuesta, pues la sonrisa de Érik me provoca una extraña descarga en el estómago. No es igual que su sonrisa lasciva del sueño, pero se le parece un poco. Creo que Érik, el de verdad, sería incapaz de alcanzar esos niveles de lujuria. Es demasiado... ¿bonito? ¿Es esa la palabra? No lo sé.

En cuestión de segundos, se ha quitado la camiseta y la ha tirado sobre el edredón. Lo primero que pienso es que debe de tener frío. Lo segundo que pienso es que definitivamente tiene frío, porque le estoy viendo los pezones y son más ladrillo que carne. Lo tercero no hace falta que lo mencione, aunque ya adelanto que no tiene nada que ver con el frío.

—¿Qué haces? —pregunto, aparentando ignorancia. Su sonrisa se ensancha y se afila en uno de los extremos.

—¿No quieres tocarlos?

Con esa sonrisa que tiene, mitad ladina y mitad ingenua, y ese rubor que le colorea las mejillas, no sé si quiero comérmelo a besos o abrazarlo hasta asfixiarlo.

—No —repongo.

—¿Por qué?

—¿Tú has visto lo que tengo aquí abajo? —le recuerdo, señalando mi entrepierna, todavía húmeda—. No debería tocar ni tus pectorales ni nada.

Érik se echa a reír.

—Me da igual, Bruno.

—¿Qué?

—Que me da igual eso. Puedes tocarme si quieres. Supongo que tarde o temprano acabaremos...

Le hago un gesto con las palmas de las manos para que se detenga.

No, gracias. No me apetece hablar sobre las consecuencias físicas de mantener relaciones sexuales o sobre dónde pueden acabar los fluidos corporales de cada uno.

Érik se pone de pie y vuelve a sentarse un poco más cerca.

—Joder, Érik —expreso, encogiendo las piernas—, vas a acabar restregándolo por todos sitios.

Y vuelve a reír. Ojalá pudiera tomármelo con tanta calma como él.

—Que me da igual, Brunito.

—¿Qué querías decirme? —atajo, para cambiar de tema.

—¿Qué?

—Antes, cuando me he despertado, me has dicho que querías decirme o preguntarme algo.

—Ah, sí.

Sus manos se encogen sobre el regazo y, de pronto, es como estar ante un crío ruborizado.

—Lo de ayer... ¿lo mantienes? —se atreve a pronunciar—. O sea, no lo hiciste solo porque estaba triste y querías consolarme, ¿no?

¿En serio?

¿De verdad vas a preguntarme esto, Érik?

Bueno, supongo que es normal que dude. Al fin y al cabo, he pasado de huir de su casa ante la mención de un beso a besarlo yo en el lapso de... ¿una semana? Imagino que, en su caso, yo tampoco lo tendría claro.

Armándome de valor, alargo el brazo hasta Érik. Hasta su pectoral derecho, en concreto. Una vez allí, dejo que mi mano lo palpe con suavidad, que se deslice, durante solo un instante, por uno de sus pezones, ese que aún se siente erecto por el frío. O porque le gusto; quién sabe. Es casi como yo me lo imaginaba.

Pero mejor. La versión del sueño no tiene nada que envidiarle.

—¿Responde esto a tu pregunta?

—Eso creo —dice.

Y los dos rompemos a reír al unísono.

Al escucharlo a él, me pregunto si alguna vez he llegado a concebir una vida sin dejar que ese sonido forme parte de ella. De haberlo hecho, ¿cómo he podido ser tan capullo?

—Voy a ducharme —anuncio.

—Vale.

Antes de meterme en el cuarto de baño, sin embargo, lo beso en los labios.

Supongo que todo iba bien hasta este momento, hasta que me encierro en este espacio claustrofóbico y ajeno a mi rutina, con toda la oscuridad, la ansiedad y el recuerdo permanente de todo ello plasmado ahora en mi entrepierna.

Noto cómo mi cuerpo va cediendo poco a poco al abismo.

Y, por encima de todo, como una nota disonante en un concierto que nadie querría oír, recuerdo la voz que escuché en el sueño:

«¿Cuándo piensas decírselo?».

Capítulo 45

ÉRIK

No puedo dejar de sonreír.

Tengo en el pecho esta sensación extraña, de mariposas, y esa emoción intensa e insólita que me produce ganas de gritar o de llorar o de yo qué sé qué. No sé cómo sacármela del cuerpo. Me da que la única forma de hacerlo es entrando en el cuarto de baño, abrazando y besando a Bruno hasta que me muera de hambre o de *murimiento*. Sé que no puedo hacerlo, así que esperaré aquí, sentado en la cama, hasta que vuelva. Paso la palma de la mano por la colcha y me da por mirar de nuevo debajo. La verdad es que el cabrón ha hecho un buen estropicio esta noche. Joder, ¿cuánto tiempo hacía que no se masturbaba? En serio, ya sé que no todo el mundo puede ser tan constante y diligente como yo, pero, vamos, hombre, un poco de consideración con las partes bajas. ¿Es que nadie piensa nunca en las partes bajas? ¡También tienen sentimientos!

—Érik.

La voz me hace rozar el infarto.

—Joder, qué susto.

—¿Puedo pasar? —pregunta mi madre.

—Sí —asiento, y tardo casi diez segundos en recordar que no he hablado con ella desde el percance de ayer.

Está a punto de sentarse sobre la cama (en concreto, sobre *esa parte* de la cama), así que me pongo de pie, la intercepto y la detengo de inmediato.

—No te sientes ahí —le advierto, y noto las palabras espesas en mi garganta.

Ella frunce el ceño a modo de pregunta.

Pensé que esto iba a ser más fácil, pero la sola idea de tener que contarle a mi madre lo que ha pasado me pone la cara tan roja que, si alguna vez el mundo se quedara sin estufas, podrían contratarme a mí como fuente de calor.

—Hemos tenido un accidente —balbuceo.

Al verle la cara, me entra todo el pánico del mundo. Porque no sé qué cojones se le habrá pasado por la cabeza que hemos podido hacer Bruno y yo en este colchón.

—He tenido un... —Dios, no puedo creer que esté hablándole de esto a mi madre—. He tenido un sueño húmedo, mamá.

¡Tierra, por favor, trágame! Pero ¡hazlo rápido o tendré que ir yo mismo a por la pala! O, en este caso, tendría que ser el martillo neumático, porque estamos hablando de mármol, no de tierra.

No sé qué acabará pensando mi madre, aunque, la verdad, me la suda. Cambia de tema y eso es más que suficiente para mí.

—Quería hablar contigo sobre lo de anoche —empieza.

Vale, espera, ¿estoy a tiempo de arrepentirme? ¿Podemos volver a hablar sobre correrse en la cama? Porque me parece un tema mucho más agradable. Mamá, ¿te he hablado de aquella vez en la que me corrí en la cama? Pues era mentira, solo estaba encubriendo a Bruno. ¿Te he dicho que ahora igual somos novios y todo? Hablemos de eso.

—No sabía que te sintieras así —dice, con una voz

grave y solemne. Una voz que no parece acorde al lugar en el que nos encontramos. Y me hace sentir extraño.

—¿Así, cómo?

Ella se encoge de hombros y gira las palmas hacia arriba.

—Poco valorado.

Ahora soy yo el que se encoge de hombros. Y supongo que ese gesto no hace justicia al dolor tan profundo que siento en el pecho.

—Ayer, cuando nos pediste que dijéramos una cosa buena sobre ti...

—Da igual, mamá —la interrumpo—. No pensaba bien lo que...

—No da igual —me corta ella, firme. No tarda en añadir, con más suavidad—: No da igual, Érik. Nunca... —Su voz amenaza con romperse y su mano me busca para acariciarme el brazo por encima de la camiseta, que he vuelto a ponerme después de lo de Bruno—. Nunca ha sido mi intención ni la de papá hacerte sentir así. Pero supongo que lo hemos hecho, ¿no?

Todo lo que me sale es componer una mueca extraña con la cara. ¿Qué espera que responda a eso?

—Podría decir muchas cosas buenas sobre ti. Lo sabes, ¿no?

—Mamá, en serio, no hace falta que...

—Eres bueno, Érik. —Su voz me produce un pinchazo en el abdomen—. Creo que siempre te has preocupado por los demás más que por ti mismo. Cuando eras más pequeño, cada vez que yo lloraba, te acurrucabas a mi lado en la cama o en el sofá. Cada vez que veías a tu padre agobiado o triste, pasabas el rato con él y le contabas tonterías.

Quiero decirle que pare, pero no puedo.

—Eres divertido. Siempre tienes una ocurrencia

absurda que nos hace reír a todos. —No puedo evitar sonreír al oírlo; en parte, porque también Bruno dijo algo similar ayer—. Y eres fuerte. —Llegados a este punto, su voz se quiebra sin retorno—. Eres fuerte porque has tenido que salir adelante sin sentir nuestro apoyo.

Mis lágrimas se desbordan al ver las suyas.

—Mamá, no...

No sé qué decir. Ni siquiera sé si puedo decir algo.

Mi madre me abraza y yo lo siento como si protagonizáramos un vídeo que aún no se ha producido. Fotograma a fotograma. En el primero estamos separados; en el segundo, juntos. Y sus brazos me aprietan tanto que me siento extraño.

—Tu padre y yo estamos muy orgullosos de ti, Érik —balbucea mi madre, entre sollozos—. Perdónanos si no hemos sabido transmitírtelo. Porque no te cambiaríamos por nada del mundo.

—¿Aunque no sea un abogado de éxito como Pedro? —bromeo, a duras penas.

Siento la risa de mi madre como una respiración. Cuando nos separamos, me seca las lágrimas de la cara con los dedos.

—Es verdad que tenerte viviendo fuera y estudiando una carrera genera gastos importantes —dice—, pero lo que verdaderamente nos preocupa eres tú, Érik. Queremos que tengas un buen futuro, que puedas vivir bien y haciendo algo que te guste de verdad. No queremos que te pases años en una carrera que no te satisface.

Al asentir con la cabeza, siento que soy un títere manejado por una fuerza que poco tiene de mía.

—La verdad es que ahora mismo no sé qué quiero, mamá —confieso, la mirada enterrada en el suelo—. No tengo ni idea. Estoy hecho un lío. Sé que la carrera no me llena, pero... no tengo clara cuál puede ser la alternativa. Y cuando pienso en esto, me agobio, porque hay... *tantas* opciones y yo lo tengo *tan poco* claro que... No sé. No sé, mamá.

Mi madre me cubre las mejillas con las manos y me acaricia los pómulos con el pulgar. Su gesto emana tanta calidez que no me queda otra que sonreír, aunque presa de cierta amargura.

—Tienes tiempo para pensarlo —me asegura.

—Sí, pero ¿y si no se me ocurre nada? ¿Qué voy a hacer entonces? —La ansiedad que guardo dentro hace que empiece a escupir las palabras como un accidente de tráfico—. Pedro lo tuvo claro desde el principio. Bruno, por ejemplo —señalo hacia el cuarto de baño—, tiene veintidós años y ya lo tienes ahí currando. Y yo, mientras tanto, ni siquiera sé lo que hago con mi vida.

—Todo el mundo no es igual —me recuerda mi madre—. No todo el mundo tiene la suerte de verlo tan claro. Acabarás encontrando lo que te gusta. Y, si no, papá y yo te ayudaremos a buscarlo, ¿vale?

Asiento con la cabeza.

Los ojos se me colman de lágrimas, pero también el pecho se llena: de un alivio que llevaba años esperando. Y me pregunto cómo hemos tardado tanto. Por qué no me he desnudado antes de la forma en que lo he hecho ahora.

—Te quiero —me susurra mi madre, antes de abrazarme de nuevo.

—Yo también os quiero. A ti, a papá y a Pedro.

Capítulo 46

ÉRIK

El resto de la mañana es completamente distinto, como si estuviéramos en una serie y este fuera el inicio de una nueva temporada. Estoy más contento de lo que he estado en mucho tiempo. Eufórico, incluso. Me dedico a gritar y a levantar la voz cada vez que puedo porque no soy capaz de mantenerla dentro de mí. Nuestro tren sale a las dos de la tarde, así que no nos da tiempo a hacer mucho. Mi madre nos prepara unos bocadillos para que nos los comamos en el viaje de vuelta y después dedica unos minutos a enseñarle a Bruno un álbum de fotos antiguas. Él disfruta burlándose de mi bañador de patitos y de la cara de malote que insiste en que ya tenía de niño. Aunque también dice que era adorable, así que puedo soportarlo. Espero seguir siendo adorable para él ahora. Bueno, no sé si es mejor ser adorable o sexi. ¿Un poco de ambas, va?

De vez en cuando, se me pasa por la cabeza decirles a mis padres y a mi hermano que me gustan los... No, que soy gay. Encuentro momentos aquí y allá, pero siempre tardo demasiado en soltar la bomba y acabo perdiendo la oportunidad. Aun así, no dejo que eso empañe lo bueno del día. Estoy saliendo con Bruno (creo) y me he quitado un enorme peso de encima con mi madre. Eso es más que suficiente. Ya llegará el momento de confesarles lo otro.

—Creo que deberíamos ir yéndonos —anuncia Pedro, que va a llevarnos en coche a la estación.

—¿Te quieres llevar alguna, Bruno? —pregunta mi madre.

Le está ofreciendo fotos del álbum, sí. Flipo un poco.

Él sonríe. Aunque lleva la mascarilla puesta, ya me conozco sus ojos como si los hubiese parido por el culo.

—No, qué va. No quiero estropear el álbum —dice—. Aunque me puedes mandar alguna por WhatsApp, si quieres.

—Vale —responde mi madre, emocionada.

Al ser testigo de esta escena, siento algo extraño. Como si mi madre no estuviera hablando con un simple amigo mío, sino con... algo más que eso. Tal vez sean imaginaciones mías; sea como fuere, aprovecho la oportunidad para soltarlo.

O sea, lo intento, pero no me sale.

Voy a contar hasta tres.

Uno.

Dos.

Dos y medio...

Joder, ¡se me va a pasar otra vez la oportunidad! ¡Tengo que soltarlo ya!

—Os tengo que contar una cosa.

Una sensación fría me recorre al hablar. Toda mi familia, aquí presente, se me queda mirando con fijeza. También Bruno. Aunque yo apenas puedo verlos; mi retina apunta hacia dentro, en lugar de hacia fuera. Hacia lo que guardo en el pecho. O en el cerebro. O donde sea que se escondan los pensamientos.

Vale, ya no hay vuelta atrás. Y me está costando articular las palabras, por no decir que no hay huevos de echarlas fuera.

Venga.

Voy a decirlo.

¡Ya!

¿Por qué es tan difícil?

Siento que se ha desatado un terremoto en mi estómago y tengo tanto frío que no me extrañaría que hubiésemos vuelto a la etapa más intensa del invierno. Me froto los brazos con las manos mientras los dientes me rechinan.

—Me gustan los... —Me detengo. Recuerdo por enésima vez las palabras de Bruno—. Soy gay.

Mi familia no deja de mirarme. Bruno no deja de mirarme. Nadie dice nada, eso sí. Todo es silencio y silencio y silencio.

Y más silencio.

Estoy como en otra realidad. A partir de ahora, pase lo que pase, no podré volver a la que ya tenía. Las consecuencias, sean las que sean, se convertirán en una constante de aquí en adelante.

—¿No decís nada? —acierto a pronunciar.

Es mi madre la que se atreve a hablar primero.

—Sí, perdona. Es que ya nos lo imaginábamos.

Frunzo el ceño.

—¿Cómo?

—Era evidente, Érik —suelta mi padre, con tono casual—. Te ponías colorado al hablar de tíos guapos. Y siempre decías que te gustaban las mismas dos mujeres. Era sospechosa esa falta de variedad.

—Por no decir que solo hablabas de los pechos —añade Pedro, a caballo entre la jovialidad y la carcajada—. Todo el día que si los pechos esto o lo otro. El físico de las mujeres va más allá de las tetas, ¿sabes? Ojos, labios, curvas, muslos... No sé, cantaba mucho.

—¿Y te acuerdas —interviene mi madre, apoyando la palma en el hombro de mi hermano— de aquella vez que fuimos a la playa, que se pasó todo el santo día mirando a aquel chaval con pinta de surfero que teníamos al lado?

Mi padre y Pedro se echan a reír.

—Sí, total —suelta mi hermano—. Yo creo que fue ahí cuando lo tuve claro.

No me lo puedo creer. ¿Esto va en serio? Lo saben desde hace... ¿cuánto? Joder, me siento hasta ofendido.

—Si lo sabíais, ¿por qué no habéis dicho nada hasta ahora? —gruño.

—No estábamos seguros al cien por cien —explica mi madre.

—De todas formas, intentamos hablarlo contigo alguna vez —advierte Pedro—. Pero no captabas nuestras indirectas. O no querías captarlas.

Me limito a gruñir como respuesta.

Vale, sí, puede que siempre haya estado un poco a la defensiva con esto, en guardia constante, tratando de ocultarlo. Imagino que cualquier intento de que me abriera habría acabado en la basura. Y me acuerdo de aquel surfero de la playa. ¡Joder que si me acuerdo!

Me tomo un momento para mirar a Bruno, que sigue de pie, junto al sofá. A juzgar por sus ojos, no sé si está flipándolo o viviendo el momento más desternillante de toda su puta vida.

Entonces, mi madre hace *la* pregunta:

—¿Bruno y tú sois...?

Nos señala por turnos y, al observar a Bruno, atisbo cierta culpabilidad en el rostro de ella, como si se estuviera metiendo donde no la llaman.

—Sí —respondo, antes de que el momento se vuelva más incómodo de lo que ya me parece—. Bueno, espera, ¿somos novios? —me apresuro a contrastar. A ver, que igual me he adelantado. No lo hemos hablado. Pero supongo que lo somos, ¿no?

Bruno sonríe y asiente. Vale. O sea, que sí somos novios. Me quito un peso de encima.

¡Ole!

Los labios de mi madre se curvan en una sonrisa que reserva para los momentos más emotivos de su vida y, al verle los ojos, los míos se humedecen. Sus manos intentan alcanzar el brazo de Bruno; igual se acuerda, en el último momento, de que a él no le va eso del contacto físico. Y retrocede. Mi madre siempre ha sido muy de tocar. No puede evitarlo.

—Me alegro un montón —dice, casi susurrando—. Se nota que os queréis mucho.

Al escucharla, lo que solo era una humedad se concreta en un par de lágrimas que se deslizan mejillas abajo. Bruno y yo nos miramos y nos sonreímos. Antes de que yo pueda decidir si él querrá tocarme o abrazarme después de haberse duchado, viene hacia mí y me acoge entre sus brazos.

Y yo a él, entre los míos.

Capítulo 47

ÉRIK

El viaje de vuelta en tren no podría parecerse menos al de ida. Si el de ayer lo afrontaba con una congoja insalvable, el de hoy es luz. Una luz tan intensa que acapara toda mi atención y oscurece aquello que no importa, apartándolo de mi vista. Bruno se ha sentado a mi lado, en lugar de frente a mí. Ha vuelto a poner una toalla en el respaldo del asiento, aunque no es la toalla verde de la otra vez, sino una distinta, del mismo color y distinto tono. Se ve que iba en serio cuando decía que el verde era su color favorito. Y, a pesar de eso, no suele vestir de verde. Su chaqueta, por ejemplo, esa que tiene los botones de trenca y que solo le llega hasta la cintura, es marrón. En cuanto al resto de su ropa..., bueno, a quién quiero engañar, nunca me fijo en la ropa que lleva la gente. Bruno ha podido estar envuelto en camisetas y sudaderas y pantalones de color verde y yo en la vida me habría fijado. De hecho, me tomo un momento para mirarle el cuello de la camiseta, que asoma por debajo de la sudadera. No, no es verde.

—¿Qué haces? —me pregunta, entre curioso y divertido.

—Nada. Oye, ¿vas a comerte el bocata?

Muy despacio, sus ojos desfilan hacia la ventana.

No, no va a comérselo. Ya me lo imaginaba. Primero, dudo que a Bruno le entusiasme meterse en la boca algo que alguien ha preparado con sus manos. O sea, vale, otras comidas se preparan con las manos también, pero algunas están fritas o cocidas o se lavan... De hecho, es bastante probable que probar la ensalada ayer en la cena fuera una tortura para él. Y, bueno, el segundo motivo es que Bruno no es de los que comen con las manos. No querría tener las manos sucias. Lavárselas en el baño del tren no es una opción. Ayer me dijo que prefería que le cortaran los dedos uno a uno antes que utilizar el baño de un tren. Pelín exageradito que es mi novio.

«Mi novio».

Suena de puta madre, ¿o no?

Mi novio.

Mi novio mi novio mi noviominoviomi...

Sí, creo que ya vale.

—No hace falta que te lo comas, ¿eh? —le advierto, encogiéndome de hombros—. Puedo comérmelo yo.

Él parece aliviado cuando dice:

—¿Los dos? Es mucho.

—Y yo tengo mucha hambre. —Sonrío.

Bruno exhala un suspiro.

Me levanto y abro la mochila, que está en el portamaletas, en busca de la bolsa con los bocatas. Los dos son idénticos, así que cojo el primero que pillo y vuelvo a sentarme junto a Bruno. No tardo en desenvolver la parte superior del papel de aluminio y dar mi primer bocado.

Joder. ¿Por qué tengo tanta hambre?

Puede que esté relacionado con eso de que apenas he desayunado porque no podía dejar de pensar en Bruno. Sí, igual es eso.

Pero, además del hambre, hay otra sensación luchando por el control de mi estómago. Un cosquilleo agradable. No sé si es fruto de haber empezado a salir con Bruno, de confesarle a mi familia que soy gay o de cualquiera de las otras cosas buenas que han pasado hoy. La cuestión es que imagino que es justo ese cosquilleo el que me impulsa a decir lo que digo.

—Oye, Bruno —lo llamo, procurando tragarme cuanto antes el trozo de bocata que tengo en la boca.

Él me observa de reojo y yo tomo su mirada por una pregunta.

—¿Recuerdas aquella vez que hablamos de que me gustaría ser normal?

—Sí —asiente.

—Creo que ya no quiero ser normal.

—Eres normal.

—Ya, pero... ya no quiero ser de otra forma. —No puedo evitar sonreír y me da que le contagio a Bruno mi buen humor. Antes de continuar, coloco el bocadillo en vertical, sujeto entre las piernas, de forma que no se vaya a tomar por culo—. Cuando te conté que soy gay —apenas tengo que pararme antes de pronunciar la palabra esta vez—, me asusté un poco. Porque nunca antes se lo había dicho a nadie en persona. Y sé que te dije que ya no pensaba en eso de ser normal, pero te mentí, supongo. Lo seguía pensando. Puede que no tanto como en el instituto. —Se me escapa un profundo suspiro al recordar esa época—. Al principio lo negaba, ¿sabes? Mucho. Me decía a mí mismo que me casaría con una tía, que me obligaría a llevar ese tipo de vida hasta que me acabara gustando. O sea, era... tremendamente injusto. Para mi hipotética mujer. Y también para mí. Pero no había un solo día en que no pensara en ello. En vivir una vida *normal*. En no tener que decirle a nadie cómo me sentía de verdad. Me pasaba las clases de Biología, Matemáticas o lo que fuera dándole vueltas a toda esta mierda. Por las noches también. Pensando en cómo sería mi vida si me hubiese tocado ser de otra forma. Si no hubiese tenido que... —Dejo escapar el aire en una bocanada—. No sé. Es absurdo, ¿no? Porque estaba enamoradito perdido de un compañero de clase.

De algún modo, la carcajada que suelto, aunque forzada, ayuda a espantar a los fantasmas de aquella era. También influye que Bruno haya enterrado su mano izquierda en mi pelo y se dedique a acariciarme como lo hizo en el viaje de ida. Mi consciencia amenaza con escapar. Entrecierro los ojos y me permito unos segundos para disfrutar.

—¿Cuándo dejaste de pensar en eso? —pregunta Bruno, con una calma que parece acompasada con la mía y con el movimiento de sus dedos—. ¿Cuándo dejaste de pensar en llevar una vida que no era la tuya?

—Cuando empecé la uni, creo —recuerdo, con voz pausada—. En mi clase hay un chaval gay que no lo esconde para nada. Y, no sé, supongo que una parte de mí pensó: «Vale, no es tan malo. Él no lo oculta y todo el mundo lo acepta». Pero, aun así, cada vez que pensaba en contarlo, no podía. Era como si una fuerza superior me lo impidiera. Te lo juro, Brunito. —Lo miro a los ojos y creo que mi rostro se endulza aún más al ver su expresión compasiva—. Te juro que lo intentaba, pero no había palabras. Nada que decir. Encontraba oportunidades y siempre acababa fingiendo ser hetero, como he hecho toda mi puta vida. Siempre me ha dado asco esa parte de mí.

—¿La parte gay o la parte que fingía?

—La que fingía —aclaro, apoyando los codos en los muslos. Por un momento se me olvida que tengo el bocata entre las piernas y estoy a punto de mandarlo al suelo de un codazo. Así soy yo. Y mi madre dice que está orgullosa de mí. Para morirse, ¿o no?

—Hay mucha gente como tú, Érik —me reconforta Bruno, sin dejar de acariciarme el pelo—. Todavía hay muchos que tienen miedo. Y es normal tenerlo. Porque las cosas no son como deberían ser.

—Ya. —Me encojo de hombros—. ¿Tus padres lo aceptan?

Tengo la sensación de que la pregunta produce un ligero estremecimiento en los dedos de Bruno. Tal vez habría jurado que era mi imaginación, de no ser porque su mano se aparta de mi cabeza.

—Sí —responde, con total serenidad.

—¿Cómo se lo contaste?

—Fue bastante absurdo, en realidad.

Me da por reírme, incluso sin saber de qué va la historia.

—Cuenta —lo animo.

—Yo tendría quince años, más o menos. Estábamos comiendo todos juntos. Mis padres, mi hermana África y yo. Le comenté a mi madre que necesitaba vaqueros nuevos y mi hermana soltó la típica broma de: «¿Qué pasa, que quieres impresionar a alguna chavalita?». Yo la miré, casi sin inmutarme, y le solté: «No. Y, en todo caso, sería un chavalito».

No sé por qué (puede que porque me imagino la escena como si estuviese allí mismo, y es que puedo sentirla muy cerca gracias a la confesión que ha tenido lugar en casa de mis padres), pero la cuestión es que la risa me estalla en la boca y acabo poniéndome rojo como un tomate.

—Eso es supertípico de ti —suelto, justo antes de dar un mordisco al bocata.

—Supongo —responde él, dejando que la sonrisa le asome en los ojos.

—¿Y qué pasó? —pregunto, con la boca medio llena.

Bruno inclina la cabeza a un lado y a otro, como si quisiese eliminar una contractura.

—Mis padres se quedaron un poco en *shock*. Por la forma en que lo dije, supongo, no porque tuvieran un problema con ello. Yo siempre supe que ellos lo aceptarían. Mi padre me dijo algo así como: «No sabíamos que fueras gay». Yo asentí, sin más. Las cosas estuvieron un pelín raras durante dos o tres días. Y puede que la mitad de eso estuviera en mi cabeza. Recuerdo que ese día mi hermana se levantó de la silla, me dio un beso, me abrazó y me gritó emocionada que podríamos hablar de chicos. Nunca llegamos a hacerlo. Ni de chicos ni de nada, en general. No es que hayamos tenido un contacto muy estrecho.

—La verdad, no te imagino saliendo del armario de otra forma. Me alegra que todo fuera bien.

—Siempre quise que fuera así.

—¿Cómo? —pregunto.

—Casual. Soltarlo como si nada. No creo que tengamos que salir del armario. —Su revelación me hace fruncir el ceño; hasta que comprendo a lo que se refiere—. Quiero decir que no creo que haya que hacer un gran espectáculo de esto. No es una revelación dramática. Es otra parte más de lo que somos. Nadie detiene el mundo para contar que prefiere las películas de terror a las de ciencia ficción. Pues esto es igual. —Se encoge de hombros—. Como te dije la otra vez, hay gente a la que le gusta la montaña y gente a la que le gusta la playa. Es cuestión de gustos. Hay que normalizarlo.

Asiento con la cabeza mientras asimilo las palabras de Bruno. Creo que tiene razón. O sea, sé que tiene razón. No podría estar más de acuerdo con lo que dice. Aun así, al oírlo hablar de esta forma, me doy cuenta de lo *novato* que soy yo en esto de ser gay. Y no digo que la orientación sexual sea algo que se entrene o una especie de filosofía en la que se va subiendo de nivel. No. Me refiero a que estoy muy poco en contacto con este mundo. He leído algunos artículos y publicaciones varias, sobre todo cuando empecé a darme cuenta de que me molaban los tíos, y también en los últimos años, cuando empecé a *aceptarlo*, digamos. El resto del tiempo me he pasado escondiéndolo en un cajón y tratando de olvidarme de lo que soy. Escondiéndome yo también en el cajón. No sigo cuentas de temáticas LGTB en las redes sociales, ni comparto publicaciones que estén mínimamente relacionadas con el tema. Siempre me ha dado pánico que alguien llegara y sumara dos y dos.

Sin embargo, todo eso va a cambiar. Quiero que cambie. Supongo que no va a ocurrir de la noche a la mañana, pero voy a intentarlo. Empezaré a seguir cuentas o a compartir ciertas publicaciones. Y, así, puede que hasta sea capaz de salir del armario como lo hizo Brunito. O, mejor, puede que sea capaz de *no* salir del armario. Puede que algún día uno de mis compis de la facultad me diga: «Ey, Érik, tú eres gay, ¿no?». Y yo responda: ¡*Sip*!

No sé por qué sonrío al imaginarme algo así.

Aunque todo esto me recuerda algo.

—Mierda —se me escapa.

—¿Qué? —pregunta Bruno, un pelín alarmado.

—Me ha encantado la charla que hemos tenido, pero acabo de darme cuenta de que no te he dicho lo que intentaba decirte.

Bruno exhala el aire en una risita.

—Bueno, puede que yo sea el experto en soltar que soy gay como si nada —dice—, pero tú eres el que domina eso de explicarse mal.

—Como el culo, Bruno, como el culo. Dilo. No te cortes.

—Vale. Como el culo.

—Y por eso me quieres.

Los dedos de Bruno me rozan el cuello, deslizándose como una serpiente. Toda mi piel se eriza al instante y el escalofrío no tarda en dar paso a una sensación de inmensa calidez.

—Por eso te quiero —dice, y su voz me desarma. Porque, joder, no me esperaba ese tipo de respuesta.

—¿Solo por eso?

—Se te va a olvidar lo que ibas a decirme.

—Ah, mierda, sí. Vale, te he dicho que cuando te conté que soy gay me asusté.

—Sí —asiente.

—Bien, pues, es verdad que me asusté, sí. Hasta entonces solo lo sabía una amiga que conocí en las redes. Te lo dije, creo. —Bruno asiente de nuevo—. No es que hablara muchísimo con ella y tampoco teníamos una relación estrechísima, ¿vale? Y supongo que por eso fui capaz de contárselo. Fue más fácil porque estaba detrás de una pantalla y, además, es como que no perdía nada. No conocía a nadie de mi círculo de amigos y no me conocía lo suficiente como para que me importara si me juzgaba.

—¿Por eso me lo contaste a mí?

—¿Qué?

Me vuelvo hacia él, portando una mueca que va poco a poco percatándose de lo que pretende insinuar.

—Joder, ¡no! —exclamo, enrojeciendo—. Lo tuyo fue, no sé, distinto, ¿vale?

Bruno se echa a reír.

—Lo decía de broma, Érik.

—No, en serio, fue distinto —insisto—. De hecho, a eso es a lo que voy. Aunque al contártelo me asusté, también supuso una liberación. Y, conforme fueron pasando los días, fui sintiéndome cada vez mejor. Era como si, por primera vez en mucho tiempo, pudiese ser yo mismo. Contigo. Y solo contigo. —Intento no mirar a Bruno a los ojos porque siento que romperé a llorar si lo hago—. Y ahora que se lo he contado a mis padres también... Aunque, bueno, ellos ya lo sabían. Pero ahora que sé que lo saben, creo que me siento, no sé, orgulloso, incluso. Orgulloso de ser lo que soy, de haberme liberado contigo. Precisamente contigo. Y creo que no lo cambiaría por nada.

Venga, me la juego. Me arriesgo a mirar a Brunito a los ojos porque la ocasión lo merece. Se me escapan un par de lagrimillas y veo que sus ojos enrojecen un poquito, aunque no lleguen a rebosar como los míos.

—Siento haber tardado tanto —susurra.

—¿Qué? —pregunto.

—En dar el paso, quiero decir. Desde que me dijiste que querías besarme.

Y otra vez me pongo colorado. Supongo que hay cosas que nunca cambian.

—A ver, no te dije eso exactamente —aclaro.

—Ya —exhala él, sarcástico.

—Y tampoco has tardado tanto. Una semana.

—Parece que haya pasado más tiempo.

Me da por reír. En parte es alivio. O felicidad. Al sentir que Bruno ha vivido esta tortura con la misma intensidad que yo.

—Ya ves —lo apoyo.

—¿Recuerdas cuando me preguntaste si volvería atrás en el tiempo, a una época en la que no tuviera la obsesión por la limpieza?

—Sí. Me dijiste que no estabas seguro.

—Exacto.

—¿Por qué?

Siento que sus ojos me dan la respuesta que necesito; el problema es que estoy demasiado *empanao* como para captarla al vuelo.

Y entonces lo suelta con todas las letras:

—Porque la obsesión que tengo es lo que me llevó a conocerte.

—¿Qué?

—Me fui a vivir solo porque no soportaba compartir techo con mis padres y mi hermana. Si no hubiera tenido la obsesión, no viviría donde vivo ahora y no habría podido conocerte.

Bruno, que sepas que no te como la boca ahora mismo porque igual me revientas de un codazo o algo por el estilo. Pero lo que siento en el pecho no puede ni explicarse con palabras.

—Ese día, en tu casa, cuando me dijiste lo del beso, me... bloqueé —confiesa—. No supe qué decir o qué hacer. Me puse tan nervioso que solo se me ocurrió huir. Porque pensé que yo no podría darte lo que tú quieres. O de la forma que tú quieres. Joder, de la forma que yo quiero también. Porque a mí me gustaría poder hacerlo todo con normalidad. Pero no puedo.

—Mis ojos descienden por su brazo hasta reparar en esos dedos que tiemblan con ligereza sobre el regazo. Por más ganas que tenga de lanzarme a por ellos y agarrarlos, no estoy seguro de que eso sea lo mejor. No con Bruno—. De hecho, ahora mismo, el... ochenta por ciento de mi cerebro está en estado de alerta porque te estás comiendo el bocadillo y no quiero que me toques con las manos sucias de comida o que me hables con la boca llena y me escupas sin querer.

Me da por mirar el bocata, que sigue entre mis piernas, y me doy cuenta de que había olvidado su existencia por completo.

—Tranqui, Brunito. No voy a tocarte.

—Ya lo sé. Sé que no vas a hacerlo, sé que aceptas cómo soy y todo eso, pero no dejo de estar alerta, por si, aunque sea de forma involuntaria, alargas el brazo y me rozas. O por accidente. O por lo que sea. Y me daba miedo que fuera justo esto lo que te esperaba en una relación conmigo.

—Eh, oye. —Tengo que contener el impulso de tocarlo—. Da igual, Bruno. Yo ya sé todo eso. Si tenemos que ir poco a poco, lo haremos. No pasa nada, ¿vale?

Bruno asiente con la cabeza.

Y vuelve a tocarme el pelo.

Capítulo 48

BRUNO

El despertador me arranca de un sueño extraño. No puedo recordarlo más que como una vaga esencia.

Preferiría no recordar nada.

Aunque no tengo mucho que hacer hoy, no me gusta dormir hasta tarde, así que me pongo el despertador para mantener las buenas costumbres. Estos días no han llegado apenas encargos, así que me lo tomo con calma. Tengo pendiente diseñar la web para una tienda de ropa deportiva y actualizar la página de lencería de la otra vez porque hay un error en el código que genera incorrecciones con los precios. Está en la lista desde ayer al mediodía y sigue dándome mucha pereza ponerme con ello.

En las temporadas de menos encargos, me da por temer que vayan a darme la patada. Fui el último en llegar y puedo ser el primero en salir. Por mucho que sea el enchufado. Joder, puede que todos los de la empresa sean enchufados. Qué sé yo, apenas he hablado con ellos.

Suspiro y me lavo las manos antes de revisar el móvil. Tengo unos cuantos mensajes de Érik que representan bastante bien el descenso hacia la locura.

Érik
Tío
No las encuentro
No sé dónde estánnnnnnn
TENGO NATACIÓN Y NO SÉ DÓNDE ESTÁNNNNN
Las saqué contigo el otro día, te acuerdas?
TE ACUERDAS?
Viste si las metí en algún sitio o algo?

¿De qué coño me está hablando este chaval?

Bruno
HABÍA UNA VEZ UN BARQUITO CHIQUITITO
HABÍA UNA VEZ UN BARQUITO CHIQUITITO
QUE NO PODÍA...
QUE NO SABÍA...

Entre que mi cerebro no funciona bien por la mañana y que no entiendo lo que Érik pretende transmitirme con sus jeroglíficos, me ha parecido bien responder con algo que él tampoco comprenda. Por no entenderlo, no lo entiendo ni yo. Por alguna razón, me he levantado con la canción metida en la cabeza y no hay quien la saque de ahí.

Érik
BRUNOOOOO

Bruno
Qué?

Érik
Que no encuentro las gafas de nadar!!
Me acabas de pegar la puta canción del barquito
Exijo que te hagas responsable

Bruno
No sé dónde están las gafas
Por mucho tiempo que pase en tu casa, sigo sin vivir
allí

Érik
Deberías vivir

Bruno
Ya vivo
Pero en otro sitio

Érik no responde y el letrero de «en línea» se desvanece en cuestión de segundos.

Me siento en el borde de la cama y exhalo un suspiro.

Cuando Érik y yo nos besamos por primera vez, pensé que todo esto sería más fácil. Pensé que quizá la magia de los primeros días, semanas o meses de la relación anularían o paliarían la ansiedad y me harían verlo todo con el color que se supone que ha de tener el amor. Sin embargo, el resultado no es ni de lejos el que anticipaba. Cada vez que abrazo a Érik o duermo en su cama, me urge darme una ducha después; cada vez que nos besamos, me imagino cientos de virus y bacterias abalanzándose sobre mis fauces y abocándome a la enfermedad. El otro día, por ejemplo, estornudó sin venir a cuento y yo no dejé de pensar en que acabábamos de besarnos tan solo unos minutos antes. Lo pensé y pensé a lo largo de todo el día. Incluso cuando volví a mi piso y me acosté en la cama, seguí pensándolo mientras asimilaba la oscuridad del techo, que se vertía sobre mí como el virus imaginario que podría estar fraguándose en mis entrañas.

Y lo odio. Odio todo esto. Porque siento que no es

justo; ni para mí, ni para él. Pero, oye, al menos he conseguido que iniciemos una relación, que ya es más de lo que habría podido vaticinar.

Dejando eso a un lado, he de reconocer que hay otro asunto que me quita el sueño por las noches. Estamos en marzo y el curso de Érik termina en junio. No le gusta la carrera. No quiere seguir. Hasta ahí, todos lo tenemos claro. El problema es que aún no sabe cuál es la alternativa. Y supongo que sus padres no van a seguir pagándole un piso para que viva aquí sin hacer nada. Ya he barajado múltiples opciones. Una, dejarlo vivir en mi casa. No sé si mi obsesión me permitiría vivir con él sin colgarme del techo, pero, aunque así fuera, no puedo mantenerme a mí mismo y a Érik con el sueldo que tengo. Serían el doble de gastos de comida (o más, porque Érik no tiene fondo), más luz, más agua... No creo que pudiera afrontar todos esos gastos adicionales, teniendo en cuenta que apenas tengo la suerte de sobrevivir yo. Otra opción es mudarme a donde él se mude, porque, al fin y al cabo, trabajo desde casa. Y eso está bien. Entre comillas. Porque me costó mucho adaptarme a este piso y, pensar siquiera en tener que pasar por otra mudanza, por otra búsqueda de piso, etcétera y etcétera, me produce más ansiedad que la idea de vivir con Érik. Además, no puedo mudarme a una ciudad con el chico con el que llevo saliendo un mes. Tendremos que ver si somos compatibles, si nos compenetramos, si todo va bien...

Que sí, que de momento es genial. Me encanta estar con él, es mucho mejor de lo que me imaginaba y respeta mi espacio como nadie. La verdad es que dejaría esta ciudad por él casi sin pensármelo.

Si no me aterrara tanto la idea de la mudanza.

Lo peor es que ahí no acaban los problemas de mi vida. No. Porque, en cuanto a la sombra que aún aparece tras mi ventana, seguimos sin tener una explicación plausible. A estas alturas, creo que ya ni siquiera soy capaz de asombrarme. O de escandalizarme. Diría que no me quedan energías. Parece que esa sombra haya formado siempre parte de mi vida. Ahora es un pedazo inseparable de mí y tenerla conmigo no es extraño. Es solo natural. Como el yogur. Sigo teniendo sueños, sí, algunos más inquietantes que otros. Y mentiría si dijera que no he pensado más de una vez en buscarme otro piso, pedir ayuda o hablar de esto con alguien que no sea Érik; incluso si mi círculo de amistades es ahora tan reducido como inexistente. La cuestión es que se trata de algo que yo sé que es cierto y que es probable que nadie más crea. Porque lo siento. Siento que esto es verdad. Siento que convivo con una entidad extraña, incluso si no soy capaz de vislumbrarla más allá de mis pesadillas. Y sé que, si me voy a otro lugar, esa cosa me seguirá allá donde vaya. Porque no forma parte de esta habitación. Ni de este piso. Ni de esta ciudad.

Forma parte de mí.

Supongo que lo supe el día en que tuve el sueño en casa de Érik. El día en que esa sombra me dedicó unas palabras fugaces, abstractas, que se grabaron en mi cerebro como si me las hubiesen susurrado con toda la dicción del universo.

«¿Cuándo piensas decírselo?».

No he dejado de darle vueltas a eso. Siempre llego a la conclusión de que no alberga tanta importancia. Aun así, una parte de mí no deja de pensar que estoy traicionando a Érik, que estoy ocultándole una información que debería poner en su conocimiento.

«¿Cuándo piensas decírselo?».

Capítulo 49

ÉRIK

Salir con Bruno es como vivir cada día en un puto sueño. Aún hay días en que me despierto y pienso: «Joder, estoy saliendo con Bruno». Y es como que ya no necesito nada más para afrontar el día con optimismo.

Cuando estoy con él, todo es perfecto. Vale que algunas veces me gustaría tener un poco más. Abrazarlo o besarlo más a menudo, tocarlo de una forma muy concreta o que él me toque a mí de esa misma manera. No, aún no hemos mantenido contacto sexual de ningún tipo. Hemos dormido juntos y nos hemos besado (a veces sobrepasando los límites de los labios), pero ahí termina la movida. De momento, ni él me ha metido la mano en los pantalones ni me ha dejado que yo se la meta a él. O sea, no lo ha dicho de forma expresa, ni de ninguna otra manera, en realidad. Pero yo sé que no quiere. No está preparado. Le aseguré que iríamos despacio y pienso cumplir mi promesa.

Pero qué difícil es ir despacio, me cago en todo.

El otro día, sin ir más lejos, estábamos en el sofá, viendo una película; él se incorporó para coger su vaso de agua y yo, no sé cómo (bueno, sí sé cómo, y es que estoy un poco salido), me imaginé que esa mano venía justo a mi entrepierna para tocarme la polla por fin. Ojalá. El simple pensamiento hizo que se me subiera toda la tienda de campaña y puede que todo un campamento, en realidad, con sus campistas haciendo fogatas, sus autocaravanas..., vamos, de todo. ¡Ya te puedes imaginar! Y es que, desde que estoy con Brunito, eso de masturbarse lo he limitado bastante. Él me dice que lo haga, pero, no sé, yo siento que lo estoy engañando. A pesar de que siempre pienso en él cuando lo hago. O sea, las dos o tres veces que lo he hecho desde que estamos saliendo.

Va, puede que hayan sido cuatro.

Dejando eso a un lado, es perfecto.

Lo malo es que mi vida, en general, no es perfecta. Y salir con Bruno no hace que todo eso desaparezca como por arte de magia. Cuando estoy solo y tengo tiempo para pensar, me sobrevienen las dudas. Sobre qué voy a hacer si dejo la carrera, sobre si tendré que separarme de Bruno, sobre quién le va a meter la polla a quién cuando él y yo lleguemos a..., vale, sí, eso es un poco menos importante.

Por eso intento rodearme de gente cada vez que puedo. Bruno necesita espacio y tiene otras obligaciones. He retomado un poco el contacto con Gabi y, la verdad, después de casi olvidar la última conversación incómoda que tuvimos, he descubierto que lo echaba bastante de menos.

O sea, hasta cierto punto.

Porque hoy me tiene la cabeza loca.

Es uno de esos días de primavera en los que hace bueno después de todo un invierno de frío y la gente ha salido en estampida como si regalaran, yo qué sé, magdalenas de chocolate. Estamos en la terraza de un bar en la que creo que hay más gente que sillas y Gabi lleva un buen rato hablándome de una tía a la que no conozco y cuyo nombre se me ha olvidado ya.

—A ver, entonces, ¿estáis saliendo o no? —pregunto—. Porque me estás liando.

—No, coño, nos estamos conociendo.

Vale, eso suele significar que no va a comerse una rosca. Si cuando dice que tiene a alguna tía en el bote significa que literalmente podría tenerla secuestrada dentro de un bote y eso sería lo más cerca que va a estar de ella, cuando dice que «se están conociendo», puede significar que han intercambiado un par de me gustas por Instagram. O que él le ha puesto un par de «me gustas». Deberían sacar un diccionario Gabi-Español, porque habla un lenguaje muy distinto al del resto del mundo. Como cuando te dice que llega en cinco minutos y cuando le ves el pelo lo único que encuentra es tu esqueleto putrefacto porque te has muerto esperando.

—Pero ¿cuánto tiempo llevas conociéndola?

—Yo qué sé. —Se para a dar un sorbo largo a su batido—. ¿Dos semanas?

—¿Y cuántas veces habéis hablado?

—¿Sin contar la vez que me dio las gracias por decirle que me encantaba su gorro?

—Sin contar esa vez.

—Una. —Alza la palma con rapidez, antes de que mi muestra de sarcasmo se convierta en algo más—. Pero siento que hay algo.

Dios santo.

En serio, a veces pienso que no me gustaría ser mujer única y exclusivamente por miedo a la posibilidad de que Gabi me tire la caña. Y ya sé que en el fondo es buen chaval y que no habla en serio cuando va de superficial y babea por las tetas o los culos de las tías. En el fondo, es un romántico empedernido y jamás en la vida se ha acostado con alguien sin sentir algo por esa persona. Mi teoría es que la relación que tuvo con su novia en el instituto lo dejó muy tocado y ahora se ha puesto una coraza para protegerse. Él antes no era así. Y me da un poco de pena. Pero también me gustaría que esa coraza suya fuera un poco menos superficial.

El teléfono suena en mi bolsillo y me salva de tener que soltarle una gilipollez a Gabi. Se me graba una sonrisa en la cara al ver que es Bruno.

—Dime —respondo.

—¿Estás en la calle?

—Sí.

—Ah.

Noto que vacila. Al principio, creo que va a decir algo, pero no.

—¿Por qué lo dices? —lo animo.

—¿Quién es? —pregunta Gabi, y tengo que repetirle la pregunta a Bruno porque no oigo lo que me dice.

—Estoy harto de trabajar y había pensado en ir a verte —explica—. Se me había olvidado que estabas con él.

—¿Quién es?

—Joder, Gabi, que no me entero de nada por tu culpa. ¡Es Bruno, mi vecino!

Las palabras que pronuncio tardan un poco en asentar. Como los posos del café o las hojas del té. No lo colorean todo de inmediato, pero, cuando lo hacen, me duele tanto el pecho que me quedo sin respiración.

—Pues dile que se venga, coño. Y así por fin conozco al chaval que rivaliza conmigo por tu tiempo.

Da otro sorbo al batido y, antes de que tenga tiempo de responder, se levanta para ir al baño.

Bruno guarda silencio. O, al menos, a mí me parece que el silencio se extiende por todas partes. Y hasta corta. Tal vez no dure mucho antes de que Bruno me diga:

—Creo que no voy a ir.

—¿Te has enfadado?

—¿Qué? —Su confusión suena auténtica—. ¿Por qué?

—Porque le he... —Trago saliva antes de intentarlo de nuevo—. Porque le he dicho que eres mi vecino, en lugar de mi novio.

—No.

—Te has enfadado.

—No me he enfadado, Érik. —La voz de Bruno suena grave, aunque hace tiempo que descubrí que puede sonar así sin que le haya molestado nada en absoluto—. A lo mejor el que está enfadado eres tú. Contigo mismo.

Aprieto los puños. Supongo que tiene razón. No sé si tengo más ganas de gritar o de llorar.

—Voy a decírselo —suelto de repente. Es un impulso.

—No hace falta que se lo digas. No tienes que hacerlo ahora. Cada uno tiene su momento.

—Tú dices que esto tiene que ser natural, que no tiene que ser una gran revelación.

—Sí. O sea, eso es lo que pienso yo. No significa que todo el mundo tenga que hacerlo igual.

Incluso en un momento así, en el que apenas siento el contacto con la realidad, no dejo de admirar la entereza y la madurez de Bruno. Me saca dos años, pero, en algunos aspectos, parece que nos llevemos cinco. Y es esa misma madurez la que refleja cuando nos besamos. Nunca se lo he preguntado, pero sé que no soy el único chico con el que ha estado.

—Vale —concedo.

—¿Se lo vas a decir?

—No lo sé. Nos vemos luego, ¿no? —pregunto.

—Sí, avísame cuando termines.

Apenas me despido de Bruno y me guardo el teléfono en el bolsillo, Gabi aparece por la puerta del bar y a mí se me abre un vacío en el estómago. No tarda en sentarse y se lía a secarse las manos en el pantalón.

—¿Qué, se va a venir o no? —me pregunta.

—¿Cómo?

—Tu vecino. ¿Se va a venir a tomar algo?

—Ah, no, no. Tiene que currar.

—Pues vaya —comenta Gabi, aunque parece totalmente abstraído con su teléfono móvil. Está tecleando y, por la cara que pone y el interés que muestra en lo que ve tras la pantalla, imagino que hablará con alguna tía.

Estaba decidido a contárselo. Lo juro. ¡Juro que lo estaba! Al tenerlo ahora justo enfrente es como si no pudiera. Me pasa igual que me ocurrió con mis padres. Las palabras no salen. A pesar de estar justo ahí, en la punta de la lengua. Cada vez que recuerdo mis propias palabras, una cadena se rompe.

«Es Bruno, mi vecino».

Y, al final, una parte de mí que parece escapar a todos los putos guardias de seguridad que tengo en el cerebro, lo dice:

—Oye.

—¿Qué? —Ni siquiera levanta la vista del teléfono.

—Bruno ya no es mi vecino.

—¿Se ha mudado?

—No, joder.

Por fin, guarda el teléfono móvil y me observa juntando las cejas. De por sí, tiene unas cejas muy pobladas, pero ahora parecen literalmente una sola.

Cuento hasta tres.

Me *valgo* de *armor*...

O sea, ¡me armo de valor!

Y lo suelto:

—Es mi novio.

No hay respuesta.

Se ha quedado de piedra. Tiene la boca entreabierta y juraría que le estoy viendo la campanilla.

Me viene a la cabeza el silencio de mis padres y tengo la sensación de que este no es igual. No lo sé. Tal vez me equivoque. Espero equivocarme.

—¿Có... cómo? —balbucea.

—Estamos saliendo.

—¿Bruno y tú?

Joder, le está costando seguir la conversación.

—Sí, Bruno y yo —confirmo, con una ligera aspereza.

—Ah. —Gabi sacude la cabeza y sus rizos castaños se agitan también—. Ah.

Y otra vez se convierte en estatua.

Mis manos acaban desplomándose sobre mis muslos y empiezo a rascar con la uña la tela vaquera del pantalón. Cuando he salido hoy de casa, pensé que habría estado bien ponerme pantalones cortos. Pues resulta que ahora, incluso bajo este sol que anuncia un verano que aún está por llegar, tengo tanto frío que parece que hayamos vuelto al invierno más profundo.

—¿No vas a decir nada? —Tengo la sensación de haber vuelto a la conversación con mis padres al pronunciar estas palabras.

—Es que no sé qué decir. Podías habérmelo contado antes. Lo tuyo, digo.

No me gusta su tono. No es un tono en plan: «Podías habérmelo contado antes, no hacía falta que lo ocultaras conmigo porque yo siempre te aceptaría tal como eres». No, no es ese tono. Y eso hace que me ponga un poco a la defensiva.

—¿A qué te refieres? —pregunto.

—No sé, es que me parece que yo tenía derecho a saberlo.

—¿Qué? Oye, esto no funciona así.

Gabi sacude los hombros al tiempo que suelta un leve gruñido.

—¿Por qué no? Nos conocemos desde hace mil, me parece que tenía derecho a saberlo. Me has hecho creer que eres distinto a como eres en realidad.

Suelto una carcajada corta, afilada y llena de sarcasmo.

—Sí, claro, porque esto me hace muy diferente.
—Siento la presencia de Bruno en mis palabras.

—Coño, pues, un poco. Me siento traicionado, no sé.

—¿En serio?

—¿Qué?

—¿En serio vas a hacerte la víctima? —Me doy cuenta de que ha empezado a dar golpecitos contra el lateral de la mesa.

—¡Es que me has estado engañando durante años!

—Porque es un tema delicado y me daba miedo tu reacción.

—¿Miedo por qué?

—Por si reaccionabas como un capullo. Que es precisamente lo que estás haciendo.

Gabi alza las cejas como si acabara de clavarle un puñal por la espalda.

Llegados a este punto, me doy cuenta de que estamos montando un puto espectáculo. Y me preocuparía si no me sintiera tan frustrado por dentro ahora mismo.

—¿Te molesta que sea gay? —le pregunto, ya con todas las letras.

—A ver, no. Es solo que...

—Pues lo demuestras muy mal.

—Que no me molesta, coño. Pero pienso que tenía derecho a saberlo. Punto.

Otra vez con el puto derecho.

—Y yo tenía derecho a callármelo y a contártelo cuando estuviera preparado —contraataco.

—Es que me engañaste. No es que no me lo conta-
ras, sino que me hiciste creer que te gustaban las tías.
¿Cómo te sentirías tú si descubrieras, después de todos estos años, que no soy el que decía ser?

—Tío, ¡que sigo siendo el mismo de siempre!

—Ya, bueno, no sé. Me siento mal.

Yo sí que me siento mal.

Y como no creo que vaya a poder decir una sola
palabra más sin echarme a llorar, dejo sobre la mesa
un billete de cinco euros (más que de sobra para pagar mi batido) y me voy por donde he venido.

Capítulo 50

ÉRIK

Me gustaría afirmar que durante los días siguientes no me paso las horas dándole vueltas y vueltas a lo que pasó con Gabi.

Pero lo hago.

Joder que si lo hago.

Supongo que todavía no puedo concebir que haya reaccionado como lo hizo. Nunca me imaginé que las cosas con Gabi fueran a ser un camino de rosas. Supongo que tiene algo que ver con conversaciones como aquella en la que afirmó, con otras palabras, que ser hetero era «lo normal». Lo que sin duda no anticipé fue que ocurriera algo así. El diálogo entero se me ha quedado grabado en la memoria y no dejo de recitarlo cada vez que tengo un hueco. Lo que más me jode, la verdad, es recordar mis propias contestaciones y sentir que había mejores respuestas al alcance de la mano.

De vez en cuando (más veces de las que me gustaría admitir), entro a su cuenta de Instagram y Twitter para asegurarme de que no ha dejado de seguirme. En esos momentos siento que todavía hay esperanza.

Después, pienso: «¿Esperanza de qué?».

¿Acaso no fue él el que se portó como un capullo? ¿No soy yo el que tendría que estar enfadado? Si alguien dejara de seguir a alguien, ¿ese no tendría que ser yo?

Por suerte, cuando pasa algo más de una semana, la sensación palidece hasta que me permite seguir con mi vida. Aparece de vez en cuando, por azar o porque algo me lo recuerda, pero, en general, se mantiene en calma. Imagino que ayuda que Bruno me haya apoyado con esto como nadie. Mi madre, también. Sí, se lo conté a mi madre. ¿Qué pasa? Conozco a Gabi desde hace cuarenta mil años, ha estado en mi casa desde hace por lo menos treinta y nueve mil, y se podría decir que mis padres lo han visto crecer. Además, últimamente, mi madre me llama y mensajea bastante. Es como si de repente quisiera entregarme, con intereses, todo el cariño y amor que siente que no me ha dado todos estos años. Y, a ver, yo creo que cariño y amor he tenido bastante; supongo que solo quería más apoyo. Más reconocimiento. Pero, bueno, da igual. El caso es que me gusta que ahora nos comuniquemos más.

Aunque no solo habla conmigo, en realidad. Bruno y ella se mandan mensajes de vez en cuando. Ella le manda fotos de las fotos (valga la redundancia) de los cientos de álbumes familiares que guarda y luego Bruno me las reenvía a mí para reírse un rato. O para decirme lo adorable que estaba en ellas. Un día me mandó una en la que salía yo con nueve o diez años, enfurruñado, agachado en la orilla de la playa y haciendo un castillo de arena con un cubo y una pala de plástico. Bruno me llamó descojonándose porque decía que en mi Instagram hay una foto en la que tengo justo la misma cara. Hasta se molestó en hacer un montaje y, vale, es verdad que tengo la misma puta cara. No fue él el único que acabó partido de risa.

No sé si es cosa mía, pero hay algo entrañable en todo esto. Una calidez subyacente en el hecho de que a Bruno le interesen mis recuerdos de cuando era pequeño, de que haga comparaciones con mis fotos de Instagram, como si se las supiera de memoria. O como si se conociese mis gestos. Mis caras. Mis muecas.

No sé. Creo que quiero a Bruno demasiado.

Ya está. Ya lo he dicho.

Como si fuera una novedad.

Capítulo 51

ÉRIK

Hay días en los que me asalta una felicidad de la hostia por el simple hecho de estar vivo. Una felicidad tan grande que hasta se me saltan las lágrimas y tengo que contenerme para no acabar llorando a pleno pulmón. Y eso es precisamente lo que ocurre cuando abro los ojos en mitad de la noche y descubro el cuerpo de Bruno junto al mío. Diría que me despierto en la oscuridad, pero no es así. Resulta que Bruno tiene nictofobia (sí, la palabra me la enseñó él) y no podemos apagar las luces. Me concedo unos momentos para observarlo. Apenas se le oye respirar cuando duerme y, una vez, aunque solo fuese por una milésima de segundo, pensé que la había palmado. Vale, puede que haya exagerado un poco. Está de espaldas a mí y solo le veo parte de la cara y del cuello. Bruno tiene una de esas pieles que, nada más verlas, ya sabes que son supersuaves. La suya es de un tono algo más oscuro que la mía y no hay en ella un solo lunar o cicatriz. Al menos, en las zonas que he podido revisar hasta la fecha. Es perfectamente lisa. Cada noche, la luz arroja sombras distintas sobre su cuerpo y yo me dedico a estudiarlas, a dibujarlas con la mente, armado con un dedo imaginario que traza y pinta y colorea. Y, sin saberlo, también él colorea; a mí y el mundo en el que vivo.

Procurando no hacer ruido, me pongo de pie. El caso es que me he despertado muerto de sed y se me ha terminado olvidando cuando me he puesto a admirar a Brunito. Ahora, la sed ha vuelto en una secuela de rencor y venganza.

O lo que sea.

Descalzo (bueno, con calcetines), voy hasta la cocina y me sirvo agua del grifo en uno de los vasos que hay escurriéndose a un lado del fregadero. Me la bebo de un trago. Joder, qué bien sienta el agua cuando uno tiene sed.

Después de dejar el vaso en el fregadero, me dedico a escuchar.

Solo a escuchar.

Nada.

No se oye nada.

Ni siquiera a ese borracho que a veces grita en plena madrugada, ese que te pide dinero para gastárselo en alcohol y te amenaza con romperte un brazo si no se lo das. Todo el mundo sabe que es inofensivo: como el típico cachorro que sobrevive a base de los cuidados de todo un barrio o una urbanización. Solo que, en este caso, es un señor viejo, feo y que da un poco de miedo. Porque, joder, por muy inofensivo que sea, a nadie le gusta que lo amenacen con romperle un brazo.

Apuro otro vaso de agua con la misma rapidez antes de dirigirme de nuevo hacia el dormitorio.

Entonces, me detengo.

Al principio, el corazón me da un vuelco y estoy a punto de vomitar. Toda la sangre se me sube a la cabeza al descubrir que hay alguien en el salón, junto a la ventana, contemplando la noche cerrada que reina más allá de los cristales.

Mi cuerpo entero se relaja al percatarme de que solo es Bruno.

¡Menos mal!

Solo es Bruno.

Espera.

¿Por qué está Bruno frente a la ventana?

¿Y por qué no lo he oído levantarse y llegar hasta aquí? ¿Tan abstraído estaba pensando en el borracho del barrio y en la calma de la madrugada?

Estoy a punto de acercarme a él, dedicarle una carcajada, una sonrisa o alguna pregunta que satisfaga mi curiosidad; hasta que capto algo con el rabillo del ojo. Otra figura. Una que yace en la cama, en el dormitorio.

Bruno.

Si Bruno sigue tumbado sobre el colchón, ¿entonces...?

Entonces.

Vuelvo la cabeza hacia la ventana. Esa otra figura sigue ahí, de espaldas a mí. La única luz que llega al salón proviene del dormitorio, lo que baña en una penumbra incierta al ser que se mantiene de pie frente al cristal, inmóvil por completo. Tan quieto que debería ser imposible. No hay ningún tipo de oscilación o vibración, no hay balanceos o respiraciones. No hay nada. Es un estatismo antinatural, uno que nadie nunca podría alcanzar.

Ese no es Bruno.

Debería ser obvio, porque no puede haber dos Brunos.

Pero sé que este, en concreto, no es él.

No puedo moverme. Tengo la sensación de que la mera presencia que tengo a tres metros escasos de distancia difumina el universo, la realidad; que es como un lienzo que lo mancha todo a su alrededor, lo oscurece y lo elimina. Como un pedazo de cosmos que nadie ha podido enjaular. Una galaxia que se expande. Y para crecer, tiene que robar. Roba el aire y la energía; roba la voluntad y el alma. Cada vez siento un frío más intenso dentro del pecho. Es un frío que te hace pensar en celdas y prisiones; uno que no se puede eludir ni con el más grueso de los abrigos.

El falso Bruno sigue inmóvil. De algún modo, yo sé que va a moverse. No sé cómo, pero lo sé. Y supongo que eso me da fuerzas para echar a correr hacia el dormitorio. Justo en este momento, y aunque suene ridículo, o imposible, aunque ni siquiera pueda explicarlo con palabras, lo veo. Veo a ese otro Bruno moviéndose detrás de mí. No lo oigo. No lo siento. Lo veo. A pesar de que en ningún momento vuelvo la mirada. Ni siquiera yo lo entiendo, y pensar en ello me rompe la cabeza.

Aun así, no he estado más seguro de algo en toda mi vida.

Tan pronto como llego al dormitorio, cierro la puerta de un porrazo. Bruno se revuelve entre las mantas, alarmado, y sus ojos no tardan en buscarme por la habitación. Hoy no lleva la mascarilla; no siempre duerme con ella. Balbucea algo que no puedo entender, mientras yo salto a la cama como una bestia desbocada para adherirme a él. Por más que intento contarle lo que ocurre, no soy capaz de escupir nada que tenga sentido. Las manos me tiemblan tanto que duelen; Bruno me las sujeta con cuidado.

—¿Qué pasa? —pregunta, la voz ronca.

—Hay al... alguien ahí fuera —tartamudeo al fin.

Sus cejas se agravan bajo su frente.

—Te lo juro, Bruno —explico, sin poder distinguir las palabras por encima de mis jadeos—. Hay alguien ahí fuera. Alguien igual que tú. Alguien que no es...

Sus ojos no muestran lo que yo ansío ver. Teniendo en cuenta que lo que busco es una confianza absoluta y sin fundamento, tal vez sea mucho pedir.

—¿Alguien que no es qué? —pregunta.

—Alguien que no es... normal. Humano —matizo.

Bruno planta la vista en la puerta.

No entiendo cómo puede estar tan tranquilo. Cuando yo observo en la misma dirección, el corazón me va a estallar imaginando lo que puede haber al otro lado. Lo siento latir en sitios en los que lo creí imposible; en los hombros, en los labios y hasta en los putos fémures. No oigo nada. Pero yo sé que está ahí fuera.

Y que en cualquier momento puede entrar aquí.

—¿Tienes algo que se pueda utilizar como arma? —me pregunta Bruno. Por fin, consigo percibir el miedo en esa respiración entrecortada que lo asalta en mitad de la frase. Pensaba que quería compartir mi estado con él, pero imaginármelo tan aterrado como yo es peor que verlo impasible.

—No creo que las armas sirvan —apunto.

—¿Cómo lo sabes?

—No lo sé.

Nos miramos durante varios segundos. Me tiemblan tanto los labios que me muerdo el inferior en un intento de detenerlo. Los tirones son tan bruscos que me acabo clavando los dientes sin querer.

—No oigo nada —dice Bruno, tras escuchar con atención.

—Ya. Yo tampoco.

—¿Estás seguro de que no lo has soñado?

Frunzo el ceño de inmediato.

—Bruno.

—Vale, vale —me interrumpe—. Te creo.

—¿Por qué no estás gritando?

—Porque ya bastante tenemos contigo.

—¡¿Cómo puedes bromear en un momento así?! —exclamo.

—No estoy de broma. Estás gritando y me estás poniendo nervioso.

¡Joder! ¡Yo sí que estoy nervioso!

—Voy a salir a echar un vistazo —dice.

—No. Bueno, voy contigo.

Bruno y yo intercambiamos otra mirada y, justo entonces, caigo en la cuenta de que tenemos los dedos entrelazados y muy apretados los unos contra los otros. No dura mucho más, sin embargo, porque él se separa de mí para calzarse las zapatillas (Dios lo libre de caminar descalzo en una emergencia) y ponerse de pie. Yo no tardo en seguirlo y me quedo observando la puerta. Durante el momento que dura un parpadeo, vuelvo a ver al Bruno que no es Bruno. No llega a extenderse ni un solo segundo; aun así, en mi mente parece que lo haya estado observando durante años; esos movimientos erráticos con los que se desplaza de un lado a otro; ahora rápido, ahora lento. Ahora inmóvil, ahora en todas partes a la vez.

Nos acercamos a la puerta.

Bueno, Bruno se acerca; yo he vuelto a quedarme paralizado y me limito a temblar y temblar y temblar. Su valentía me anima, eso sí. Un poco. No mucho. Lo justo para colocarme a su altura. Sin dejar de mirarme, Bruno alarga la mano hasta el tirador. Yo trago saliva y parece que se me haya torcido la puta tráquea y los fluidos se me estén derramando por dentro. Me quema la garganta y el paladar. Bruno tira hacia abajo y la puerta chirría. La luz del dormitorio va quebrando las tinieblas de fuera. Despacio.

Muy despacio.

Hasta que...

Nada.

No hay nada.

Del mismo modo en que antes he visto a esa cosa caminar detrás de mí, allí donde mis ojos no alcanzaban, ahora soy consciente de que no podremos encontrarlo en esta casa por más que busquemos.

Respiro hondo y el aliento me tiembla, por dentro

y por fuera. Me paso el puño cerrado por la frente. Me va a estallar la puta cabeza. Bruno está a punto de aventurarse al exterior, cuando lo detengo.

—No está.

—¿Qué?

—Ya no está —explico.

—¿Cómo lo sabes?

—No lo sé, pero lo sé.

Bruno y yo nos miramos y no sé quién de los dos gana en confusión.

—¿Qué hacemos? —pregunta él.

Por lo pronto, cerrar la puerta. Eso es justo lo que hago, porque asomarme ahí fuera me está dando un pánico de cojones.

—¿Y si contactamos con Yasmina? —propongo.

—¿Con Yasmina?

—Sí, joder, Yasmina Galaxia. La tía aquella a la que fuimos a ver.

—Ya sé a qué Yasmina te refieres. Aunque era Yasmina Cosmos, no Galaxia.

—Bueno, da igual. El caso es que a lo mejor ella nos puede ayudar. Ya sé que nos dijo que no se dedica a esto, pero... —aprieto los dientes y aspiro el aire con tanta fuerza que se me congela la garganta—, yo qué sé. No sé a quién podemos acudir.

Sin más, dejo caer los hombros y también la mirada. En la visión periférica, sigo percibiendo el rostro de Bruno y esa expresión que me hace temer que esté dudando de mí. De lo que he visto ahí fuera. Por eso me alivia escucharlo pronunciar:

—¿Dices que era idéntico a mí?

Asiento con la cabeza antes de alzar la vista. Ahora que me fijo en él con plenitud, sí que veo duda en su expresión; pero no duda hacia mí. Es otro tipo de reticencia la que identifico; una que aún no logro ubicar.

—¿Pasa algo? —pregunto.

—Creo que... tengo que contarte una cosa.

Los dedos de Bruno se estremecen y yo los estudio con el ceño fruncido, para luego advertir:

—Me estás asustando.

—Creo que es una tontería —confiesa.

—No lo parece.

—Ven.

Intenta alcanzar mi mano, pero no agarra más que aire. Sin mirarme, regresa a la cama y se sienta sobre sus piernas; yo no tardo en hacer lo propio, con el corazón a punto de explotarme en el pecho.

—¿Qué pasa? —insisto.

Bruno respira hondo; incluso ahora, consigue mantener una entereza que ya quisiera yo para mí.

—¿Te acuerdas de aquella vez que jugamos a eso de hacernos preguntas y responder con sinceridad? —me suelta.

—Claro.

¡Como para no acordarme!

—Vale, ¿y recuerdas que me preguntaste qué pensaba de ti al verte por la ventana? Cuando aún no nos conocíamos. —Asiento con la cabeza—. Bueno. Te dije que te veía como el chico mono del edificio de enfrente. Pero no fui del todo sincero.

Me llevo las manos a la rodilla y la agarro con firmeza. Supongo que mis ojos preguntan, aunque mis labios no lo hagan.

—Es cierto que me parecías muy mono. Aunque... —Bruno se detiene a respirar hondo y, por primera vez, le tiembla el aliento—. Te odiaba.

Mis cejas se disparan al oírlo.

—¿Me odiabas? —pregunto, alzando la voz más de la cuenta.

—Bueno, no sé si esa es la palabra adecuada. Te envidiaba tanto que se acercaba un poco al odio. ¿No te ha pasado nunca eso con nadie?

—No lo sé. —Tenso un poco los pómulos antes de añadir—: Pero ¿por qué me envidiabas?

—Por cómo eres. Te veía por la ventana y me fijaba en, bueno, el desorden que solía haber, en cómo te tirabas en el sofá sin contemplaciones, en la facilidad con la que traías a tu amigo a casa... Ya sé que no te conocía, pero supongo que me formé esta idea de ti de que eras justo lo opuesto a mí. Justo lo que a mí me gustaría ser. A veces, me quedaba plantado frente a la ventana, imaginando cómo sería mi vida si yo fuera tú, si no me preocupara por todos los detalles que a mí me obsesionan. Y sentía rabia. Porque me parecía injusto que tú disfrutaras de esa «paz» que a mí me faltaba. Ahora sé que tu vida no era, ni de lejos, tan apacible como yo la observaba. Ahora sé que no podemos juzgar desde fuera, que todos guardamos nubes que nos arruinan la calma.

No sé qué decir, así que me limito a observar a Bruno con fijeza.

—Creo que esa cosa que has visto —añade—, esa cosa que aparece tras mi ventana, creo que ya sé lo que es. Tiene que ser esa parte de mí. La parte que te envidiaba y te odiaba. La parte que quería tu vida. Aunque yo ya no pienso así, es posible que la tenga interiorizada en algún rincón. Y si lo que decían Carmona o Yasmina Cosmos o toda esta gente era cierto, supongo que ha podido salir de mi cuerpo.

Por un instante, me recorre el escalofrío más intenso que he sentido en mucho tiempo. Porque, si Bruno tiene razón, todo cobraría sentido. La sombra que observa en la oscuridad, detrás del cristal. El hecho de que parezca observarme justo a mí.

—Lo siento —expresa Bruno, antes de que yo pueda decir nada.

—¿Qué?

—Siento haberte... odiado, por decirlo de alguna

forma. Llevo pensando en esto desde que empezamos a ser amigos. Y, más aún, desde que empezamos a salir. Tengo la sensación de haberte estado engañando.

Bruno entierra la mirada y yo permanezco a la expectativa, sin soltar prenda. Entonces, él me observa de reojo y vuelve a mostrar un atisbo de esa vulnerabilidad que a mí siempre me ha resultado adorable. No puedo contenerme y me echo a reír.

—¿De qué te ríes?

—¿De verdad te preocupaba eso? ¡Bruno! —lo reprendo—. ¡Tú mismo lo has dicho! No me odiabas a mí. Odiabas una versión de mí que tú te inventaste. No me conocías. Da igual lo que pensaras antes de conocerme. No era real. No podía ser real.

Las cejas de Bruno bailan en un movimiento sutil y sus ojos vuelven a decaer, aunque con menos intensidad. Yo abro los brazos y muestro mi mejor sonrisa.

—Ven aquí —lo animo.

Él duda, pero, al final, la comisura de sus labios se inclina hacia arriba y se arrastra con cuidado hasta dejar que lo envuelva con los brazos. Lo aprieto como si alguien fuera a arrebatármelo mañana. O dentro de unas horas. De cinco minutos. Le acaricio la espalda y siento su cuerpo contra el mío. Para cuando nos susurramos un «te quiero» al oído, todos los fantasmas se han desvanecido ya.

Solo restamos él y yo.

Capítulo 52

ÉRIK

Al día siguiente, cuando salgo de natación, tengo dos llamadas perdidas.

La primera es de Bruno y me preocupa menos. A ver, siempre habrá una pequeña y paranoica parte de mí que piense que haya podido ocurrir algo grave (sobre todo después de lo que nos pasó ayer de madrugada, con todo ese lío del Bruno que no era Bruno), pero, en general, me produce una sensación agradable descubrir que me busca. La otra llamada sí que me manda directo al planeta de los agobios mentales.

Es Gabi.

Hace casi dos semanas que no hablo con él y, para ser sinceros, con todo esto del «fantasma», me había olvidado por completo de su existencia y de la discusión que tuvimos. Ver su nombre ahí, en la pantalla del móvil, hace que todo vuelva y me dé un puñetazo en la cara. Me veo tentado de llamar a Bruno para desahogarme con él y pedirle todas las fuerzas del mundo y decirle que me deje vivir para siempre en su bolsillo. Aunque igual soy un poco grande para eso. Puedo intentarlo. Mira, si me tiro al suelo y me hago un ovillo, soy capaz de reducir mi tamaño hasta en un ciento cuatro por ciento. También hay un cien por cien de probabilidad de que no entienda cómo funcionan los porcentajes.

Es broma.

Un noventa y nueve por ciento.

Vale, igual va siendo hora de que deje de pensar en gilipolleces, salga del bolsillo de Bruno y le eche a Gabi el teléfono. He decidido llamarlo a él primero. No sé si estoy preparado para escuchar lo que tenga que decirme, pero tampoco sé si alguna vez lo estaré. Así que, tratando de no darle muchas vueltas, pulso el botón de llamada.

Un tono.

Dos tonos.

Tres tonos.

Contestador.

Vuelvo a probar.

Un tono, dos tonos, tres tonos...

Contestador.

Joder. ¿En serio, Gabi? ¿Para esto me llamas? Igual ha silenciado el móvil y se ha puesto a sobar. Son las doce del mediodía, vale, pero es que Gabi es capaz de cualquier cosa.

Reviso los mensajes por si tengo alguno suyo; todo lo que encuentro son un par de comentarios en grupos de la facultad. Así pues, pospongo esta cruzada y llamo a Bruno, que responde enseguida. Podías aprender un poco de él, Gabi.

—Hola, guapo —me saluda.

—Hola, Brunito —correspondo, al tiempo que apoyo el pie en un bordillo de la acera—. ¿Puedo quedarme a vivir en tu bolsillo?

—¿Qué?

—Nada, chorradas mías. Oye, me ha llamado Gabi mientras estaba en natación.

—¿En serio?

—En serio.

—¿Y qué te ha dicho?

—¡Pues eso es lo peor! —protesto—. He intentado contactar con él y no me lo coge. Pero, bueno, da igual. Al menos lo he intentado. ¿Qué querías?

—Ah. —Noto que vacila un instante—. Darte una sorpresa.

La sonrisa es inevitable y siento que tiene la fuerza suficiente para parar un avión de combate.

—¿Qué sorpresa? —pregunto.

—¿Qué clase de sorpresa sería si te dijera lo que es, tonto?

—¿No me puedes dar ni una pista? —insisto.

—Ni una.

—Pues yo también tengo una sorpresa —añado.

—Y supongo que tampoco me vas a decir lo que es.

—No.

—Rencoroso.

Me echo a reír.

—¿Nos vemos en tu casa en quince minutos? —pregunta Bruno.

—Vale.

Capítulo 53

ÉRIK

Durante el camino de vuelta, no dejo de pensar en la sorpresa de Bruno. No puedo parar de sonreír, y es que encima el tiempo acompaña. Ya estamos en primavera y las temperaturas son más agradables, el cielo brilla a menudo y, en general, se respira otro ambiente. Nunca he sido muy fan del invierno. Soy bastante sensible al frío y ver a todo el mundo encogido en sus abrigos, huyendo de acá para allá hasta refugiarse en los interiores, no es precisamente mi concepto de clima ideal.

De vez en cuando, eso sí, pienso en Gabi y se me borra la sonrisa.

¿Qué habría querido decirme?

Intento llamarlo de nuevo; el resultado que obtengo es el mismo. El contestador salta después de varios tonos.

¿Y si quiso llamarme en un arrebato y después se arrepintió? Puede que no esté dormido, ni tenga el teléfono en silencio. Puede que sea consciente de que no dejo de llamarlo y simplemente no quiera descolgar. O puede que la primera llamada fuera un error, que ni siquiera quisiera hablar conmigo.

Joder. Hay demasiadas posibilidades.

En un determinado momento, voy tan concentrado pensando en el tema de Gabi que estoy a punto de chocarme contra una farola. Una amable samaritana me coloca una mano en el hombro justo antes de la colisión. Le dedico una sonrisa y le doy las gracias antes de seguir mi camino.

Venga, vamos a concentrarnos en Bruno. Gabi ahora da igual. En el peor de los casos, Gabi es un capullo que se portó como un capullo y que, como capullo que es, no me acepta tal como soy. No sé cuántas veces he repetido la palabra capullo. Pero ¡joder! ¡Ojalá fuera tan fácil sacarlo de mi vida sin más! Hemos compartido demasiados buenos momentos. Es el amigo más antiguo que tengo y esperaba más de él.

Bueno, vamos a volver a lo de la sorpresa. ¿Qué tendrá preparado Bruno para mí?

¿Me habrá comprado algo?

¿Querrá decirme que se viene a vivir conmigo?

¿Habrá pagado la entrada de una casita en el campo donde vivamos apartados del mundo, solo nosotros dos y los insectos que harán que Bruno se vuelva progresivamente loco hasta que acabe acuchillándome una noche de tormenta?

¿Estará embarazado?

¿Estaré yo embarazado?

No, no podemos estar embarazados. ¡Cómo vamos a estarlo! Todavía no hemos mantenido relaciones sexuales. Solo por eso, sí. Nada que ver con el hecho de que ninguno de los dos tengamos los órganos necesarios. Eso es secundario, por supuesto.

Cuando llego a nuestra calle, me encuentro a Bruno esperando frente a mi portal. Lleva vaqueros, sudadera blanca, está superguapo y es mi novio, así que cuidado con quedarte mirándolo durante demasiado tiempo.

Es broma, no soy celoso. Bruno debería ser patrimonio de la humanidad, no voy a guardármelo solo para mí. Aunque, ojo, que se mira pero no se toca.

Porque no le gusta que lo toquen, quiero decir. No porque yo no quiera.

Pero no quiero.

Lleva puesta una mascarilla negra. Desde que le dije que las negras le quedan mejor que las blancas, no para de usarlas.

Nos montamos en el ascensor y me doy cuenta de que no deja de lanzarme miraditas. Reconozco en sus ojos esa sonrisilla suya, aunque con un matiz que tiene algo de pícaro o tímido. Y, vale, ya sé que son sentimientos bastante opuestos, pero cuando tu novio lleva cubierto el sesenta por ciento de la cara (por ciento arriba, por ciento abajo), no es tan fácil averiguar lo que le pasa por la cabeza.

—¿No me vas a contar tu sorpresa? —me pregunta.

Yo sonrío, deleitándome con su expectación.

—Cuando tú me cuentes la tuya.

—Creo que es mejor que empieces tú.

—Eso no vale —me quejo, mientras las puertas se abren y me deslizo hacia el exterior como lo haría un profesional del limbo. Si el limbo consistiera en cruzar un hueco estrecho en lugar de doblarse hacia atrás para pasar por debajo. Deberían prohibirme hacer comparaciones.

—Hazme caso —insiste él—. Es mejor que empieces tú.

Su voz hace que me recorra un cosquilleo. Y no tengo claro que sea bueno.

—Será una sorpresa positiva, ¿no? —pregunto, al tiempo que meto la llave en la cerradura—. Espero que no sea algo como: «Érik, me han contratado para llevar un cargamento de bombas a Portugal».

Bruno suelta una carcajada. Los dos entramos en casa.

—¿Por qué me iban a contratar para llevar bombas? ¿Y por qué precisamente a Portugal?

—Yo qué sé. Tú eres el que las lleva.

—Es una buena sorpresa —me asegura—. Al menos, yo creo que lo es.

Joder. ¿Y si tengo razón? No en lo de los embarazos ni en lo de la casita en el campo, sino en lo de venirse a vivir conmigo. ¿Y si me propone que, cuando me vaya de aquí, cuando tenga que volver a casa al acabar el curso, va a venirse conmigo? No puede ser.

No puede ser, ¿no?

Porque es algo en lo que no he dejado de pensar desde que confirmé que voy a dejar la carrera. De hecho, últimamente apenas voy a clase porque, de todas formas, no va a servir de nada. Bueno, ese es otro tema.

Bruno se quita la mascarilla y la deja colgando del respaldo de su silla. Se podría decir que es su *sitio seguro*. Es uno de los pocos lugares en los que se atreve a colocarla. No siempre se quita la mascarilla estando conmigo; es buena señal que lo haga.

Nos sentamos en el sofá, mi nerviosismo creciendo como un nido de ciempiés en... ¿época de apareamiento? ¡Yo qué sé! Estoy agobiado, ¿vale? Supongo que cuanto antes le suelte mi *sorpresa*, antes me enteraré de la suya.

—Vale, voy con lo mío —anuncio—. Igual a ti te da igual porque...

—Venga, dilo ya —me interrumpe.

—Bien. —Tomo aire, más para generar expectación que porque lo necesite de verdad, aunque he de reconocer que estoy un poco nervioso. Me preocupa su reacción. No, me *importa* su reacción—. Creo que voy a competir.

Sus ojos se ensanchan.

—¿En serio?

—Sí. Creo —insisto—. Hoy se lo he dicho al monitor.

Bruno extiende la mano con la palma hacia arriba. Yo lo tomo como una invitación y coloco mi mano sobre la suya, de forma que nuestros dedos se entrelacen.

—Me alegro mucho, Érik. —Hay tanta sinceridad en su voz que te juro que hasta me entran ganas de llorar—. ¿Cómo te has atrevido a dar el paso?

Dejo escapar un suspiro y echo la cabeza hacia atrás, sobre el respaldo del sofá.

—Creo que lo de ayer me afectó más de lo que pensaba —reconozco.

—¿Lo del «fantasma»?

—Sí. Me acojoné vivo, tío. Y he decidido que no quiero perder el tiempo. No quiero que un fantasma o un cúmulo de energía me reviente un día y me robe la oportunidad de disfrutar de lo que me gusta. Si la natación hace que me sienta orgulloso y me llena lo suficiente, ¿por qué no? Puede que salga mal, puede que descubra que el mundo de la competición no es lo mío. Pero no pierdo nada por intentarlo, ¿no?

Bruno sonríe y asiente.

—No pierdes nada.

Sus palabras me reconfortan más de lo que me gustaría aceptar. Supongo que Bruno tenía razón: necesito que otros estén orgullosos por mí, que validen y reconozcan mis méritos, porque yo aún no soy capaz de hacerlo solo.

—La verdad es que no sé cuánto futuro tiene esto —añado—. Tal vez debería haber esperado hasta volver a casa, porque, bueno, supongo que no me queda mucho tiempo aquí.

Una parte de mí ansía que Bruno se ofrezca a venir conmigo allá donde yo vaya. Supongo que eso no es realista. Su familia está aquí, aunque nunca hable de ella. Vale que su trabajo es *online*, pero, joder, su vida entera está aquí.

El silencio que surge entre nosotros nos da toda la respuesta que necesitamos: la de que ninguno de los dos tiene esa respuesta. Supongo que yo no me conformo con eso.

—¿Qué va a pasar cuando me vaya? —pregunto.

—Todavía tenemos dos meses para pensarlo. No hace falta decidirlo ahora.

La respuesta fácil. La solución a la que ambos queremos agarrarnos.

—Ya, pero... el momento llegará tarde o temprano —insisto.

Bruno suspira.

—Ya lo sé. No he dejado de pensar en eso. —Chasquea la lengua y, por unos instantes, encuentro en su rostro una profunda tristeza que se desvanece después—. No sé si estoy preparado para mudarme. O para vivir con alguien. Ni siquiera fui capaz de vivir con mis padres, y los conozco desde siempre.

Intento afrontar este drama con una sonrisa, pero la fuerza con la que agarro la mano de Bruno decae un poco de manera involuntaria. Las acabo separando antes de hablar.

—¿Cuál era tu sorpresa? —pregunto.

Bruno trata de sonreír también, y nuestros labios convergen en la distancia en esta especie de circo sin alma.

—Después de esto, ya no sé si es el mejor momento para la sorpresa —admite.

—Venga. ¡No me puedes dejar con la intriga! —exclamo, tratando de levantar el ánimo. El suyo y el mío.

—Es que he estado pensando en que te debo una tortura.

—¿Una tortuga?

—Tortura.

Parpadeo un par de veces, arrugando la nariz. No tengo ni idea de a qué se refiere.

—¿Te acuerdas de una conversación que tuvimos hace tiempo?

—¡Ah, claro! ¡Haberlo dicho antes! —exclamo—. ¡Una conversación!

Bruno sonríe.

—No seas tonto, tonto —dice—. Me preguntaste cómo había conseguido trabajo tan rápido y te dije que si te lo contaba tendría que torturarte hasta que prometieras no decirlo nunca.

Pongo todo el empeño del mundo en recordar. Hasta arrugo la frente y todo.

—Joder, ¿cuánto hace de eso? ¿Cómo puedes acordarte?

—A lo mejor tenía muchas ganas de torturarte.

No sé si es el tono de su voz o la elección de las palabras, pero consigue que un despropósito de sonrisa se me grabe en los labios y que mis mejillas se enciendan con un sofocante rubor.

Sin acertar a mirarlo a los ojos, me atrevo a preguntar:

—¿Y cómo piensas torturarme?

Bruno sonríe de un modo que mezcla a la perfección la picardía y lo entrañable. Casi puedo imaginarme lo que se le pasa por la cabeza. Su mano se acerca poco a poco hacia mí y el calor se va apoderando cada vez más de mi rostro, conforme crece en mi pecho una anticipación sin límites. Y ahí es justo donde va a parar la mano de Bruno: a mi pecho. Observo sus dedos, casi conteniendo la respiración, antes de volverme hacia él para que nuestros ojos conecten. Su mano desciende despacio, sin que yo la vea; la siento por encima de la sudadera, bajando por mi pecho hasta acomodarse en el abdomen. En el bajo abdomen. Durante unos instantes, giro la cabeza para asegurarme de que esos dedos están donde creo que están. Cuando vuelvo a mirar a Bruno, me tiembla la mandíbula.

—¿En serio? —pregunto, casi tartamudeando.

Bruno asiente con dificultad.

—Esto parece más una tortura para ti que para mí —bromeo, sonriendo—. ¿Estás seguro? —insisto.

—Supongo que yo he tenido una revelación parecida a la tuya, después de lo de ayer —explica, sin apartar la mano de donde está—. Me pasé toda la noche pensando en esto. Y toda la mañana.

—Bueno —mascullo.

Joder, creo que ni siquiera puedo prestarle toda la atención que me gustaría porque una parte de mí ya está saboreando lo que ocurre ahí abajo. Lo que *puede ocurrir* ahí abajo. La misma parte de mí que ha empezado a despertar y, por alguna razón, me da vergüenza que Bruno se dé cuenta.

—Entonces, ¿quieres que te torture?

El cuerpo de Bruno se adelanta hacia mí y siento el impulso de retroceder unos centímetros. Las mariposas que revolotean en mi estómago, en cambio, no dejan de gritar que me quede donde estoy.

Trago saliva.

—Claro que quiero.

De pronto, Bruno se aleja. Deja de tocarme. Se pone de pie.

Y yo no tengo ni idea de lo que está pasando.

—Ven.

Me levanto como un perrillo al que su amo ha prometido un paseo y lo sigo hasta la habitación. Aunque he recorrido este trayecto cientos o miles de veces, hoy me parece distinto; el destino parece distinto. Pero también el camino. Hay emoción. Excitación. Ilusión. Y una pequeña parte de mí no deja de gritarme que no he mantenido relaciones sexuales en mi puta vida y que fijo que Bruno sí lo haya hecho.

Nos detenemos a los pies de la cama y nos

observamos el uno al otro como jamás nos hemos observado.

—Túmbate —me indica.

—No he hecho esto nunca —admito.

—Ya.

—Lo intenté con mi novia, ya lo sabes, pero no salió bien.

—Lo sé.

—En serio, Bruno, no tengo ni idea de cómo se hace esto y no...

—No vamos a hacer *eso*.

—¿Qué? —pregunto, componiendo una mueca.

—No vamos a hacer lo que tú crees. No vamos a llegar hasta el final. Eso no es tan sencillo.

—Ah.

Bruno me dedica entonces una sonrisita tierna que consigue obrar una magia tremenda. Porque ese simple gesto me recuerda que Bruno es Bruno, y que estoy haciendo esto con él. Estoy a salvo. Estoy seguro.

—Túmbate —me pide de nuevo.

Apenas puedo respirar. Me tiemblan las cejas, la mandíbula y la garganta. Estoy a punto de quitarme las deportivas, cuando descubro que ya voy descalzo. ¿Cuándo me las he quitado? Ni puta idea. Subo a la cama y me arrastro hacia atrás, sin dejar de mirar a Bruno. Me doy un golpe fuerte con el cabecero de la cama, aunque, como soy un chico duro, pues apenas lloro ni nada. Bruno se descalza con mucho más cuidado que yo y sube también a la cama. El latido de mi corazón retumba en mi oído y eclipsa el resto de sonidos. Bruno sonríe y, por un instante, percibo el palpitar de su labio inferior. Apenas tengo tiempo de analizar lo que veo. Bruno planta una rodilla entre mis piernas y apoya las manos en mis muslos. Me cuesta creer que algo tan sencillo me haga sentir una descarga tan fuerte. No puedo apartar los ojos de

Bruno; por eso me sorprende aún más cuando su rodilla me roza la entrepierna. Mi cuerpo se estremece con otro calambrazo.

Bruno estrecha los ojos, entre divertido y complacido, me sujeta un hombro con la mano y se acerca para besarme. Y a mí no se me ocurre otra cosa que envolverlo con los brazos y apretarlo contra mi cuerpo todo lo fuerte que puedo. Bruno se queda inmóvil. Rígido.

—¿Cómo voy a hacer nada si me tienes encerrado? —pregunta.

—¡No sé! Estoy nervioso, ¿vale?

—Sabes que me estás clavando el pito en la barriga, ¿no?

Me pongo colorado, me descojono y rompo a toser. Todo a la vez. Pero no dejo de apretar a Brunito. Tengo su cabeza en mi cuello y su voz me vibra en la piel. Y se me acaba de ocurrir que he tosido muy cerca de él y es probable que sea lo peor que podría haber hecho.

Me separo casi en un espasmo.

—¿Seguro que quieres hacerlo? —pregunta Bruno, con calma.

—¡Claro que quiero! Tío, llevo queriendo hacer esto desde, yo qué sé. El otro día manché la cama porque soñé contigo.

—Ya decía yo que era raro que cambiaras las sábanas sin que yo te dijera nada.

Los dos rompemos a reír y yo me siento aún más seguro. Alargo el brazo y le tomo la mano. La mía está tan caliente que, en comparación, la suya parece fría.

—Soy yo —me susurra—. No pasa nada, ¿vale?

Sonriendo, asiento con la cabeza.

—Quítate la sudadera —me indica—. Y la camiseta.

Acato la orden y dejo la ropa a un lado del colchón. Casi no tengo tiempo de reaccionar antes de que Bruno comience a acariciarme el torso. No me pasa desapercibido el tiempo que se detiene en mis pectorales y tengo que contener una carcajada. Al principio solo desliza los dedos con suavidad, rodeando el pezón, hasta que acerca los labios y me atrapa con ellos. No sé por qué, pero contengo un jadeo. Luego suelto todo el aire de golpe al notar los dientes de Bruno apretando con suavidad.

De pronto, se aleja de mí apenas un metro. La expresión en la cara parece haberle cambiado. Escucho su respiración, capaz de engullir el mundo al completo y no saciarse con ello. Sus ojos se cierran por un instante y yo estoy a punto de abrir la boca para detener todo esto. Porque parece que vaya a romperse. En lugar de eso, abre los ojos y me observa con una determinación que me deja sin palabras. Antes de que tenga tiempo para asimilar lo que ocurre, sus labios recorren mi cuello, obligándome a escupir un gemido de sorpresa y excitación. Poco a poco, los besos van descendiendo hasta mis pectorales (sí, otra vez), donde se deleitan con mis pezones, mientras sus manos se deslizan por mis contornos, encendiendo mi cuerpo, abriendo hogueras a su paso. Por fin, falto de respiración, salgo del trance y logro alargar mis manos hacia Bruno, colarme bajo su sudadera con la intención de tocarlo como me está tocando él a mí, aunque sé que mi tacto inexperto no logrará las maravillas del suyo.

En ese instante, Bruno se tensa y sus manos buscan mis brazos. Se aferran a ellos e impiden cualquier movimiento. Mis ojos piden una explicación.

—No —espeta, con una rotundidad que también es frágil—. Deja..., deja que hoy sea yo el que lo haga, ¿vale?

Lo miro a los ojos, sin llegar a comprender del todo lo que ocurre. Supongo que puedo imaginármelo. Asiento despacio con la cabeza, temeroso de aniquilar el embrujo que nos envuelve.

—No hagas nada —me susurra.

Asiento de nuevo.

Sus manos buscan mi entrepierna y la liberan de la presión de los pantalones y el calzoncillo. El campamento asoma en todo su esplendor y es evidente que no requiere muchos más estímulos para estar satisfecho. Siento algo de vergüenza al desnudarme de esta forma ante Bruno. No porque me esté viendo el jardincito secreto, sino por este sentimiento de vulnerabilidad, de ineptitud, de limitarme a recibir mientras él ofrece y ofrece. Su respiración agitada se entremezcla con la mía; creo que las miradas de ambos convergen en el mismo punto. Bruno echa mano de su bolsillo y no tarda en sacar algo que no logro identificar al principio.

Es un preservativo.

Me lo acerca, dispuesto a ponérmelo.

—Eh, eh —lo detengo—. ¿No decías que no íbamos a...?

—Y no vamos a hacerlo. Pero no quiero que se manche todo.

Frunzo el ceño.

A ver si lo he entendido bien.

¿Va a masturbarme con un preservativo puesto?

Me lo coloca con rapidez, como si ya lo hubiese hecho cientos de veces, lo cual me hace sentir pequeño e inferior. Me repito a mí mismo que estoy con Bruno. El corazón se ha convertido en un tambor en mi cabeza; sus latidos marcan el ritmo de mis percepciones. El mundo me llega en exhalaciones, en bandazos melódicos, en golpes de voz. Solo en la cumbre de los intervalos formo parte de la realidad. Los movimientos de Bruno son lentos y amplios; nada comparado con la rapidez y la premura con que suelo hacerlo yo. Cada ciclo completo hace que mi cuerpo se estremezca. Mientras tanto, su mano izquierda recorre mi abdomen y mi pecho; su boca alterna entre mis labios y mi cuello, entre besos y mordiscos. En ocasiones, su respiración temblorosa me impregna la piel. Yo abrazo su cuerpo contra el mío sin poder evitarlo, por encima de la sudadera; y parece que, al menos, sí me permite este grado de participación.

—No voy a aguantar más —confieso, con todo el rubor de mi corazón.

—No fastidies. ¿Ya?

—Ya.

¿Qué quiere que haga? No he sentido esta cantidad de estímulos en toda mi puta vida. Esto no se puede comparar con masturbarse solo en la habitación, proyectando imágenes en mi mente que no llegan ni a acercarse a la realidad que tengo ahora frente a los ojos. Llevo meses esperando este momento. Mi cuerpo no basta para contenerlo.

Sus dedos se aferran a mí con una nueva intensidad, como si abandonaran su esencia conjunta, su pertenencia a la mano, y se adaptaran a mi entrepierna con renovada singularidad. Sus movimientos se vuelven más firmes de lo que ya eran. Y yo no necesito mucho más. Agarro y aprieto la sudadera de Bruno con los dedos, sosteniéndolo contra mí, mientras mis jadeos crecen hasta convertirse en una sola exhalación que parece expulsar mi alma al completo.

Y un gemido tan ridículo y espantoso que Bruno se echa a reír.

Me da igual, porque resulta que estoy demasiado ocupado disfrutando del intenso placer que me ha recorrido la cintura como pura electricidad. Ahora estoy exhausto, a pesar de no haber hecho nada, y el mundo se difumina tras la retina. Quiero mantener a Bruno pegado a mí, sentir su abdomen contra mi entrepierna en este estado de sensibilidad extrema. Sin embargo, él se levanta y me observa desde arriba.

—¿Puedes quitarte eso y lavarte las manos? —me pregunta, al ver que no reacciono.

A mí me da por reírme. Aunque es difícil separar la risa de los jadeos que aún me poseen.

—¿Puedes dejar que me recupere, al menos? —bromeo.

Él sonríe y atisbo algo de timidez en su rostro. O tal vez sean los nervios. Me lo confirma un ligero temblorcillo en sus dedos. Justo al centrarme en ellos, descubro la presión que empuja contra su pantalón. No seré yo quien lo mencione, por muy culpable que me sienta.

Me levanto descalzo de la cama y me dirijo al baño para deshacerme del condón.

—No lo tires al váter —me recuerda Bruno.

—Tío, que ya lo sé —respondo, en plan bien.

Levanto la tapa del cubo de basura que hay bajo el lavabo y arrojo el preservativo al interior, junto con un par de bolas de papel higiénico y una tirita de cuando me corté con un folio y puse el grito en el cielo. Al mirarme al espejo, me cuesta reconocerme en ese rostro sofocado y enrojecido. Hay, eso sí, algo de magia en él; algo que me hace sonreír.

Me lavo bien las manos antes de volver a la cama y me quedo mirando a Bruno con una sonrisa que no podría borrar por mucho que me esforzara. Él sigue de pie, justo donde lo he dejado. Ahora que me fijo, parece ansioso; lo noto en el jugueteo errático de sus dedos y en su forma de abrazar ese estatismo insólito y sobrenatural. Sus ojos evitan los míos. O tal vez no los eviten; tal vez solo se halle perdido en un mundo que trasciende al nuestro, una realidad que yo no alcanzo a imaginar.

Estoy a punto de preguntarle, cuando abre la boca.

—Voy a entrar al baño un momento —dice.

—Vale.

Asiento con la cabeza y lo observo con expectación. En cuestión de segundos, Bruno empuja la puerta para cerrarla por dentro. Él no suele usar el tirador; siempre evita tocar los tiradores. Durante un instante, siento una punzada de pánico. Después, sin embargo, me dejo caer contra la almohada y me sumerjo de lleno en este estado de placidez que Bruno ha construido para mí. Cada vez que cierro los ojos, me imagino sus dedos explorando mi cuerpo como lo ha hecho hace escasos minutos; sus labios dibujando un rastro sobre mi piel; sus manos envolviendo mi entrepierna como nadie ha hecho jamás. Recordarlo me produce un cosquilleo que me eleva a una zona del mundo que hasta ahora no se hallaba a mi alcance.

Entonces me llega un sonido. No sé si es una respiración, un jadeo o un sollozo. El pánico vuelve y me estruja el estómago.

—¿Bruno? —pronuncio.

Al no recibir respuesta, me levanto casi de un salto y pego la oreja a la puerta. Oigo el sonido de nuevo y me pregunto si Bruno estará resfriado. Como no me fío, abro la puerta con cuidado y me lo encuentro junto al váter, de pie.

Masturbándose.

Mi primer impulso es cerrar la puerta y disculparme; en lugar de eso, me acerco con cuidado, como si estuviese acechando a un cervatillo en el bosque. Mi segundo impulso es preguntarle qué hace, aunque supongo que eso es bastante obvio, así que me callo la boca. El tercer impulso es el único que sigo a rajatabla. Me acerco a Bruno por detrás y abrazo su cuerpo con la mano izquierda. Él se tensa, pero ni se queja ni me evita.

—Deja que lo haga yo —le susurro.

Parece que su corazón se salte un latido o dos o

cuarenta mil. Aun así, no opone resistencia. Por eso pego mi cuerpo más al suyo, hasta que mi entrepierna, ahora cubierta por el calzoncillo ajustado, acaba rozando su retaguardia cubierta por el pantalón. Mi mano derecha se desliza con sigilo hasta su miembro, y la mano de Bruno, que ocupaba ese lugar, se retira del campo de batalla. Durante los primeros segundos, dudo. Cuando Bruno apoya las manos en la pared del baño, siento que tengo toda la confirmación que necesito.

Y me pongo manos a la obra.

Meneársela a Bruno hace que mi cuerpo se colme de sensaciones desconocidas y placenteras. Pensaba que mi entrepierna permanecería dormida durante un buen rato después de lo que acaba de pasar, pero salta a la vista que me equivocaba. El calor que bulle en mi piel y me nubla la mente hace que vaya acelerando cada vez más mis movimientos; hasta que la mano de Bruno se posa sobre la mía y marca el ritmo como un compás.

«Más despacio».

Es lo que quiere decirme.

Asiento con la cabeza, a pesar de que no puede verme, y amoldo mis movimientos a su vaivén. Cuando ve que puedo hacerlo solo, su mano vuelve a la pared, y su respiración jadeante es toda la guía que necesito. También yo estoy jadeando, con una fuerza y una desesperación que eclipsan la mayoría de los sonidos.

Llegado el momento, Bruno se inclina una pizca hacia delante y yo tomo su nueva postura como una invitación para acomodarme sobre su espalda. Entonces paso a besarle el cuello, tratando de imitar sus propios besos de antes y aquellos otros que yo he dado a tantos chicos en mis fantasías, aunque nunca fuera de ellas. Lo muerdo con los labios y le humedezco la piel con la lengua. Tengo que contenerme para no apretar con los dientes cuando su piel arde sobre mi boca. Al final, acabo empujando contra su pantalón y meneo la cintura en un par de rápidas sacudidas; necesito sentir algo de fricción con urgencia. La mano que se dedica a abrazar a Bruno arde en deseos de atender mi propia entrepierna. Mi momento ha pasado. Ahora es su turno.

Una de sus manos retrocede y me busca a tientas; consigue rozarme el hombro, con sus dedos en ebullición, aunque también fríos por haber descansado sobre los azulejos del baño. Su mano, que apenas sabe lo que hace, me toca con desesperación, movida por la necesidad, no por el deseo. Al final, es el propio Bruno el que menea la cintura y el roce de su culo sobre mi entrepierna me corta más de un jadeo. Mis movimientos se aceleran de nuevo sobre el miembro de Bruno, pero esta vez no me detiene. Por eso mantengo la rapidez, la cadencia, mientras su respiración va cada vez disparándose más y más. Hasta que suelta un gruñido que hace que me recorra un intenso placer como sangre por las venas.

Capítulo 54

BRUNO

No parece real.

Lo que acabo de hacer no parece real.

Todavía me estoy adaptando. Al mundo. A la realidad. A lo que quiera que esté ocurriendo en estos momentos. Ahora que la excitación se ha desvanecido con el clímax, he dejado de ver ciertas cosas. De entenderlas también. La luz de la habitación está encendida, aunque yo no puedo verla. Las paredes lucen más oscuras y contienen un mundo que antes creía libre e infinito. Todo parece más amplio, pero también más estrecho. Lo que temo y lo que siento me está susurrando desde las cavidades más recónditas de mi cuerpo, empujando, empujando...

Empujando.

Quiere salir, pero aún no es capaz de cobrar una forma física concreta; una forma, en general. Mi corazón ya ha empezado a entender, a traducir esas sensaciones que mi cerebro aún lucha por comprender. Raudo y fuerte, embiste contra mi pecho. Intento ignorarlo, porque supongo que es lo único que puedo hacer.

Escucho a Érik decir algo; sus ojos se me aparecen en la visión periférica, y también su sonrisa. Para mí, más que una realidad, esto es un recuerdo. Algo inalcanzable. Algo que no me pertenece, ni me pertenecerá jamás. Me tumbo en mi lado de la cama, víctima de la inercia y el automatismo, contemplando la pared, que se me antoja más lejana que nunca. El peso de Érik hunde el colchón a mi lado. No sé si sigue hablando o ha dejado de hacerlo.

Tranquilo, Bruno. No pasa nada.

Hoy mis palabras no me ofrecen siquiera un atisbo de paz. Porque lo que hoy siento va más allá de darme una ducha después, de lavar la ropa o de limpiar una habitación. Lo que hoy siento tiñe el mundo hasta los cimientos, llega hasta la raíz y hace que mi sangre maldiga sin descanso.

Por un instante, escucho un susurro, una voz gélida, que me hace pensar que hay alguien con nosotros en la habitación. Enseguida me doy cuenta de que es la respiración de Érik. En el silencio que reina, se alza extraña. Intensa. Supongo que es normal, después de lo que acabamos de hacer. De algún modo, la siento expectante. Como si exigiera explicaciones. No creo que se haya dado cuenta de lo que pasa por mi cabeza; de que *no sé* lo que pasa por mi cabeza, mejor dicho. Tal vez me equivoque. Tal vez el temblor de mi cuerpo le haya dado una pista.

—¿Estás bien?

Su voz me arroja al vacío, se tergiversa en mi cabeza y me produce náuseas y un profundo dolor de cabeza. No logro responder; cuando estoy a punto de hacerlo, se me llenan los ojos de lágrimas y el pecho de sollozos.

Tranquilo, Bruno.

Puedo repetírmelo todas las veces que quiera; estoy seguro de que no voy a conseguir nada. Hasta mi propio nombre suena hoy extraño. Bruno. El de Érik se alza más veraz que el mío. El único real.

Sus brazos me aprietan por detrás y puedo sentir

su corazón en la espalda. Aún sigue agitado, no sé si por el sexo o porque mi reacción le asusta. Una parte de mí quiere escapar de esta jaula de carne; la otra ansía permanecer porque él es el único que puede sostenerme cuando todo mi cuerpo lucha por caer.

—¿Qué te pasa? —me susurra.

¿Qué me pasa?

Ojalá pudiera darle una respuesta.

Imagino que es más cómodo saltar directamente al final.

—No estoy hecho para vivir con nadie —resumo—. Ni para estar con nadie. No sé para qué estoy hecho, en realidad.

—No digas tonterías.

—Es la verdad. Por eso me fui de casa de mis padres.

Érik no responde; y supongo que entiendo por qué. Nunca le he contado nada de mi familia que vaya más allá de las generalidades.

—¿Quieres hablar de ello? —pregunta, al fin.

—No.

Pero, al parecer, sí que quiero.

Porque resulta que un instante después estoy soltándolo todo por la boca.

—Cada día era un infierno. En todos los sentidos. Cada vez que alguien entraba al baño, por ejemplo, me dedicaba a controlar que se hubiesen lavado las manos después. Me acercaba a la puerta para ver si escuchaba el grifo y, si no, les recordaba que lo hicieran. Ayudaba a mi madre a cocinar porque no me fiaba de cómo pudiera hacer las cosas. Empecé a apartar un vaso, un plato y una serie de cubiertos solo para mí, porque no confiaba en que el resto los fregaran igual de bien que yo. Empecé a hacer cientos de cosas que convirtieron mi vida en una tortura. O sea, en una tortura *mayor* que la que sufro ahora. Necesitaba salir de allí.

—¿Cómo se lo tomaron? —Érik articula las palabras con cautela, como si tanteara con los pies antes de atravesar un peligroso desfiladero.

—Bien, al principio —respondo. El pecho se me infla bajo las manos de Érik, que aún no me ha soltado—. En el fondo, imagino que ellos también estaban hartos de que los controlara y les dijera cómo hacer las cosas. Ya lo sé. Sé que tiene que ser un coñazo.

—No es un coñazo.

—Es un coñazo —me reafirmo, a la defensiva—. Vivir así es una mierda, tanto para mí como para los demás.

—A mí no me molesta.

Suspiro y el tacto de las manos de Érik continúa grabado en mí como una marca de fuego.

Lo dice con buena intención, Bruno.

Lo sé. Sé que quiere hacerme sentir mejor.

—No te molesta *ahora*. Pero espera a que llevemos, no sé, ¿dos años? ¿Qué pasa si te digo que la idea del sexo anal me da ganas de vomitar o de suicidarme? ¿Qué pasa si no podemos hacer eso nunca?

—¿Qué pasa?

Su tono me hace darme la vuelta. Nada más ver sus ojos, sacude la cabeza como si la respuesta fuese obvia y yo, el único incapaz de verla.

—Me la suda si no me la metes nunca por el culo —suelta, como si nada—. O si yo no te la meto a ti. Lo que hemos hecho hoy ya ha sido cuarenta mil veces mejor que nada de lo que haya hecho yo solo.

Por encima de toda la frustración que siento ahora mismo, se me escapa una sonrisa.

—Tienes el listón muy bajo, entonces —bromeo.

—No creo —responde, sonriendo también.

—De todas formas, eso es lo que dices...

—No —me interrumpe—. No es lo que digo *ahora*. Y si nos cansamos de las pajas, nos compramos algún juguete sexual, que tenemos que apoyar a la industria.

Por un momento, sonrío. Luego todo se desvanece. Porque no es tan fácil. Ojalá lo fuera. Ojalá no hubiera problemas, ni dificultades, ni deseos que no se pueden consumar. Pero los hay. A montones. E incluso algo tan básico como masturbar a mi novio o que él me masturbe a mí me tiene sumido en un huracán del que no sé cómo escapar. Ni siquiera he sido capaz de ubicarme dentro de la tormenta. Si no sé dónde estoy, ¿cómo voy a encontrar la salida?

—Has dicho que tus padres se lo tomaron bien al principio.

Las palabras de Érik me provocan un escalofrío que me presiona la garganta.

—Sí —asiento.

—¿Algo cambió?

Gruño con levedad antes de decir:

—Más o menos. La cosa iba bien. Mi madre estaba hasta ilusionada. No porque me fuera, sino por echarme una mano con la mudanza, decorando el piso de alquiler y todo eso. Venía a menudo para traerme cosas, ayudarme a ordenar, prepararme algo de comer...

—¿Y qué problema hubo?

—Ese fue el problema.

—¿Cómo?

—Que venía a menudo. —Cuando sus ojos se abren de pronto, sé que acaba de comprenderlo. Aun así, necesito explicarlo en voz alta; supongo que para no sentirme culpable—. Me fui de casa para tener independencia, para estar solo. Para que yo fuera el único que tocaba las cosas, el único que limpiaba o ensuciaba. Cada vez que mi madre venía, luego tenía que limpiar todo aquello a lo que ella le había puesto las manos encima. Era eso o convivir con la ansiedad.

Me di cuenta de que estaba pagando un alquiler y ni siquiera tenía el *refugio* que yo iba buscando. Pensé que tarde o temprano se cansaría de visitarme y me dejaría a mi aire. Por eso no dije nada; porque ya me sentía bastante mal por haberme buscado un piso solo para huir de ellos. Pero no dejó de venir. Y yo cada vez estaba más nervioso. Hasta que, un día, exploté.

Durante la breve pausa que hago, siento deseos de cerrar los ojos con fuerza y tentar a la suerte, hacerme creer que todo es un sueño y que voy a despertar en otro lugar. Me froto la frente con la manga porque, total, ya tengo que darme una ducha de todas formas. Aun así, un leve picor permanece, fruto de la ansiedad, mi eterna compañera.

—Le grité que no quería que viniera —explico—, que no quería que tocara mis cosas, que limpiara, que ordenara. «¿Por qué te crees que me fui de casa?», le dije. Recuerdo las palabras como si hubiese sido ayer. Recuerdo hasta el tono. Recuerdo su cara. Mi madre siempre tiene respuestas para todo. Ese día no las tuvo. Se quedó callada, mirándome, hasta que soltó el plato que estaba fregando, se secó las manos y se fue casi sin despedirse.

No sé si lo que veo en los ojos de Érik es pena o compasión; tampoco sé si el que despierta esos sentimientos soy yo o mi madre. Lo único que sé es que son esos ojos los que me impulsan a seguir hablando. Porque, en estos momentos, el silencio me asusta más que cualquier palabra.

—Desde entonces, apenas hablo con ellos. Ni con mi madre, ni con mi padre, ni con mi hermana. Bueno, mi hermana me llama o me escribe de vez en cuando para recordarme lo que hice y lo horrible que fue. Intenté arreglarlo muchas veces, disculparme. Pero no fui capaz. Después fue pasando el tiempo y...

cada vez era más difícil. —La voz acaba por quebrar y las lágrimas vuelven a mis ojos. Érik me aprieta entre sus brazos, aunque no con demasiada fuerza. Tal vez teme cruzar la barrera—. Y me encantaría que volviéramos a estar bien, pero no sé cómo hacerlo. A veces sueño que vuelvo a ese momento y todo es diferente. No le grito a mi madre y las cosas siguen estando bien. A veces sueño que no tengo esta mierda de obsesión; que soy *normal*. Y ya sé que estoy en contra de usar esa palabra, pero yo sí que no soy normal, Érik.

—Eres normal.

—Supongo que eso es lo de menos.

No responde. Imagino que esta situación lo supera.

—¿Por qué no te disculpas? —pregunta, al fin.

—¿Ahora? ¿Después de tantos meses?

—¿Por qué no? —Su rostro me susurra que soy el único que ve en ello un problema.

—No sé qué decirles —alego.

—¿Alguna vez les has hablado de tu problema?

—Más o menos.

—¿Qué significa eso?

—Saben que hay cosas que no me gustan.

—Pero ¿saben cómo te hacen sentir esas cosas? Me encojo de hombros.

—No pueden leerte la mente —me recuerda.

—Ya.

—No, te lo digo en serio. No podemos leernos la mente los unos a los otros. Llevo toda la vida viviendo a la sombra de Pedro, pensando que mis padres no me valoraban en absoluto. Y resulta que ellos ni siquiera se habían dado cuenta de que yo me sentía así. Tienes que decírselo, Bruno. Tienes que explicarles cómo te sientes de verdad; porque a lo mejor no lo saben. Es probable que no lo sepan. Si ellos supieran, como yo sé, lo que sufres cada día por culpa de esa obsesión, nunca habrían dejado de hablarte. Ni se habrían tomado las cosas de esa forma.

Puede que lo que dice Érik sea cierto, pero también me frustra. Tanto que la idea de responder me provoca ganas de llorar y de gritar. De llorar todavía más, quiero decir. Aunque me encantaría poder mantener una conversación racional con él, en estos momentos no me veo capaz.

—Creo que tengo que irme —anuncio.

—¿Te vas? —Hay decepción en su voz y en sus ojos castaños.

Me aparto de su lado con cuidado, me calzo las deportivas y me pongo de pie. Érik no deja de mirarme, interrogándome con esos ojos que se me clavan en el alma.

—¿Es por algo que he dicho? —pregunta.

Le dedico una sonrisa amarga antes de responder.

—No. No es por nada que hayas dicho o hecho, Érik. Necesito irme y... —me sacudo el pelo y el gesto dura solo un segundo y medio; lo justo para darme cuenta de que debo de tener las manos sucias—, no sé. Pensar. Y ducharme. Pero sobre todo pensar.

—Bueno.

No parece quedar muy conforme con la respuesta.

Me acompaña hasta la salida y, justo después de despedirnos, me da por girarme.

—No estoy enfadado contigo —le aseguro—. Todo está bien entre nosotros, ¿vale?

Él asiente, aun sin mostrarse de pleno seguro.

Y, por fin, me voy.

Capítulo 55

ÉRIK

Menuda mierda.

Ya sé que Bruno ha dicho que no es culpa mía, pero ¿qué es lo que hago en cuanto cierro la puerta y pierdo a Bruno de vista? Darle vueltas a la puta cabeza. Eso es. Joder. ¿Cómo quiere que no me raye por esto? No dejo de pensar que he tenido algo que ver. Todo iba bien, ¿no? Más o menos. Igual es algo que he dicho. O igual es culpa mía, por habérsela meneado en el cuarto de baño, en lugar de dejar que lo hiciera él. ¡Si es que me lo había dicho claro! «Deja que hoy sea yo el que lo haga». Aún recuerdo el sonido. Y yo he tenido que ir a tocarle los cojones. Literalmente, además.

Me tiro en el sofá mientras dejo escapar el suspiro más profundo de toda mi puta vida. O, como mínimo, tiene que estar en el top cinco.

Se me escapan un par de lágrimas y no se me ocurre otra cosa que apretar el móvil contra mi pecho. Porque así parece que Bruno sigue a mi lado.

No sé.

No dejo de sentirlo tan tan lejos que me hace daño. Que sí, que me ha dicho que todo está bien entre nosotros, pero... joder, también ha dicho que tiene que pensar. *Pensar*. Eso no suena bien. Puede que el resultado de ese *pensar* sea que no se ve preparado para mantener una relación conmigo. Fui yo el que le dijo que iríamos despacio, a su ritmo; y también he sido yo el que le ha tocado la polla a pesar de sus advertencias.

Tengo que dejar de recordar ese momento.

¡Pero no puedo!

A los pocos minutos (o muchos, yo qué sé) de estar tumbado en el sofá, me sobresalta el timbre de mi móvil.

Bruno.

Tiene que ser Bruno.

Por favor, que sea Bruno. Esto confirmaría que de verdad todo está bien entre nosotros. O tal vez no. Tal vez sea Bruno, que trae el veredicto de su *pensar*. Dios, en serio, voy a cogerle asco a esa palabra. *Pensar*. ¿No es la peor palabra del mundo?

Bueno, todo eso da igual, porque resulta que no es Bruno.

Y supongo que preferiría que me hubiese llamado cualquier otra persona del planeta, antes que la que aparece en la pantalla del teléfono.

Joder. ¿Habrá un momento más oportuno? No tengo fuerzas para gestionar esto ahora.

Lo dejo sonar una vez. Dos veces. Hasta tres.

Tengo que cogerlo. No queda otra. Además, ¿no debería querer hacerlo? Yo mismo he estado llamándolo antes, ¿no? Venga, va.

Acepto la llamada de Gabi.

—¿Qué? —pregunto. Intento adoptar un tono neutro, pero me da que es una mezcla espantosa de pena, miedo y enfado.

—Me has llamado —dice, con un tono de voz similar.

—Porque tú me has llamado a mí primero.

—¿Esta es la versión moderna del «y tú más»?

Hay algo en su tono, o en la tensión que siento, que me hace estallar en una carcajada. Cuando su voz suena de nuevo, se me hace más suave. Todo es más suave.

—¿Quieres que nos veamos? —dice.

—No me apetece salir.

—Ah —espeta, prudente—. ¿Y si voy yo a tu casa?

Silencio.

Me lo estoy pensando.

—Si quieres, vale —consiento.

Lo único bueno que tienen esos veinte minutos esperando a Gabi es que, de vez en cuando, dejo de pensar en Bruno para pensar en qué cojones querrá decirme. No sé cuál de los dos pensamientos es peor, la verdad.

Cuando abro la puerta, me lo encuentro con las manos metidas en los bolsillos de la sudadera. Ganas me dan de soltarle un: «Tío, ¡me has robado mi postura estrella!». Y que conste que solo sé que es mi postura estrella porque Bruno se ha dado cuenta de que lo hago; yo no tenía ni idea. Gabi tiene los ojos negros fijos en mí y hay algo en ellos que parece suplicar. Se aparta los rizos castaños de la frente antes de pasar.

—¡No! —exclamo, impidiendo que tome asiento justo donde pensaba hacerlo—. No te sientes en esa silla.

Con los ojos muy abiertos, Gabi se acomoda en el sofá, mientras yo aparto la silla de Bruno y la pego contra la pared. Dios, me va a estallar el corazón. Esto es peor que haber estado a punto de ser atropellado. Si esto no es amor, ¡yo no sé lo que es!

Me acoplo en el otro extremo del sofá, con la espalda pegada al reposabrazos. Imagino que hay cierto recelo en mi mirada. Gabi no deja de sacudirse los rizos, ya sea con las manos o con movimientos de cabeza. Lo hace siempre que está nervioso; aunque es muy raro verlo nervioso. Todavía recuerdo la última vez: corría el año 1987...

Es broma. En el ochenta y siete ni él ni yo habíamos nacido. Joder, en serio, me está afectando mucho el estrés, ¿no? De normal no soy tan gilipollas.

—¿Qué querías? —lo azuzo, viendo que él no termina de arrancar.

Entonces lo oigo decir algo; en voz tan baja que no hay quien lo entienda.

—¿Qué?

—Que lo siento. —No es capaz de mirarme a los ojos. Yo sí que lo miro a él. Compone una mueca antes de añadir—: Fui un imbécil. Eso de que yo tenía derecho a saber que eras gay fue una gilipollez. Es cosa tuya decidir cuándo contarlo. Simplemente me agobié, ¿vale?

Contengo un suspiro al escucharlo.

—¿Por qué? —pregunto—. ¿Te pensabas que alguna vez he podido estar enamorado de ti o algo así?

—¡Qué va! —me interrumpe—. Es que..., coño. —Aprieta los dientes y se sacude los rizos por enésima vez—. Me agobié porque, cuando me dijiste que eras gay, pensé que igual he sido un pedazo de capullo durante muchos años. Se me vinieron a la cabeza mil conversaciones en las que seguro que fui bastante poco respetuoso con los gais y, Dios, quería morirme mucho pensando en cómo te habré hecho sentir.

Su confesión me hace sonreír. Supongo que todo esto tiene hasta un punto tierno. Porque para nada esperaba que esa fuera la auténtica razón de que reaccionara como lo hizo.

—La verdad es que has sido un pedazo de capullo alguna vez, sí —comento con suavidad. Él se da cuenta de que no voy del todo en serio y lo veo esbozar una sonrisilla.

—Ya —admite—. Como el otro día, cuando empecé

a decirte que tu vecino era gay y que tuvieras cuidado con él. Joder, en serio, soy imbécil. ¡Y lo de la puta estadística!

—La puta estadística —confirmo, asintiendo con la cabeza, solemne. Ambos rompemos a reír—. A ver, tengo que admitir que ahí tenías parte de razón. Supongo que, estadísticamente hablando, los gais somos minoría. Además, piensa que no me dijiste eso de: «No tengo nada en contra de los gais, muchos de mis amigos son gais».

Gabi se parte de risa.

—Es que no tengo amigos gais —reconoce—. Tú eres el primero.

—Entonces ahora puedes usar ese argumento, gracias a mí. De nada. —Alzo las cejas y apenas puedo contener la risa.

Gabi niega con la cabeza, mordiéndose el labio. Ha dejado de sacudirse los rizos. Yo también he dejado de sacudírmelos; hablando en plan metafórico, quiero decir. Porque yo no tengo rizos. Lo que intento explicar es que ya no estoy nervioso. Aunque teniendo en cuenta que estoy pensando en gilipolleces otra vez, pues igual un poco sí.

—No decía nada de eso en serio —explica—. Lo sabes, ¿no? A veces hablo sin pensar. Yo qué sé. Creo que tengo una necesidad patológica de rellenar los silencios con cualquier mierda que se me venga a la cabeza.

—Métete un calcetín en la boca.

Aprovechando que estoy descalzo, me quito el izquierdo y se lo lanzo. Gabi lo esquiva con los reflejos de un manatí echando la siesta. Vamos, que le pega en toda la cara.

—Asqueroso —se queja, de buena gana, antes de agarrar el calcetín y lanzármelo de vuelta. Lo atrapo con la mano y me lo vuelvo a poner en el pie—. Que te quede claro —añade—, me da igual que seas gay, ¿vale? Eres mi amigo y te quiero seas como seas. No he dejado de pensar en ti desde que tuvimos la movida esa.

—Eh, eh —lo detengo, haciendo un gesto con la palma de la mano—. ¿Hace unos días te molestaba que fuera gay y ahora quieres meterte en mis pantalones?

Gabi se echa a reír y se pone un poco colorado. Debe de ser una de las pocas veces que lo veo sonrojarse.

Y, de pronto, siento que tengo la ocasión perfecta para mencionar algo que llevo tiempo guardándome.

—Ya que has sacado el tema de hablar sin pensar, creo que deberías dejar de referirte a las tías como si solo fueran trozos de carne o posibles conquistas románticas.

Sus ojos se abren con genuina curiosidad.

—¿Qué?

Encojo la nariz en una mueca involuntaria.

—Parece que solo te importe si te las puedes llevar a la cama o no. No mola, tío.

Gabi agacha la cabeza y vuelve a echar mano de sus rizos. Bueno, ahora se los está rascando; no sé si eso cuenta como sacudírselos.

—Ya sé que lo de Alicia te dejó tocado —añado—, pero, tío, no seas así. Tú no eres así. Nunca lo has sido.

Gabi gruñe largo y tendido, al tiempo que se inclina hacia delante, apoyándose en sus propios muslos. Después, se reclina hacia atrás hasta enterrar la cabeza en el respaldo del sofá.

—Ya lo sé —admite—. Sé que soy un capullo. Lo peor es que ni siquiera pienso lo que digo. Eliana, la pava esta con la que llevo hablando ni se sabe, me encanta. Y me la sudan sus tetas y su culo y su todo, porque me encantan las conversaciones que tenemos hasta las tantas de la madrugada. Hablamos de unas movidas filosóficas que lo flipas.

—Entonces no seas capullo, anda —le suelto, con cariño.

Él sonríe apenas antes de cambiar de tema.

—¿Y a ti? ¿Cómo te va con...? Bruno, ¿no?

Recordar a Bruno trae un suspiro a mi garganta.

—Bien. O eso quiero pensar.

Gabi se me queda mirando, mientras yo me planteo hasta qué punto debería contarle. O si debería contarle algo, a secas.

Capítulo 56

ÉRIK

En el momento en que abro los ojos, toda la placidez del sueño se transforma en una inquietud oscura. Sabes que el día va a ser una mierda cuando nada más levantarte ya no puedes ni respirar.

Ayer me quité un peso de encima con todo el asunto de Gabi, sí, pero lo de Bruno sigue atormentándome. Apenas nos dijimos nada desde que se piró. De hecho, creo que solo nos dimos las buenas noches. Yo se las di y él me las devolvió. Yo le mandé un montón (en serio, un montón) de emoticonos de besitos y él me respondió con un montón (en serio, un montón) de emoticonos de besitos, pero no tantos como yo.

Nada más.

Cualquier otra noche habríamos dormido juntos, nos habríamos quedado sobados con los móviles en la mano o nos habríamos escrito chorradas hasta decir basta. Así que, en comparación, un «buenas noches» y un montón de emoticonos de besitos no son nada. Aunque sean un montón de emoticonos de besitos. Es que fueron un montón, ¿vale? Es difícil hacerse a la idea de cuántos emoticonos de...

Vale, ya está, ya paro. Tampoco fueron tantos.

Después de que le contara a Gabi, sin entrar mucho en detalle, que Bruno y yo habíamos tenido un momento un poco raro, me propuso que fuéramos a dar una vuelta hoy por la mañana, o a comer a algún sitio. Le dije que no. No me apetece hacer nada; solo quiero arreglar las cosas con Bruno. Si es que hay algo que arreglar. Me dejó muy claro que todo estaba bien entre nosotros, pero...

Venga, va, no voy a entrar en el puto bucle otra vez.

Además, si salgo por ahí, voy a sentir que estoy traicionando a Bruno. Como si no me importara lo que pase entre nosotros. Sé que es una estupidez y que está solo en mi cabeza, pero no me apetece sentirme así. Solo quiero hablar con él y que me grite al oído que todo va a salir bien. O que me lo susurre, tampoco hace falta que me deje sordo.

Con un suspiro, me revuelvo entre las sábanas y abrazo con fuerza la almohada, con manos y piernas, imaginando que es Bruno a quien tengo entre mis brazos. Su lado de la almohada aún huele a su champú.

Podría coger el teléfono y llamarlo ahora mismo, decirle que lo quiero y que espero que todo esté bien y preguntarle si ha terminado ya de pensar todo lo que tenía que pensar. Pero me da miedo hacerlo. ¿Y si me dice que prefiere que lo dejemos?

A eso de las tres del mediodía, después de dar vueltas y vueltas a los mismos asuntos sin salir de la cama, me levanto por fin, me doy una ducha, me caliento una *pizza* de microondas y me siento frente al televisor para canalizar toda esta mierda a golpe de *joystick*. No puedo evitar fijarme en las hojas de papel en las que estuve trabajando durante buena parte de la noche de ayer. Un recuerdo más de Bruno; es mejor no pensar en ellas.

A las cinco, me llama mi madre, pues como ella no duerme siesta, asume que nadie lo hace. Por suerte, me pilla despierto.

Apenas me cuenta nada nuevo, pero ha pillado la

costumbre de que hablemos cada pocos días. Por lo visto, a una de las compañeras de Pedro se le ha acabado el contrato y no se lo han renovado. A mí eso me da un poco igual, y sobre todo hoy, pero como ha sido un tema muy sonado en mi familia (equivalente a, yo qué sé, las nominaciones de *Gran Hermano* en otras casas), pues asiento con todo el asombro que me sale.

—Anoche le mandé a Bruno fotos de cuando fuimos a Benidorm —dice de repente.

El corazón y los pulmones se me paran durante varios segundos.

Mierda.

Igual no era muy buen momento para viajar a través de las páginas de los álbumes familiares, aunque tampoco puedo decírselo a mi madre sin que se entere de nada de lo que pasó ayer. Porque, ¿cómo se supone que voy a contarle a ella lo que ocurrió? Aun en el supuesto de que quisiera hacerlo.

—Ah, ¿sí? —respondo, sin demasiada emoción.

—Sí. Fue él el que me pidió las fotos.

El corazón me estalla de súbito.

—¿En serio? —pregunto.

—Claro. Le estuve contando lo masificado que estaba todo, que apenas había hueco para poner la sombrilla. ¿Te acuerdas de que tu padre terminaba el primero de desayunar y corría hasta la playa para coger sitio? Era terrible. Le dije que no pensábamos volver. Yo no sé cómo se nos ocurrió aquello. Tu tía. Ella fue la que nos metió la idea en la cabeza.

No entiendo ni la mitad de lo que me cuenta mi madre, porque no dejo de pensar en que ayer, precisamente ayer, Bruno le pidió a mi madre fotos mías. Fotos mías. Ayer. ¿Significa eso que hay esperanza? ¿Significa eso que todo va bien?

Tengo que averiguarlo.

En cuanto termino de hablar con mi madre, llamo a Bruno.

Lo que oigo al otro lado de la línea quiebra todo mi buen humor.

—¿Estás llorando? —pregunto—. ¿Qué te pasa?

Lo oigo sorber por la nariz.

—Nada, nada —dice, quitándole importancia—. ¿Qué querías?

Tardo un poco en reaccionar. Todavía no sé si seguir insistiendo en el porqué de su llanto.

Al final, decido dejarlo estar.

—¿Quieres que nos veamos?

—Claro —dice, sin pensárselo. Eso es buena señal, ¿no? Por favor, necesito que sea buena señal—. Termino de limpiar el salón, me ducho y voy para allá.

—Perfecto.

Según mis estimaciones, entre la limpieza y la ducha, no creo que Bruno esté aquí antes de pasada una hora. Tal y como están las cosas, me parece mucho tiempo. Demasiado. Pero ha accedido a venir sin cuestionarlo siquiera. Eso es bueno.

Lo que no me parece tan bueno es que estuviera llorando.

¿Y si quiere venir para cortar conmigo?

¿Y si al decirle que venga se lo he puesto aún más fácil?

No, joder, no. No puedo pensar así. Todo va a salir bien.

Todo va a salir bien.

Sentado en el sofá, dejo caer la cabeza en el respaldo y cierro los ojos con suavidad, tratando de dejar la mente en blanco. No lo consigo muy muy bien, pero supongo que tiene un pase porque, cuando alzo los párpados, tengo la sensación de haberme quedado dormido.

Y hay una figura justo enfrente de mí.

El corazón me da un vuelco, hasta que descubro de quién se trata.

—¡Joder! —exclamo—. Qué susto me has dado, Bruno.

Vale, acaba de confirmarme que darle una llave de mi piso fue una mala idea. ¿De verdad le parece normal entrar sin hacer ruido y plantarse justo a mi lado mientras duermo?

Me llevo una mano al pecho, tanteando mi corazón, y entonces caigo en la cuenta de que Bruno no ha reaccionado a mi comentario. Levanto la mirada para estudiar a la figura inmóvil que se alza frente a mí.

No es Bruno.

Tiene su aspecto y su ropa; pero no es él.

A pesar de que lleva una mascarilla negra cubriéndole la nariz y la boca, soy capaz de ver su sonrisa, diabólica y larga. Tan larga que no creo que tenga un final auténtico. De manera instintiva, me yergo en el sofá y empujo mi cuerpo contra el respaldo.

—¿Quién... eres? —acierto a decir. Tengo la garganta seca y me tiembla la voz.

No hay respuesta.

La figura me observa desde arriba, condescendiente y altiva, con una expresión que el verdadero Bruno jamás me dedicaría. Sé que ambos miden lo mismo (no sé cómo lo sé, pero lo sé) y, a pesar de ello, parece que este Bruno sea mucho más alto que el otro.

Se me aceleran el pulso y la respiración.

—¿Eres la parte de Bruno que me odiaba? —insisto—. ¿La que envidiaba que yo tuviera una «vida fácil»?

Sigue sin haber respuesta.

Intento ponerme de pie, pero la mano del extraño me empuja de vuelta a mi asiento, con una fuerza a la que no puedo oponerme.

¿Cuándo ha alargado la mano para hacerlo?

Es imposible.

No ha movido el cuerpo ni los brazos, pero, aun así, no hay duda de que su mano me ha empujado contra el sofá.

El pánico hace que empiece a jadear. Aprieto los puños y los encojo contra el tronco. El falso Bruno sigue sonriendo por debajo de su mascarilla. Nunca antes he visto algo tan aterrador como esa sonrisa que percibo de formas imposibles. Tengo la sensación de que esta... ¿criatura? exhale pura oscuridad.

Cuando quiero darme cuenta, se halla sentado a mi lado, mirando al frente. Desconozco cuándo ha flexionado las piernas o en qué momento ha dejado de encontrarse donde se encontraba. Poco importa. El escalofrío que me recorre me hace pensar que puedo llegar a perder alguno de mis miembros.

—¿Qué quieres? —pregunto, a duras penas.

Entonces escucho su voz.

En cierto modo, es la voz de Bruno. Su color, sus matices. Pero también es la voz del cosmos, de todos los demonios que se esconden en los rincones más lejanos de la galaxia.

—Te quiero a ti —me susurra.

Mi cuerpo entero tiembla al oírlo.

No es un «te quiero» de Bruno. Es un «te quiero» colmado de una violencia velada y silente, de una negrura tan opaca que rivaliza con la propia oscuridad y que aterraría, incluso, a los seres que habitan en ella.

—Quiero tu vida —añade.

—¿Mi... vida? —titubeo.

La figura me observa sin reparo. Sus ojos son tan profundos que parecen no tener fin. Las pupilas lucen normales, pero hay algo en ellas que no termina de cuadrar.

—No tienes derecho a tenerlo tan fácil. —Sus gélidos dedos me acarician con cuidado por debajo de la ropa, entumeciéndome. Me pregunto cómo es capaz de tocarme, si sus manos no se han movido de su regazo. Aprieto los ojos en un acto reflejo—. Yo vivo un infierno mientras tú sigues adelante sin contemplaciones, sin pensar en lo difícil que puede ser para otros. Para mí, por ejemplo. —Las sílabas se alargan en su garganta, como si fueran serpientes o relojes de arena que fluyen sin parar.

—Lo pienso —protesto—. Sé... lo difícil que es para ti.

—Finges que lo sabes. Pero no lo sabes.

Sus dedos tocan todos y cada uno de mis músculos; todos al mismo tiempo. Y, mientras tanto, sus manos aún descansan en el regazo. Cada vez que sus yemas se posan sobre mi piel, aparece un dolor indescriptible. Siento que me está quitando algo; algo que me pertenece a mí y solo a mí.

Pero no puedo moverme.

Solo puedo tratar de negociar a la desesperada.

—Yo también... tengo mis problemas. No creo que quieras mi vida. Yo también...

La figura coloca un par de dedos sobre mis labios y noto un sabor que jamás he probado antes. No sabría describirlo con palabras, porque no hay, ni habrá nunca, nada que se le parezca.

—Me da igual. —Su voz es el cascabel de la última noche en la tierra—. Sean cuales sean tus problemas, no podrán compararse con los que tengo yo. Mereces que te lo quite todo. ¡Mereces que te lo quite por haber dado las cosas por sentadas!

El tacto de la figura cada vez se vuelve más insoportable; el dolor es tan intenso que comienzo a gruñir y a jadear. Me retuerzo, pero apenas puedo moverme; es como si cientos de manos me apresaran a la vez. Al mirar con el rabillo del ojo, veo la silueta del falso Bruno.

Ya no se parece a Bruno.

Ahora es una bestia de extremidades largas y fauces terribles. Y se cierne sobre mí, enjaulándome con sus patas, que parecen cuatro, pero encuentro imposible que lo sean. Su aliento es un gas que puedo ver desde todas direcciones; un gas que no está ahí de verdad.

Y, aun así, me está envenenando.

No acabo de entenderlo. Cada vez me siento más débil y exhausto. Intento emplear mis últimas fuerzas en zafarme de él, pero todo lo que consigo es revolverme lo suficiente para quedar tumbado boca arriba en el sofá, con la criatura sobre mí. Su apariencia vuelve a ser la de Bruno, con sus ojos y su mascarilla. Pero también es la bestia. Creo que son ambos al mismo tiempo. No sabría explicar de qué forma.

La sonrisa de la figura se derrama sobre mi rostro como si fuera el agua de lluvia; por más que jadeo, apenas entra aire a mis pulmones.

—Dámelo —me susurra, con sus fauces imposibles—. No mereces nada de lo que tienes.

Tengo sueño.

Mucho sueño.

Los ojos se me cierran poco a poco, mientras la criatura me toca sin parar.

Cada vez siento menos el dolor.

Quiero suplicarle que me deje ir, que quiero ver de nuevo a mis padres, a Gabi, a mis amigos...

A Bruno.

Pero ya no tengo fuerzas para mover los labios.

Capítulo 57

BRUNO

Érik.

No he pensado en otra cosa desde que me desperté esta mañana.

Incluso ahora, de cuando en cuando, no dejo de mirar las fotos que me mandó ayer su madre, Sofía, del viaje a Benidorm. Mi favorita es una en la que aparece un Érik de quince años sonriendo y abrazado a su hermano por el cuello. Lleva un bañador azul y una gorra ladeada en la cabeza. Está tan guapo que no dejo de sonreír cada vez que la veo. Hasta el momento, no he visto una sola foto de Érik en la que no me parezca precioso.

En esta ocasión, me doy cuenta de que cada vez aprieto el teléfono con más fuerza. Las lágrimas han empezado a brotar de nuevo, así que corro a secármelas antes de que caigan sobre la pantalla, como si estuviera mirando una foto en papel y temiera que se echara a perder.

Ayer, cuando hui de casa de Érik para volver a la mía, pensé que la ducha me haría sentir un poco mejor, pero ni siquiera el agua caliente y el gel lo consiguieron. De hecho, creo que me sentí aún peor. A veces, reaccionó así después de estar con Érik. Porque siento que al ducharme estoy intentando desprenderme de él, de su olor, de su esencia, de una parte de su ser que se impregna en mí cuando estamos juntos. Es como si intentara erradicar su compañía, como si quisiera apartarlo de mi lado. Y lo odio. Pero supongo que también odio estar sucio.

«Sucio», entre comillas.

Esta dualidad me está matando por dentro.

El teléfono suena en plena llorera y me alivia comprobar que es Érik el que me llama. Se preocupa por mis sollozos; por suerte, no insiste demasiado. Quiere que nos veamos.

Termino de limpiar el salón lo más rápido que puedo (que no es decir mucho, viniendo de un obseso de la limpieza), me doy una ducha y salgo hacia su casa, no sin antes mirarme varias veces al espejo para asegurarme de que no hay restos de lágrimas en mis ojos.

Estoy preparado.

Al llegar al portal, abro con la llave que me dio Érik. Prefiero hacerlo así y empujar la puerta con el pie, antes que pulsar las teclas metálicas del telefonillo, que a saber cuánta gente habrá tocado antes que yo. La llave, al menos, sé que ha sido desinfectada por un servidor.

Al igual que en otras ocasiones, subo por la escalera, aunque sea un quinto, para no tener que pulsar los botones del ascensor. A pesar de que siempre llevo el bote de desinfectante conmigo, es preferible no tener que recurrir a él. Llego arriba jadeando un poco, aunque que cada vez estoy más acostumbrado a este esfuerzo. Hoy, sin embargo, me acompaña un cosquilleo asfixiante que no me puedo sacar del estómago. Y de la garganta. Sé que yo mismo le dije a Érik que todo estaba bien entre nosotros, pero, por alguna razón, siento que acabamos de tener nuestra primera discusión de pareja; como si todo hubiese estado a punto de hacerse pedazos.

Ni siquiera yo mismo acabo de entenderlo.

Llamo al timbre con la punta de la llave y espero frente a la puerta.

Ya sé que podría abrir yo mismo, pero prefiero avisarlo de que estoy aquí. No me gusta entrar así como así en una casa que no es mía.

Nadie sale a recibirme.

Justo cuando me planteo llamar otra vez, escucho una voz desde el interior.

—¡Bruno! ¡Ayúdame!

Su desesperación se me clava en el pecho.

Arrojo una letanía de palabras sin sentido antes de decidirme a meter la llave en la cerradura. Me lleva un par de intentos acertar; me tiemblan los dedos. Cuando me adentro en el piso, me encuentro a Érik tumbado en el sofá. Solo.

No.

Eso es lo que creo en un primer momento; pero no está solo. Hay alguien con él.

Alguien... ¿o algo?

Estrecho los ojos. Cuanto más me acerco, más nítido se me presenta. Al principio solo es una sombra sin contornos, una especie de gas o de luz retorcida. Luego empieza a cobrar una forma que reconozco.

Mi propia forma.

Me quedo paralizado.

El rostro de Érik refleja terror auténtico. Parece que esté intentando forcejear, incapaz de liberarse. ¿Qué le ocurre? Intento fijarme bien, pero las formas me bailan. ¿Qué le está haciendo esa figura? ¿Qué le está haciendo ese yo que no soy yo?

—Déjalo en paz —me sorprendo a mí mismo al decir.

Mi propio yo me devuelve una mirada llena de apatía. Por un instante, me planteo la posibilidad de estar ante un espejo. Mi mano se alza en busca de la mascarilla; la figura que tengo enfrente no imita mis movimientos, tan solo inclina ligeramente la cabeza, al tiempo que sus ojos se afilan en esa suave neblina negra que compone su ser.

—¿Acaso tú no lo odias también? —dice.

No me parece posible describir la voz que oigo, pues creo que ni siquiera es una voz. Es como el resplandor de la luna o el movimiento de un árbol que se mece sin hacer ruido; aun así, las palabras llegan con total nitidez a mi cerebro.

—No, no lo odio —sentencio—. Lo quiero. Más que a nada en el mundo.

La figura inclina la cabeza hacia atrás y escupe el aire en una nota de sarcasmo. Una nube de color negro, más oscuro que cualquier otro negro que haya visto jamás, emerge desde sus dientes y atraviesa la mascarilla que le cubre la cara.

—¿Cómo puedes querer a alguien que lo tiene tan fácil?

«No lo ha tenido tan fácil», pienso.

Sin embargo, sé que ese argumento no servirá de nada. Me fijo en el rostro de Érik, presa de un pánico contenido. No hay cosa que desee más que alargar la mano y tomar la suya, sacarlo de este lío y abrazarlo para hacerle ver que todo va a salir bien. Que todo va a estar bien.

Mi atención vuelve a la extraña presencia.

Creo que ya sé lo que tengo que hacer.

Porque esa cosa, sea lo que sea, forma parte de mí. Y supongo que no hay nadie que me conozca mejor que yo mismo.

Me acerco con cuidado, mientras mi otro yo aprieta a Érik con sus manos. Por alguna razón, resulta extraño hablar de manos o de *apretar* para referirme a esta criatura. No puedo explicarlo. Parece que no tenga nada y lo tenga todo al mismo tiempo. Como si el mundo estuviera fuera de su alcance, pero, a la vez, fuera un ser todopoderoso e ilimitado. Me pregunto si será esto lo que ha visto Érik tantas veces. De ser así, admiro su capacidad para no volverse loco.

Conforme avanzo, mi otro yo aprieta los dientes y su cuerpo ondea en vaharadas, como si su consistencia física fuera equiparable al humo de un cigarro o a una ola que rompe en el espigón. Érik forcejea y jadea sin resultado. Mi otro yo me observa con detenimiento, apretando con fuerza los puños y engendrando galaxias nunca antes vistas. Tengo miedo. Pero sé que no puede hacerme daño.

Siempre que yo no se lo permita.

Yo mismo aprieto los puños antes de recortar el metro escaso que aún nos separa. Mi *alter ego* parece preparado para pasar a la acción, para recurrir a la violencia. Sin embargo, permanece inmóvil cuando descubre que todo lo que yo pretendo es acogerlo entre mis brazos. De pronto, toda esa consistencia frágil y etérea que percibía ante mis ojos se torna sólida y cálida.

—Te entiendo —susurro. El corazón del extraño late contra mi pecho, aterrado. Sus dedos tiemblan sobre mis costados, pero no hace el menor esfuerzo por apartarse de mi lado—. Sé por lo que estás pasando, porque yo estoy pasando por lo mismo. Y supongo... que necesitas que alguien te lo recuerde; que yo te recuerde que te comprendo mejor que nadie.

Poco a poco, sus manos se deslizan hasta mi espalda, aferrándose a mi sudadera. Las lágrimas que caen sobre las mejillas no son suyas, ni mías; son de ambos. El agua compartida de quienes componen la misma cara de una moneda.

—No creo que nosotros tengamos la culpa de lo que nos pasa —continúo—, pero... —tengo que detenerme a tomar aire— los demás tampoco la tienen de haberse librado de ser como nosotros. No sirve de nada pensar en lo fácil que será la vida de otra persona, porque, al final, nosotros solo podemos vivir la nuestra. Sé que es difícil. —Ahora soy yo el que tiembla—. Es muy difícil. Pero estoy intentando dejar de compararme. Dejé atrás esa envidia amarga que sentía al ver a Érik por la ventana. Sobre todo cuando supe que su vida no era tan fácil como parecía. Porque seguro que nadie tiene una vida tan fácil como nos parece a nosotros. Da igual que nuestro problema sea más o menos grave. Da igual. Porque, al final, solo podemos enfrentarnos a nuestros propios demonios.

Me parece oír algo; un susurro o el chasquido de la saliva en una boca ajena a la mía. No estoy seguro. Cuando el sonido se desvanece, ya no hay nadie entre mis brazos. Miro a mi alrededor, como si quisiera cerciorarme de algo muy concreto. Todo tiene sentido. En mi pecho bulle una sensación que no he albergado en mucho tiempo: parece que acabe de reconciliarme con una parte profunda de mí, una que detestaba con toda mi alma.

No hay tiempo para analizarlo más en detalle, pues mis preocupaciones ahora son otras.

Érik está llorando, jadeando y temblando. Me siento a su lado en el sofá y lo acojo entre mis brazos, como si fuera un enorme cachorrito.

—¿Estás bien? ¿Estás herido?

Él me aprieta con cuidado.

—No lo sé —me susurra, la voz trémula—. Creo que estoy bien. Ha sido... —Su voz decae por momentos—. Ha sido raro. No sé qué me estaba haciendo. Pero creo que ahora todo está bien. Gracias.

Lo aprieto con más fuerza. Tal vez se deba a que esa figura era una parte de mí; el caso es que tengo la impresión de que algo en mi interior conoce con precisión lo que le ha ocurrido a Érik, el sufrimiento y el miedo que ha tenido que experimentar. Y siento una rabia tan intensa que no me sorprendería que los dientes me estallaran de tanto presionarlos.

—Lo... lo siento —balbuceo, conteniendo las lágrimas—. Siento haberte dejado solo con...

—Lo has visto —me interrumpe.

—¿Qué?

—Es la primera vez que ves a esa... cosa. La sombra tras la ventana.

Sus palabras me hacen apartar la mirada hacia el cristal, tan solo unos instantes.

«El chico tras la ventana», pienso yo.

Porque esa sombra era una parte más de mí. Se escapó de dentro y ahora...

Ahora ha estado a punto de hacerle algo terrible a Érik.

Aprieto los puños sobre el cuerpo de mi pequeño y dejo que caigan un par de lágrimas sobre la capucha de su sudadera.

—Claro que lo he visto —afirmo—. Porque no podía dejar que te hiciera daño.

Érik sonríe y, muy despacio, va cerrando los ojos.

Lo mantengo en mis brazos durante largo rato. En ningún momento me planteo soltarlo. Ni siquiera cuando se queda dormido contra mi cuerpo. De hecho, es entonces cuando lo aprieto con más fuerza, si cabe.

No sé cuánto tiempo ha pasado cuando vuelvo a abrir los ojos. He debido de quedarme dormido. Érik y yo seguimos abrazados, sentados en el sofá y apoyados sobre el respaldo; o, en el caso de Érik, apoyado sobre mí. Sonrío al ver que tiene los ojos abiertos y mejor aspecto que antes. Ya no parece asustado y su corazón es un suave tamborcillo contra mis pulmones.

—¿Estás bien? —pregunto.

Él asiente con la cabeza, regalándome esa sonrisa que ilumina hasta los rincones más oscuros de la galaxia. Me inclino hacia delante para besarle los labios; siento su mano atraerme desde la nuca.

En mi cabeza hierven cientos de frases. «Nunca más dejaré que te hagan daño». «Jamás volveré a separarme de ti». Un buen puñado de clichés que harían que hasta yo mismo me sonrojara. Al final, cuando nuestros labios se separan, me decanto por algo más simple; y por seguir apretándolo con los brazos.

—Te quiero —susurro.

—Te quiero.

Entonces aprovecho para preguntarle por lo que hay sobre la mesa; las hojas de papel que he visto antes de quedarme dormido.

—¿Qué es eso? —señalo.

Érik se separa de mí y sus mejillas se encienden.

—Ah. Son esquemas —farfulla, rascándose la sien.

—¿Esquemas de qué?

—De ti.

—¿De mí?

Érik se echa a reír.

—Sí. He intentado analizar cómo funciona tu obsesión por la limpieza. —Ahora le toca rascarse la nuca—. No sé, igual la he cagado.

Me da por sonreír.

—¿Me los enseñas?

—No creo que los vayas a entender. Te puedo explicar mis conclusiones, eso sí.

Alarga el brazo y acerca uno de los folios hasta mí. Tiene razón al decir que no voy a entender nada. No solo porque su caligrafía sea tan caótica como él, sino porque todo el conjunto es un auténtico desastre. Hay círculos, frases y palabras; algunas subrayadas, otras redondeadas... También hay un montón de flechas conectando cosas, y hasta un par de tablas de surf en el lateral de la hoja, como si se hubiese distraído a mitad de camino. Eso me hace reír por lo bajo.

Con todo, la mera idea de que haya confeccionado un esquema sobre mí hace que quiera comérmelo enterito.

—A ver —empieza a decir, doblando la hoja de papel por la mitad y pasando los dedos una y otra vez por el doblez—, por lo que me has contado y lo que yo he podido observar, te importan, básicamente, dos cosas, ¿no?

Lo observo con curiosidad, como si estuviese asistiendo a una clase magistral.

—La suciedad y las enfermedades —revela.

—Podría decirse que sí —confirmo.

—Vale. —Érik asiente con la cabeza—. Pues creo que lo que te preocupa de la suciedad es que se extienda. En plan, que tú la lleves con las manos, el cuerpo y el culo de un lado para otro. Pero no te importa tanto mantenerla en tu cuerpo, creo. Eres capaz de tenerla ahí durante horas y no te pasa nada, ¿no? Basta con que te des una ducha después. Hay veces en las que me has dejado tocarte (y no lo digo en plan sexual) porque me decías que de todas formas ibas a darte una ducha después.

Meneo la cabeza con aprobación, aunque una parte de mí aún está intentando asimilar lo que dice.

—Y luego está lo de las enfermedades y tal —añade—. A ver, Brunito, ¿qué es lo peor que te puede pasar si coges un resfriado o una gripe? ¿Unos días en cama? ¿Dolor de cabeza, de garganta, fiebre? ¿Es una mierda? Sí, mucho. Pero no es el fin del mundo. O sea, si lo piensas fríamente, ¿de verdad te da tanto miedo la enfermedad? Seguro que has pasado miles, ¿o no? Y ya sé que de pequeño pillaste una gripe muy chunga, ahí lo tengo apuntado, pero seguro que solo fue esa vez y supongo que tienes peor recuerdo de lo que fue porque eras chiquito.

—Sí, puede ser.

No puedo dejar de pensar en cómo ha pronunciado la palabra «chiquito».

—O sea, que lo que te da más miedo es la posibilidad de enfermar, no la enfermedad en sí —concluye.

Lo miro a los ojos y parpadeo con lentitud.

—Sí, supongo que sí. Me da miedo no poder hacer nada por evitarlo. No, o sea, me da miedo *poder* evitarlo, pero no conseguir hacerlo. Me da miedo perder el control.

Érik sonríe como si su plan acabara de salir a la perfección. Y como adoro esa sonrisa, aprovecho para agarrarle las mejillas, por mucho que esto amenace con romper su discurso.

—¡El control! —exclama, triunfal—. Y esa es la conclusión que yo saco de todo esto. Creo que lo que de verdad te preocupa no son los virus, ni las bacterias, ni la suciedad. A ver, puede que te preocupen un poco, pero lo que más te raya es perder el control. Como aquella vez, en Nochebuena, cuando te dio una crisis de ansiedad por no haberte puesto la mascarilla después de cenar. No fue mucho rato, pero no fuiste tú el que decidió quitarse la mascarilla; simplemente, se te olvidó. Por eso te pusiste así. Porque no fue una decisión tuya. Perdiste el control.

Asiento con la cabeza, consciente solo a medias y a sabiendas de que esta información, en el fondo, no es nueva para mí.

—Desde que estamos juntos —prosigue—, hay cosas que no he entendido. Quiero decir, a veces eras capaz de hacer ciertas cosas, mientras que otras te agobiaba muchísimo hacerlas. Y la única conclusión que saco, la única diferencia entre cuándo algo te agobia y cuándo no, reside en el control. Cuando tú decides hacer algo, cuando no pierdes el control, todo va bien. Cuando algo ocurre por accidente o por despiste, no va bien.

Permanezco en silencio, palpando su voz y sus palabras.

Y pensando.

Recuerdo que, más de una vez, en los momentos de mayor oscuridad, pensé que lo único que me quedaba era el control. Que si me quitaban el control que tengo sobre mi vida, no me quedaría nada. Pero tal vez esté equivocado. Tal vez sea justo ese control el que me está matando por dentro.

Vale, el control no es lo único que me importa, así que tal vez la teoría de Érik no sea infalible ni perfecta. Pero solo con ver el esfuerzo que ha hecho, llegando al extremo de elaborar un esquema, creo que no necesito nada más. Vuelvo a atraparlo entre mis brazos y voy directo a sus labios; se los muerdo con los míos y aprovecho para apretar suave con los dientes. El gruñido que suelta Érik me devuelve la vida que me faltaba.

Nuestra conexión apenas dura. Pronto me separo de él, lo tomo de las manos y me apresuro a anunciar la decisión que acabo de tomar:

—Viviremos juntos.

Los ojos de Érik se abren de pronto.

—¿Qué? —pregunta, confundido. Puedo ver un brillo de alegría en sus ojos, un centelleo prudente; no quiere hacerse ilusiones antes de tiempo.

—Si tienes que volverte a casa o ir a cualquier sitio, yo te seguiré. Si vas a quedarte aquí para estudiar o lo que sea, podrás vivir en mi piso, aunque no tengas trabajo. No va a ser fácil compartir casa conmigo, y no sé cómo me las arreglaría para mantenernos a los dos con mi sueldo, pero nos pondremos a dieta si hace falta —bromeo, sin dejar de sonreír.

Se sucede un momento de expectación; hasta que Érik se lanza a abrazarme. En realidad, más que un abrazo, parece un placaje de jugador de fútbol americano. Acabo tumbado en el sofá y con su cuerpo encima del mío.

—Va en serio, ¿no? —dice—. ¿Puedo tomarte la palabra?

—Dejaría que me cortaran uno a uno los dedos de una mano antes que separarme de ti.

Érik gruñe al escuchar mi aberración, cubriéndose la cara con una mano.

—Joder, ¡no uses esa puta expresión! ¡Que me da todo el yuyu del mundo!

Yo me echo a reír y no me detengo hasta que Érik me muerde la barbilla con los labios.

—Ya sé que te da yuyu —aclaro—. Por eso mismo la uso, tonto.

La forma en que pronuncio esa palabra (nuestra palabra), hace que su mirada se enternezca y se afile a la vez. Sus ojos y sus labios se impregnan de dulzura y de cierta lujuria. Aprovecho para atraerlo con los brazos hasta pegarlo contra mi cuerpo, hasta sentirlo en cada uno de mis músculos y en cada poro de mi piel. Su rostro acaba enterrado sobre mi cuello y sus manos me envuelven por detrás, interponiéndose entre mi espalda y el sofá.

—Te quiero, tonto —me suelta, y el corazón se me llena de cosas bonitas.

—Yo a ti más.

—¿Tú a mí más? ¿Solo eso?

—Tonto —añado.

Noto su sonrisa extenderse sobre la piel de mi cuello.

—Eso está mejor.

Epílogo

Queridos mamá, papá y África:

Sé que vivir conmigo no ha sido fácil estos últimos años. Instalé muchas normas absurdas que imagino que vosotros no comprendíais y que yo preferiría no comprender. Justo por eso os escribo esta carta: para explicaros cómo me siento. Porque creo que nunca lo he hecho de la forma en que os merecéis. Os eché en cara que no os pusierais en mi lugar, pero tal vez nunca os expliqué cuál era ese lugar. Así que supongo que era difícil que lo hicierais. Y, por eso, lo siento.

Ante todo, quiero deciros que me encantaría no ser como soy. Me encantaría poder ser como era antes, sin tantas ideas en la cabeza que rijan mi forma de vida. Es como tener una voz que te grita cuando algo no está bien; cuando algo no está como TIENE que estar. Incluso si ese ideal es una concepción absurda. Porque, sí, reconozco que algunos de los hábitos que he adquirido son absurdos; aunque hay otros que creo que sería incapaz de abandonar, por mucho que lo intentara.

La cuestión es que no puedo ignorar estas voces que me hablan. Sé que habéis tenido que oír cientos de órdenes sobre cómo hacer las cosas, exigencias para que cambiarais unas costumbres que ya estaban arraigadas. Todas esas veces en las que os pedía que os lavarais las manos, que no tocarais mis cosas, que no guardarais esto aquí o allá, que no utilizarais ese trapo concreto para limpiar no sé qué... Creedme cuando os digo que jamás me habría quejado si hubiese podido evitarlo. Pero no podía. Porque lo que para vosotros suponía un pequeño cambio en la forma de hacer las cosas o una ligera molestia, a mí me libraba de toda una tarde conviviendo con la ansiedad, dándole vueltas una y otra vez a la misma oscuridad; me salvaba de una ducha innecesaria en la que tiro casi media hora de mi vida por la borda o del firme deseo de morir para escapar de esta constante tortura. Porque dejar las cosas como estaban, de esa forma que mi cerebro cataloga como «mal», me sumía en un abismo tan profundo que llegaba a doler. Me dolía el pecho, el estómago, me faltaba la respiración. A veces me faltaba el aire, me sentía tan mal que deseaba estar muerto, desaparecer para siempre con tal de no convivir más con esto. A veces, aprovechaba cuando os ibais para darme una de mis largas duchas, para que no me echarais en cara cuánta agua gastaba o cuánto rato estaba encendido el calentador.

Cuando me fui a vivir por mi cuenta, lo hice por mí, pero también por vosotros. Porque vivir con esta obsesión es un infierno para mí, pero vivir conmigo también habrá sido un infierno para vosotros. Supuse que las cosas serían mejor así. Cuando mamá empezó a venir a casa tan a menudo, me sentí otra vez como cuando vivíamos juntos. Necesito tener el control. Es lo único que me calma. Y que alguien más tocara mis cosas y se ocupara de mis tareas suponía ceder ese control. Tarde o temprano tendré que afrontar todo esto. Lo sé. Tendré que asumir que no siempre puedo tener el control de mi vida. Porque hay cosas que no podemos controlar y, como una persona muy especial me ha ayudado a comprender, tal vez sea precisamente esa necesidad de control la que ha convertido mi vida en lo que es ahora. Por desgracia, por el momento no soy capaz de conseguirlo. Y reconozco que, en lugar de reaccionar como lo hice entonces con mamá, tendría que haberme esforzado un poco más por haceros entender cómo me sentía.

Supongo que para eso está esta carta. Puede que haya llegado más tarde de lo debido, pero quiero pensar que más vale tarde que nunca. Lo que ocurra ahora está en vuestras manos. Estaré esperando vuestra llamada.

Lo siento.

Os quiere,

Bruno.

Está empezando a hacer calor.

Mucho calor.

Los del tiempo dicen que después de esta ola pasajera vamos a tener un par de semanas buenas antes de que empiece el calor sofocante del verano. No sé. Yo dejé de confiar en los meteorólogos el día en que me descargué por error dos aplicaciones para el tiempo y descubrí que apenas coincidían las predicciones.

Me dedico a abanicarme con el sobre que tengo en la mano hasta que Érik aparece por la puerta del polideportivo. Los rayos de sol se reflejan en su sonrisa. Nunca se lo he dicho, pero me encanta la forma que tiene de colgarse la mochila de un solo hombro. Aún me gusta más que haya llegado el calor y haya empezado a usar camisetas de manga corta que resaltan sus pectorales, en lugar de ese grueso «chaquetón» (como él llama a cualquier chaqueta) que lo dejaba todo a la imaginación.

Yo siempre he sido más de frío, pero, oye, estoy a tiempo de reconvertirme.

—¿No has echado la carta al buzón? —pregunta.

Aprieto la mandíbula y suspiro entre los dientes.

—No he sido capaz —reconozco.

Érik sonríe.

—Échala tú por mí —bromeo.

—No, tío, tienes que echarla tú. Yo te ayudo, ¿va?

—Va —expreso, imitando su forma de hablar. Ambos sonreímos como un par de idiotas.

La verdad, pensé que la parte difícil de la carta sería escribirla, pero creo que enviarla es mucho peor. Porque meterla en el buzón casi garantiza que va a ser leída. Supongo que tengo que hacer que el esfuerzo merezca la pena. El papel va acompañado de un par de cercos de humedad, uno en la parte inferior y otro en un lateral; la primera carta la deseché por inservible, pero me negué a empezar de nuevo por tercera vez solo por culpa de dos lagrimitas de nada.

Se me pasó por la cabeza escribirles un correo electrónico o un mensaje, sí, pero, a la hora de la verdad, no me parecía apropiado. No me atrevía, más bien. Se me antojaba una vía demasiado inmediata. Tendría que afrontar las consecuencias en tan solo un instante. Con una carta tradicional, bueno..., las cosas son distintas.

Nos detenemos junto a un buzón que hay dos calles más allá. Érik me observa con atención mientras yo hago lo propio con la ranura del buzón. No quiero tocar el buzón (por los gérmenes, la suciedad y todo eso), pero no es eso lo que hoy más me preocupa. Aun así, Érik se encarga de abrir la tapa por mí, y el chirrido me trae de vuelta a la realidad. Lo miro a él y a su sonrisa; luego, con dedos temblorosos, introduzco la carta en la ranura. Casi puedo oírla caer en lo más profundo de ese abismo.

—Ya está —dice Érik.

Asiento con la cabeza, abstraído.

De pronto, se me aparece una mano en la visión periférica; una palma abierta y hacia arriba.

—¿Necesitas que me eche desinfectante por haber tocado el buzón?

Sonrío.

—¿Un poquito? —propongo.

—Un poquito —asiente él, sonriendo de igual forma.

Saco el bote que llevo siempre conmigo y vierto unas gotas sobre su piel. Un día más, me prometo a mí mismo que esta será una de las últimas veces que lo haga; no quiero que acabe como yo. No quiero que se le irrite la piel como me ocurrió a mí al poco de empezar con toda esta mierda. Por mucho que luego me recuperara del todo.

Imagino que hoy, por otros motivos, necesito concederme esta paz.

—Tengo una buena noticia —anuncia Érik, mientras se frota las manos para extenderse el gel desinfectante.

—¿En serio? ¿Cuál?

—He estado hablando con el monitor de todo esto de dejar la carrera, de que no sé qué hacer con mi vida y que me veo alimentándome del yeso de las paredes. Y resulta que me ha dicho que Fran, el socorrista que tenemos ahora en la piscina, va a pirarse de aquí en tres o cuatro meses.

Asiento, sin entender a dónde quiere ir a parar.

—Vale, como veo que no lo pillas, te lo daré mascadito —añade—. El caso es que si hago un curso de socorrismo de dos meses, hay muchas posibilidades de que el monitor pueda colarme de socorrista en el polideportivo.

Mis ojos se van abriendo poco a poco, como si captaran la noticia a trompicones. Al final, acabo sonriendo con la boca abierta; aunque él no puede verlo, culpa de la mascarilla que llevo.

Érik se encoge de hombros.

—No es que ser socorrista sea mi sueño —dice—,

pero, oye, para ir tirando, puede ser buena idea. Además, creo que se me puede dar bien.

—Sí, ya haces natación, así que...

—No, no. Lo digo porque el socorrista de la piscina se pasa el día tocándose los cojones. Y a mí eso se me da de puta madre.

Se me escapa un amago de carcajada.

—Tienes razón —admito—. Eres todo un experto.

—¿A que sí? Y, mira, al final resulta que vamos a acabar siendo iguales, tú y yo.

—¿Por?

—Tú entraste a tu empresa por enchufe y yo a lo mejor acabo trabajando aquí —señala hacia el polideportivo, que ya hace un rato que dejamos atrás— por enchufe. Igualitos.

—Y ahí no acaban las casualidades, porque, si te portas bien, a lo mejor yo te enchufo a ti también esta noche.

—¿Lo dices en plan sexual? —pregunta, serio, como si no estuviese bromeando.

—Pues claro. Pero sexual metafórico.

—¿Qué coño es eso? —protesta.

—Pues que no te voy a meter nada en el culo.

—Ah, bueno, eso ya lo suponía. Me vale con el *enchufamiento* metafórico.

Ya ha vuelto a ponerse colorado.

Carraspea un poco antes de preguntar:

—Bueno, ¿qué? ¿Dónde vamos a comer?

—En casa —sentencio.

—Ni de coña. Hoy toca restaurante.

—Toca casa. Ya fuimos a la pizzería esa el martes.

He llegado a un pacto con Érik. No porque él me haya obligado, sino porque quiero empezar a cambiar. Una vez a la semana (y en el futuro aumentaremos la frecuencia), tenemos que salir a cenar fuera. Para que me vaya soltando un poco. Llevamos dos semanas y ya se me está haciendo cuesta arriba, pero, oye, paso a paso.

Paso a paso.

—Mierda, no ha colado —se rinde—. Es que, joder, tengo muchas ganas de cenar fuera.

—Pedimos a domicilio.

—Va. Seguro que tienes un Excel con colorines donde apuntas todas las veces que salimos por ahí.

—Tengo *varios* Excels con colorines; uno por cada mes del año.

Érik asiente, solemne.

—Te he subestimado —me suelta.

Ambos rompemos a reír y, en la euforia del momento, acabo pasándole una mano alrededor de la cabeza. Érik se detiene y me sonríe, solo unos segundos, antes de que nuestros labios se fundan.

Para eso he tenido que quitarme antes la mascarilla, sí.

Aún no sé qué nos deparará el futuro. Hay tantas cosas por resolver que pensar en ello asusta un poco. Pero supongo que esa es la cuestión: que no hay que pensar en ello ahora. Ya llegará el momento de resolverlas.

Poco a poco.

De un modo casi instintivo, mis dedos buscan los de Érik y nuestras manos se entrelazan al caminar. Su mirada cae un momento en picado, antes de volver a resurgir con una sonrisa radiante; igual que el sol de esta mañana de sábado.

—Entonces, ¿a qué pizzería has dicho que vamos a ir? —insiste, jocoso.

—No.

—¡Tío, Brunito! ¡Tenemos que celebrar lo de la carta y lo del socorrismo y...!

—Te vas a quedar sin tu *enchufismo* metafórico.

—¡No, por favor! ¡Cualquier cosa menos eso!

Nuestros labios se conectan de nuevo en la distancia, en una sonrisa que fluye como música entre nosotros.

Sí, aún quedan muchas cosas por resolver.

Pero eso ahora no importa.

Porque sé que he tomado el buen camino.

Agradecimientos

Quizá haya dicho alguna vez que escribir la página de agradecimientos de una novela siempre me produce una sensación de vértigo, un cosquilleo de felicidad, al saber que una de mis historias está a punto de ver la luz. Esta vez, sin embargo, esa sensación es aún más intensa y especial, pues *El chico tras la ventana* ha tenido el honor de ser ganadora del III Premio Internacional eLit LGTBI, convocado por la editorial Harlequin. Por eso quiero empezar mandando un enorme agradecimiento a la editorial por convocar este premio y darnos a los autores esta oportunidad y, por supuesto, a todos los miembros del jurado por haber confiado en mi obra y haberla seleccionado como ganadora. No puedo alcanzar a describir la alegría que sentí al enterarme de la noticia, que, la verdad, todavía parece un sueño a veces. Este, sin duda, es uno de esos momentos que no se olvidan.

También quiero dar las gracias a Harlequin, no solo por convocar el premio, sino por todo el trabajo que hay detrás de esta publicación, desde que reciben el manuscrito hasta que sale a la venta. Y, como siempre, a Elisa, mi editora, por hacer que me sienta como en casa.

Gracias a todos los lectores cero, que leyeron la

novela antes de que se publicara: a mi tía Pili, y me faltan las páginas para agradecérselo todo; a mis padres, que son capaces de pasarse un fin de semana entero leyendo la última novela que he sacado del horno; a mi tía Isa, con sus muestras de ánimo y apoyo; y a ene (en minúscula), que con sus dibujos y su entusiasmo da vida a mis personajes más allá de estas páginas.

Gracias a todos aquellos que formáis parte de mi vida, que estáis ahí, que me apoyáis tanto en lo personal como en lo literario.

Gracias a ti, lector, por acompañarme en esta aventura y hacer que este viaje merezca la pena.

Y, ya puestos, gracias a Érik y a Bruno, ¡por permitirme llegar hasta aquí!

Gracias a todos, de corazón, y espero que volvamos a vernos pronto.

Sobre el autor

Nacido en Córdoba, Miguel Muñoz estudió el Grado de Traducción e Interpretación y trabaja como funcionario en la Administración del Estado. Empezó a escribir antes de cumplir los dieciocho, como forma de evasión. Desde entonces, son muchos los géneros que han pasado por su imaginación: fantasía, terror, misterio, romance... Publicó su primera novela en agosto de 2021, *Siempre estaré contigo*, con la que inició una serie de historias autoconclusivas titulada *Lo que sientes*, a la que luego siguió *Nosotros somos dos*, en 2022. Estas novelas fueron su primera inmersión en el terreno intimista o psicológico, un universo que ahora lo tiene cautivado.

Por supuesto, sus aventuras no han quedado ahí, y en 2023 publicó *Rompiendo esquemas* de la mano de la editorial Harlequin, con quien también publicó, un año más tarde, *Oculto en tus ojos*, donde el romance LGTB+ se une a ciertos tintes fantásticos y al misterio de un pueblo perdido en las montañas.

Para estar al tanto de todas las novedades, puedes seguirlo en su cuenta de Instagram: @miguel_munoz_autor

ÚLTIMOS TÍTULOS PUBLICADOS EN HQN

El hijo de las hadas de Paula Molero

Un asunto de familia de Robyn Carr

El cactus de Sarah Haywood

Rompiendo el hielo: un amor inesperado de Elle Kennedy

Amor y Kimchi de María José Tirado

Una librería junto al mar de Susan Mallery

Amor y Soju de María José Tirado

Una invitada inesperada de Sarah Morgan

La mujer que nunca fui de Marisa Ayesta

Bienvenido a Beach Town de Susan Wiggs

La criadora de malvas de Laura Macías Pérez

Una villa en Grecia de Sarah Morgan

El palacio secreto de Dinah Jefferies

El señor de la guerra de Gena Showalter

Club de amigas de Robyn Carr

El duque y el destino de Julia London

Caminos entrelazados de Diana Palmer